KB217937

아서 코난 도일,
선상 미스터리 단편 컬렉션

아서 코난 도일,
선상 미스터리 단편 컬렉션

모든 파도는 비밀을 품고 있다

The Dealings of Captain Sharkey

SENTENCE

《아서 코난 도일, 선상 미스터리 단편 컬렉션》은 전 세계적으로 유명한 추리 소설인 《셜록홈즈》의 저자, 아서 코난 도일의 작품입니다. 이 책은 1922년 존 머레이 출판사에서 《Tales of Pirates and Blue Water(해적과 푸른 물 이야기)》로 출간되었다가, 《The Dealings of Captain Sharkey, and Other Tales of Pirates(샤키 선장의 거래 & 해적 신화)》라는 제목으로 1925년 재출간되었습니다. 국내에는 영어 원문으로만 들어와 있고, 이 책이 공식적인 국내 최초의 번역본입니다.

아서 코난 도일은 영국의 의사이자 소설가로, 셜록 홈즈 시리즈를 성공시킨 추리 소설의 대가로 알려져 있습니다. 아서 코난 도일의 소설은 시작부터 끝까지 흥미진진한 스토리로 독자가 함께 추리하며 읽어나갈 수 있다는 점이 가장 큰 매력이라고 할 수 있습니다. 이 책에서도 그러한 매력을 느낄 수 있습니다.

이 책은 선상에서 일어나는 미스터리를 다룬 6가지 이야기와 전설적인 해적 샤키 선장의 모험기를 다룬 4가지 이야기로 구성되어 있습니다.

책의 초반부, 선상에서 일어나는 6가지의 미스터리한 이야기들은 셜록 홈즈를 떠올리게 하는 듯합니다. 선상에서 벌어지는 기묘한 일들은 계속해서 궁금증을 불러일으키고, 아서 코난 도일은 이에 대한 단서를 조금씩 던져 주며 독자들로 하여금 결과를 추리하게 합니다. 셜록 홈즈가 육지에서의 미스터리였다면 이 책은 해상에서의 미스터리라고 할 수 있습니다. 각각의 단편마다 새로운 등장인물들이 등장하여 특색 있고 흥미로운 주인공들을 만나 볼 수 있습니다.

후반부에는 전설의 악명 높은 해적인 샤키 선장의 이야기가 펼쳐집니다. 해적들의 악랄함과 그들이 벌이는 화려한 액션은 마치 영화를 보는 듯한 느낌을 줍니다. 과연 샤키를 이길 해적이 있을지, 샤키의 운명은 어떻게 될지 읽는 내내 가슴을 졸이게 됩니다.

읽기 시작하면 끝까지 읽게 만드는 아서 코난 도일의 흡입력 있는 스토리를 이 책에서 또 한 번 느껴보시기 바랍니다.

남궁진

차 례

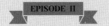
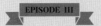
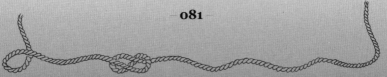

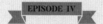

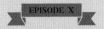

EPISODE I

J. HABAKUK
JEPHSON'S
STATEMENT

⚓

조셉 하바쿡 제프슨의
성명서

1873년 12월, 영국 선박 '데이 그라티아'가 브리간틴(범선의 한 종류) '마리 셀레스트'호를 끌고 기지로 향했다. 이 선박은 위도 38˚ 40′ 경도 17˚ 15′에서 발견되었다. 당시 이 버려진 선박의 상태와 외관에는 여러 가지 특이사항이 있었는데, 이는 상당한 화제를 불러일으켰고 사람들의 호기심을 자극했지만 그것에 대한 궁금증은 아직 해소되지 않은 상태였다. 이러한 이야기는 1874년 1월 4일 자 기사에 실려 있을 것이다. 하지만 기사를 참고할 수 없는 사람들을 위해 주요 내용을 몇 가지 발췌해 아래에 붙여두도록 하겠다.

"우리는 버려진 마리 셀레스트호를 직접 살펴봤고 데이 그라티아선 의 승무원들에게 사건에 대한 실마리가 될 만한 모든 것을 질문하여 심 층적으로 조사했다. 그들은 그 배가 발견되기 전에 이미 며칠 또는 아마 도 몇 주 동안 버려져 있었을 거라는 의견을 냈다. 선실에서 발견된 공식 일지에는 선박이 10월 16일에 보스턴에서 리스본으로 출발했다는 내용 이 있다. 그러나 이것은 보존 상태가 엉망일뿐더러 실제로 도움이 될 만 한 정보가 거의 없다. 악천후에 대한 언급도 없으며, 실제로 선박의 페인 트와 장비 상태를 봤을 때 배의 버려진 모습이 어딘가 석연치 않다.

그 배는 완전히 깨끗했다. 전쟁이나 폭력의 흔적은 찾아볼 수 없었으며, 선원의 실종을 설명할 요소도 없었다. 선박에는 여성이 있었음을 나타내는 몇 가지 증거가 있었다. 선실에는 재봉틀이 있었고 여성용 의류가 몇 벌 있었다. 이것들은 선장의 아내의 것으로 추정되며, 일지에 그의 아내가 남편과 동행했다고 언급도 되어 있다. 선박에 남아 있는 평화로운 흔적들로 보았을 때 날씨도 온화했을 것으로 추정된다. 보트는 손상 없이 선박에 잘 걸려 있었으며, 양질의 석유와 미국 시계가 있는 화물들은 전혀 손상되지 않았다. 일부 목재 사이에서는 신기한 구식 검이 발견되었는데, 이 무기는 최근 닦다가 발생한 것처럼 한 줄의 긴 스크래치가 나 있었다고 한다. 이 무기는 경찰에 넘겨졌으며 분석가인 몬라한 박사에게 제출되었다.

그의 조사 결과는 아직 발표되지 않았다. 마지막으로, 데이 그라티아 선장인 덜턴 대위는 능숙하고 지혜로운 선장으로서, 마리 셀레스트가 발견된 장소에서 상당히 멀리 떨어진 곳에서부터 표류를 시작했을 수도 있다고 생각한다. 그러나 이 모든 사건을 하나로 묶을 증거가 없어 보인다. 단서나 증거의 결여로 인해, 마리 셀레스트의 선원들의 운명은 해결되지 않은 수많은 미스터리 중 하나로 남을 것이 우려된다. 범죄가 있었을 것으로 의심된다고 해도 범인들을 잡을 희망은 별로 없다."

마리 셀레스트호에 관한 정보 중 또 하나를 첨부한다.

"그 배는 이 도시의 와인 수입 상인인 화이트 가문, 그중에서도 러셀 화이트의 170톤짜리 범선이었다. J.W. 티브스 선장은 베테랑이었고, 능력과 신망이 두터운 사람이었다. 그는 31세의 부인과 이제 3살이 된 막내 아이와 함께 살고 있었다. 선원들은 유색인종 선원 2명과 소년 1명을 포함한 7명으로 이루어졌다. 세 명의 승객이 있었는데, 그중 한 명은 브루클린의 유명한 폐결핵 전문의인 하바쿡 제프슨 박사로, 그는 노예제 폐지 운동 초기에 저명한 옹호자였으며, 전쟁 전 '네 형제는 어디 있느냐'라는 제목의 팸플릿으로 여론에 큰 영향력을 행사한 인물이었다. 다른 승객으로는 작가 J. 하튼과 뉴올리언스 출신의 신사 세프티마우스 고링이 있었다. 이 14명의 사람들의 운명에 대한 어떠한 정보도 밝혀지지 않았다. 특히 제프슨 박사를 잃었다는 사실은 정치와 과학계에 커다란 영향을 미칠 것이다."

내가 여기에 정리한 이야기들은 대중들의 궁금증을 해결하기 위해 그동안 알려진 전부를 요약한 것이다. 지난 10년간 일어난 사건들은 아직도 그 미스터리를 해결하기에는 전혀 도움이 되지 않았다. 이제 나는 불운한 항해에 대해 내가 알고 있는 모든 것을 이야기하기 위해 펜을 들었다. 나는 이것을 사회에 대한 나의 의무로 여긴다. 다른 사람들에게서 발견되는 증상을 고려할 때, 몇 달 후에 내 혀와 손은 정보를 전달하는 데 제 기능을 못 할 정도로 악화될 것이라고 생각한다. 내 이야기의 서문을 시작하도록 하겠다.

나는 조셉 하바쿡 제프슨이다. 나는 하버드대학교 의학 박사이자 브루클린 사마리탄 병원 전문의다.

많은 사람들이 왜 그동안 내가 누구인지 밝히지 않았는지, 왜 그토록 많은 억측에 시달리면서도 그냥 지나온 것인지 궁금해할 것이다. 내가 알고 있는 사실들을 주저 없이 밝혔다면 어떤 식으로든 정의가 실현될 수 있었을까? 그러나 나는 그런 결과가 나올 가능성은 없다고 생각했고, 사건 발생 후 영국 공무원에게 사건을 진술하려고 시도했을 때, 그의 무례한 태도와 불쾌한 불신에 직면하여 다시는 그런 상황에 나를 노출시키지 않기로 결심했다.

그러나 다시 생각해 보니 리버풀 판사의 무례함은 내가 친척들에게 받은 대우에 비하면 용서할 만한 일이었다. 그들은 내 예민한 성격을 알고 있음에도 불구하고 나의 발언을 듣고 경멸에 찬 미소를 지었으며, 마치 정신이상자의 환상을 듣는 것처럼 대했다.

내 진실성에 대한 이 모욕은 내 아내의 형제인 존 반버거와의 다툼으로 이어졌으며, 이 사건을 망각 속으로 묻어둘 결심을 하게 했다. 그러나 나는 아들의 요청으로 오랜 결심을 뒤집기로 했다. 나의 이야기를 이해하기 위해선 나의 이전 삶에서 일어난 몇 가지 사건들을 대략적으로 살펴볼 필요가 있다.

내 아버지 윌리엄 K. 제프슨은 플리머스 형제교 신자로, 로웰에서 가장 존경받는 시민 중 하나였다. 뉴잉글랜드의 대부분의 순교도들과 마찬가지로 그는 노예제도의 강력한 반대자였으며, 아버지의 행동들은 남은 내 삶의 모든 것에 영향을 줄 정도로 내게 큰 교훈을 주었다.

나는 하버드대학에서 의학을 공부하는 동안 이미 고도의 노예 폐지주의자로서 이름을 날렸다. 학위를 받은 후에는 브루클린의 윌리스 박사의 진료소 3분의 1 지분을 사들여, 의사로서의 직업적 의무에도 불구하고 마음에 품은 사업에 상당한 시간을 할애했다.《네 형제는 어디 있느냐?》(스워버그, 리스트 & 공동 저자, 1849)라는 책자는 상당한 주목을 받았다.

나는 전쟁이 발발하자 브루클린을 떠나 113번 뉴욕 연대와 함께 캠페인을 진행했고, 제2차 불런 전투와 게티즈버그 전투에 참여했다. 마지막으로 앤티텀 전투에서 중상을 입었는데, 나를 자기 집으로 데려가 모든 편의를 제공한 머레이라는 신사가 없었다면 나는 아마 전장에서 사망했을지도 모른다. 그의 자비와 그의 흑인 하인들로부터 받은 간호 덕분에 나는 곧 지팡이에 의지하여 농장을 돌아다닐 수 있었다. 이 회복 기간 동안 내가 지금 하고자 하는 이야기와 밀접한 관련이 있는 사건이 발생했다.

내가 병상에 누워 있는 동안 내 곁을 지켰던 시녀들 중 교활한 한 노파가 있었는데, 그녀는 다른 시녀들에게 상당한 권위를 행사하는 것처럼 보였다. 그러나 그녀는 나에게 매우 친절했고, 우리 사이에 오고 간 대화로 보았을 때, 그녀가 나에게 관심을 갖고 있는 것이 분명했다. 본인의 억압된 인종을 옹호해 준 나에게 감사하는 마음 때문이었을 것이다.

어느 날 테라스에 혼자 앉아 햇볕을 쬐며 군대에 다시 입대할지를 고민하고 있을 때, 그 노파가 살금살금 걸어와 나를 놀라게 했다. 이곳에 우리 둘만 있는지 주위를 둘러보며 확인하던 그녀는 자신의 드레스 앞부분을 더듬더니 작은 가죽 가방과 하얀 끈을 꺼냈다.

"제프슨." 그녀가 허리를 굽혀 내 귀에 속삭이듯 말했다. "나는 곧 죽게 될 거야. 나이 많은 여자이기 때문이지. 머레이의 농장에 오래 머물지마."

"마샤, 당신은 더 오래 살 수 있을 거예요. 아프면 내게 알려줘요. 내가 치료해 줄 테니."

"살고 싶지 않아. 죽고 싶어. 천사들의 마을에 가려고."

여기서 그녀가 말하는 천사들의 마을이란, 흑인들이 주로 믿던 사후 세계에 관한 이야기였다.

"하지만 제프슨, 내가 가기 전에 하나 남겨야 할 것이 있어. 요단강 건널 때 함께 가져갈 수 없는 거야. 그건 매우 소중하고, 세상의 모든 것보다 더 값진 것이기 때문이지. 나 같은 가난한 늙은 흑인 여자가, 감히 이것을 가지고 있어. 내가 아주 위대한 민족의 자손이라 그럴 거야. 하지만 제프슨은 이걸 이해 못 할 거야. 할아버지가 내 아버지에게 이것을 주고, 아버지가 내게 이것을 줬는데, 이제 나는 누구에게 줘야 할까? 가난한 마샤는 자식도 없고, 친척도 없고, 아무도 없어. 주위를 둘러보면 흑인 남자들은 매우 나쁜 사람들이야. 흑인 여자들은 아주 어리석은 여자들이야. 받을 만한 사람이 없어. 그래서 나는 이렇게 할 거야. 여기 책을 쓰고 유색인종을 위해 싸우는 하바쿡 제프슨이 있는데 그는 좋은 사람임에 틀림없으니 백인임에도 그것을 가질 수 있는 것이다. 그는 그것이 무엇을 뜻하고 어디서 왔는지 결코 알 수 없을 것이다."

노파는 가죽 가방을 더듬더니 가운데 구멍이 뚫린 납작한 검은 돌 하나를 꺼냈다.

"이걸 가져가." 그녀가 말했다. "가져가. 좋은 거야. 당신에게 절대 해가 되지 않아. 안전하게 지켜줘. 그리고 잊지 말아 줘!"

경고하는 손짓을 보낸 노파는 내게 올 때처럼 조심스러운 걸음으로 느릿느릿 걸어갔다. 누군가 우리를 지켜보고 있는 건 아닌지 좌우로 살피며 천천히 사라졌다.

나는 그 노부인의 진지함보다는 오히려 그녀의 열정에 놀랐다. 나는 그것을 진심으로 믿어야 하나 고민을 하면서도, 한편으로는 우스운 면이 없지 않아 있었지만, 그녀의 감정을 상하게 할까 봐 웃음을 참았다. 그녀가 떠나자마자 나는 그녀가 나에게 준 돌을 자세히 살펴보았다.

그것은 무척 어두운 검은색이었고, 굉장히 단단했으며, 타원형이었다. 해변가에서 굴러다니는 돌과 비슷한 돌이었고, 아이들이 물수제비를 뜨기 위해 주로 쓰는 돌과도 비슷해 보였다. 그것은 길이가 약 3인치이며, 1.5인치 정도의 두께로 생각보다 두꺼웠지만, 끝부분은 둥글게 마무리되어 있었다. 가장 신기한 점은 표면에 여러 개의 뚜렷한 능선이 있었는데, 이것들은 반원을 이루며 인간의 귀와 똑같은 모양을 하고 있었다.

나는 이 돌에 꽤 흥미를 느꼈고, 최대한 빨리 뉴욕 연구소에서 근무하는 친구인 슈뢰더 교수에게 지질학 연구 견본으로 제출하기로 결심했다. 나는 그것을 주머니에 넣고, 의자에서 일어나 관목숲을 잠시 산책하며 머릿속에서 그 사건을 지워버렸다.

그 무렵 상처가 거의 다 나았기 때문에 나는 다시 길을 떠났다. 연합군은 모든 곳에서 승리를 거두며 리치먼드로 향하고 있었기 때문에 내 도움은 불필요해 보였고, 나는 브루클린으로 돌아갔다. 거기서 진료를 다시 시작하고, 잘 알려진 목판 인쇄업자인 조사이어 반버거의 둘째 딸과 결혼했다. 몇 년 동안 나는 좋은 인연을 쌓고 경력을 잘 살려서 폐 질환 치료에서 상당한 명성을 얻었다.

나는 여전히 주머니에 오래된 검은 돌을 간직하고 있었으며, 가끔은 그것에 대해서 한 편의 연극처럼 어떻게 그 돌을 갖게 되었는지를 지인들에게 이야기했다. 나는 또한 슈뢰더 교수에게 보여 주겠다고 생각했던 결심을 지켰는데, 그는 이 일화와 샘플에 큰 흥미를 보였다. 그는 그것이 우주에서 온 조각이라고 말했고, 그것이 귀와 닮은 것은 우연이 아니라 그 모양으로 가공된 것 같다고 해서 나의 관심을 끌었다.

그 일 이후로 7~8년 동안 나의 일상은 조용히 흘러갔다. 봄의 꼬리를 물고 여름이 다가오고, 그 꼬리를 물고 물어 겨울이 다가오고 한 해가 지나도록 나의 일에는 어떠한 변화도 없었다. 실무가 늘어남에 따라 J. S. 잭슨을 파트너로 받아들였는데, 그에게는 내 수익의 25%를 제공했다. 그러다 나는 몸이 너무 안 좋아졌고, 결국 나의 아내는 사마리탄 병원에서 나의 동료였던 카바나 스미스 의사에게 진료를 받을 것을 권했다.

그 신사는 나를 검사하고, 내 왼쪽 폐의 일부가 손상된 상태라고 판단했으며, 치료를 마치고 요양 겸 항해를 가라고 권했다. 나는 본성이 편히 쉬는 것을 좋아하지 않는 사람이었기 때문에 요양보다는 항해를 다녀오기로 결심했다. 그리고 같은 의견이었던 러셀 & 화이트 회사에 소속된 젊은 러셀을 만나게 되어 그의 아버지가 소유한 선박 중 하나인 마리 셀레스트호에 승선할 기회를 얻었다.

원래 계획은 아내와 함께 여행을 가는 것이었다. 그러나 아내는 항상 항해를 힘들어했고, 그 당시 그녀가 어떤 위험에도 노출되지 않아야 한다는 가족들의 의견이 강했기 때문에 그녀는 집에 머물기로 결정했다.

1873년 10월 12일에 나는 보스턴에 도착했고, 그들의 배려에 감사 인사를 하기 위해 즉시 회사 사무실로 향했다. 나는 사무실에서 누군가를 만나기 위해서 기다리는 동안 자유롭게 돌아다니고 있었는데, 갑자기 "마리 셀레스트"라는 말이 내 주의를 끌었다. 나는 둥글고 윤기나는 마호가니 카운터에 기대어 질문을 하는 매우 키가 크고 수척한 남자를 보았다. 내가 서 있는 곳에서 그의 얼굴이 반쯤 보였는데, 그가 흑인 인종 특유의 강한 특징들을 가지고 있음을 알 수 있었다.

구부러진 물결 모양의 코와 곧게 뻗은 생머리는 백인의 특징처럼 보였지만, 어둡고 불안한 눈, 감각적인 입술, 그리고 반짝이는 치아는 모두 그가 아프리카 출신임을 알 수 있는 단서가 되었다. 그의 피부는 아파 보이는 황색이었고, 천연두로 얼굴이 깊게 패어 있었기 때문에 일반적으로 인상이 좋아보이진 않았다. 그러나 그가 말할 때, 그의 부드러운 목소리와 잘 고른 언어 표현 덕분에 그는 어느 정도의 교육을 받은 사람 같았다.

"그 배는 어디로 향하는 겁니까?"

"리스본이죠."

"선원은 몇 명이나 되나요?"

"일곱 명입니다, 선생님."

"승객은요?"

"승객은 두 명입니다. 젊은 신사 한 명과 뉴욕에서 온 의사입니다."

"남쪽에서 온 신사분은 없나요?"

"없습니다."

"다른 승객들을 위한 공간은 있나요?"

"세 명 정도를 위한 여분의 방이 구비되어 있긴 합니다만." 점원이 대답했다.

"제가 가겠습니다." 그 남자가 단호하게 말했다. "제가 가겠습니다. 곧 바로 통행권을 확보해 오도록 하겠습니다. 적어주세요— 뉴올리언스의 세프티미우스 고링입니다."

점원은 양식을 채우고 이방인에게 건네며 아래 빈칸을 채우라고 가리켰다. 고링 씨가 앉아서 서명하려고 할 때 나는 그의 오른손의 손가락이 절단되었음을 발견하고 소스라치게 놀랐다.

그는 엄지와 손바닥 사이에 펜을 들고 있었다. 전장에서 수천명이 전사한 모습을 본 적이 있었고, 온갖 종류의 수술을 도와본 경험이 있지만, 그 커다란 갈색 스펀지 같은 손에 단 하나의 손가락만 튀어나온 모습을 보고 나는 그 어떤 것도 이렇게 충격적이지는 않을 거라고 생각했다. 그러나 그는 그 손을 능숙하게 사용하여 서명을 했고, 서명을 마치자 점원에게 인사를 하고는 사무실을 나갔다. 그것은 화이트 씨가 나를 만날 준비가 되었다는 말을 할 때쯤이었다.

나는 그날 저녁에 마리 셀레스트호로 내려가서 내 침대를 살펴보았다. 선박의 크기를 고려하면 굉장히 편안한 편이었다. 아침에 보았던 고링 씨는 내 옆 선실을 사용하기로 되어 있었다. 맞은편에는 선장의 선실과 회사의 이익을 위해 여행하는 작가 존 하튼 씨를 위한 작은 침실이 있었다. 이 작은 방들은 메인 데크에서 응접실까지 이어지는 통로 양쪽에 배치되어 있었다. 응접실은 편안한 방이었고, 소나무와 마호가니로 장식된 판자들과 풍부한 브뤼셀 카펫, 그리고 사치스러운 소파가 있었다.

나는 숙소에 매우 만족했고, 티브스 선장도 마찬가지였다. 그는 큰 목소리와 활달한 태도를 가졌으며, 선박에 탄 것을 환영한다며 와인 한 병을 나눠 먹자고 제안했다. 그는 여행에 아내와 막내 아이를 함께 데리고 가려고 했으며, 운이 좋다면 3주 안에 리스본에 도착할 수 있을 것이라고 했다.

우리는 즐거운 대화를 나누고 친구가 된 채로 헤어졌는데, 그는 모든 화물을 선적하고 정오에 출발할 예정이니 다음 날 아침 마지막 준비를 하라고 말했다.

나는 호텔로 돌아와서 아내의 편지를 받았고, 상쾌한 밤을 보낸 후 다음 날 아침에 다시 배로 돌아왔다. 이 지점부터는 내가 항해의 단조로움을 달래기 위해 썼던 일기를 인용하겠다. 가끔은 다소 대충 쓴 부분이 있지만, 적어도 매일매일 성실하게 썼기 때문에 세부 상황의 정확성에 대해서는 확신할 수 있다.

10월 16일. 우리는 오후 두 시 반에 돛대를 풀고 견인선에 끌려 만으로 나갔다. 견인선은 우리를 떠났고 모든 돛을 펼쳐 시속 9노트의 속도로 앞으로 나아갔다. 나는 갑판 위에 서서 미국의 낮은 땅이 점차 지평선 너머로 사라지는 것을 지켜보았다. 저녁 안개가 그것을 내 시야에서 가리고 난 후에도 붉은 불빛 하나가 우리 뒤에서 계속 붉게 타오르며 물 위에 핏자국처럼 긴 흔적을 남겼다. 그 흔적은 비록 작은 얼룩으로 줄어들긴 했지만 글을 쓰는 지금도 여전히 눈에 선하다.

선장은 기분이 안 좋아 보였다. 마지막 순간에 두 명의 선원이 그를 실망시켰고, 그는 그냥 근처에 있던 두 명의 흑인을 급하게 고용할 수밖에 없었다. 나타나지 않은 선원들은 그와 몇 번의 항해를 함께 한, 꾸준하고 신뢰할 수 있는 사람들이었는데, 그들이 사라져 버린 것은 선장을 당황시키고 짜증나게 만들었다.

7명의 선원이 꽤 큰 선박을 운용해야 하는 경우에, 2명의 경험 많은 선원의 손실은 심각하다. 급하게 고용한 흑인들은 조타나 갑판을 닦을 수는 있지만 거친 날씨에는 전혀 쓸모가 없기 때문이다.

작가인 존 하튼은 확실히 도움되는 인재가 될 것으로 예상된다. 그는 쾌활하고 재미있는 젊은이다. 부자는 행복과 거의 상관이 없다는 말은 역시 거짓인 것처럼 보인다. 그는 세상의 모든 것을 갖고서도 먼 땅에서 재산을 찾고 있었지만, 그는 내가 아는 사람 중 가장 투명하게 행복해하는 사람이었다.

고링 씨는 부자다. 내가 틀리지 않았다면. 그리고 나도 그렇다. 하지만 내가 폐에 문제를 가지고 있듯이, 고링 씨는 안색으로 미루어 보았을 때 나보다 심한 건강 문제를 가지고 있는 듯했다. 우리는 무엇보다도 무심하고 무일푼인 사무원과 대조적이다.

10월 17일. 티브스 여사가 오늘 아침 처음으로 갑판에 나타났다. 그녀는 쾌활하고 활기찬 여성이었는데, 작고 귀여운 아이를 데리고 있었다. 아이는 이제 막 걸음마와 옹알이를 하는 정도였다. 하튼은 즉시 그 아이를 객실로 데려가서 아픈 곳은 없는지 검사해 주었다. 날씨는 여전히 우리가 원하는 대로 완벽했다.

서쪽에서 남서쪽으로 상쾌한 바람이 불고 있었다. 배는 매우 안정적으로 움직여서 배가 움직인다는 사실을 의식하지 못할 정도였다. 삐걱거리는 밧줄, 돛이 부풀어 오르는 모습, 그리고 우리를 뒤따라 오는 길고 흰 바다 물결을 보면서 이 배가 움직인다는 사실을 인식할 수 있었다. 아침 내내 선장과 함께 갑판을 걸으며 신선한 공기를 마셨고, 그 운동은 전혀 피곤하지 않았기 때문에 벌써 호흡이 좋아진 듯했다.

티브스 선장은 놀랄 만큼 지적인 사람이었고, 선장과 나는 해류에 대한 모리*의 관찰에 대해 흥미로운 논쟁을 벌였다. 우리는 이와 관련한 책을 참고하려고 선장의 객실로 들어갔는데, 거기에서 고링을 발견했다. 특별히 초대받은 것이 아니라면 승객이 선장의 선실에 들어가는 것은 일반적이지 않았기 때문에 선장은 놀란 듯했다. 고링은 그의 의도치 않은 무단 침입을 사과했고 배의 생활 관습을 모르는 바람에 들어왔다고 말했다. 선장은 그의 말에 웃음을 터뜨리며 그를 용서하고 선장실 말고 배의 다른 곳을 즐기는 게 더 즐거울 거라고 농담했다.

고링은 크론 미터를 가리키며 그것들을 보고 감탄했다고 말했다. 그는 분명히 수학적 도구에 대한 실용적 지식이 있었는데, 세 개 중 어떤 것이 가장 신뢰할 수 있는지 한눈에 알아볼 수 있었고, 그 가격을 몇 달러 차이 나지 않게 맞출 수 있었다. 그는 선장과 나침반의 변화에 대해 논의했고, 우리가 다시 해류에 대한 이야기로 돌아왔을 때 그는 주제에 대해 잘 알고 있었다. 그와 이야기할수록 더 친밀감을 느끼게 되었다. 그는 교양과 세련미가 있는 사람이었다. 그의 목소리는 그의 대화 수준과 조화를 이루었고 둘 다 그의 얼굴과 체형에서는 도무지 예상되지 않는 특징이었다.

오늘 정오 관측에서 배의 관측계는 우리가 220마일을 달렸음을 나타내고 있었다. 저녁이 되자 바람이 강해졌고, 일등 항해사는 강한 바람이 불 것으로 예상하여 상판 및 상단 거상돛을 줄이도록 명령했다. 기압계의 압력이 29까지 떨어진 것을 본 나는 거친 항해가 되지 않기를 바랐다. 나는 분명 선원보다 항해에 익숙하지 않으므로 건강에 큰 영향을 받을 수밖에 없기 때문이다. 그

---

* 옮긴이: Matthew Fontaine Maury(1806~1873)─미국의 해군 장교이자 해양학자, 지리학자다.

러나 선장의 항해 기술과 선박의 안전성에 대해 나는 굉장히 신뢰하고 있었다. 나는 저녁 식사 후에 티브스 선장과 카드놀이를 했고, 하튼은 바이올린으로 두 곡을 연주했다.

10월 18일. 어젯밤의 우울했던 걱정이 실현되지는 않았다. 바람이 다시 약해졌기 때문이다. 긴 파도가 얕게 치고 있었고, 공기는 어제보다 차가웠다. 아내가 직접 뜨개질한 두꺼운 양모 겉옷을 걸쳤다. 아침에 하튼이 내 객실로 들어와서 함께 담배를 피웠다. 그는 고링을 오하이오주 클리블랜드에서 1869년에 본 기억이 있다고 했다. 고링은 그때나 지금이나 미스터리한 인물로, 뚜렷한 직업 없이 떠돌아다니며 자신의 일에 대해 극도로 침묵했다. 그는 심리학적 연구 대상으로 흥미를 끄는 사람이었다. 오늘 아침 식사 중에 어떤 시선이 느껴져 고개를 돌리자 고링이 나를 맹렬한 눈빛으로 바라보고 있었는데, 그 표정은 순식간에 날씨에 대해 일상적인 언급을 하면서 풀어졌다.

재미있게도 하튼도 어제 갑판에서 비슷한 경험을 했다고 했다. 나는 고링이 산책하면서 흑인 선원들과 자주 이야기하는 것을 보았다. 고링 같은 혼혈인들은 백인보다 흑인 동족을 더 편협하게 대하는 경우가 많은데, 그의 그런 모습은 그를 존경스럽게 느끼도록 만들었다.

고링 씨의 시종을 드는 소년은 그에게 헌신적인 것처럼 보이며, 이는 그가 그 소년에게 친절하다는 것을 의미했다. 전반적으로, 그는 모순된 특성을 종합적으로 가진 흥미로운 혼합체이며,

나를 속이지 않는다면 항해 중에 그를 유심히 관찰하고 싶었다.

선장은 시계들이 정확히 같은 시간을 표시하지 않아 불평하고 있었다. 그는 시계들이 일치하지 않는 경우가 이번이 처음이라고 이야기했다. 우리는 안개 때문에 정오 관측을 할 수 없었으므로, 정확한 시간을 모르는 상태로 하루를 흘려보내야 했다. 계산에 의하면 우리는 24시간 동안 170마일 정도를 갔다.

급하게 고용했던 흑인 선원들은 선장이 이야기했던 대로 할 수 있는 일이 많지 않은 것 같았지만, 두 사람은 모두 키를 잘 다룰 수 있었으므로 그들이 배를 조종했고, 더 경험이 많은 선원들은 배의 다른 일들을 맡았다. 사소한 일이지만, 배 안에서는 이런 사소한 일들이 가십거리로 작용했다. 저녁에 나타난 고래는 우리 사이에서 꽤나 설레는 일이었다.

10월 19일. 찬바람 때문에 나는 하루 종일 선실에 머물렀다. 침대에 누워서도 책과 파이프 또는 필요한 다른 물건이 손을 뻗으면 닿을 수 있도록 구비되어 있었다. 이것은 작은 방의 장점 중 하나였다. 추위 때문에 오래된 상처가 약간 아프기 시작했다. 몽테뉴의 에세이를 읽으며 안정을 취했다. 오후에 하튼이 선장의 아이인 도디를 데리고 왔고, 그 후에는 선장이 들어와서 나의 안부를 묻고 아픈 나를 돌보아주었다.

10월 20일, 21일. 여전히 날은 춥고 이슬비가 내리고 있어서 선실을 떠날 수가 없었다. 이 의도치 않은 자연에 의한 구속은 나를 약하고 우울하게 만들었다. 고링이 나를 보러 왔지만, 그는 거의 말을 하지 않고 특이하고 다소 짜증 나는 시선으로 나를 쳐다보기만 했다. 그런 후에 일어나서 아무 말도 하지 않고 선실을 나갔다. 나는 그 사람이 정신적으로 문제가 있는 건 아닌지 의심하기 시작했다.

그의 선실이 내 선실 바로 옆이라는 사실을 내가 밝혔나? 이 두 선실은 얇은 나무 칸막이로만 나누어져 있으며, 그 칸막이도 몇 곳은 크게 깨져 있어서 내가 침대에 누워 있으면 옆방에서 그의 움직임을 의도하지 않아도 인지할 수 있었다.

나는 감시하려는 의도는 없었지만 그가 계속해서 연필과 나침반을 들고 무언가 작업하는 모습을 보았다. 내가 관찰한 바로는 그는 항해와 관련된 문제에 흥미를 보이고 있었는데, 선박의 항로를 계산하는 데 생각보다 많은 시간을 쏟고 있어 놀라웠다. 그러나 이것은 사실 무해한 취미이며, 그는 분명 선장의 결과와 자신의 결과를 비교하고 있을 것이다.

사실 그 남자의 행동이 내 의식을 거스르는 행동이 아니기를 바라고 있었다. 20일 밤에는 악몽을 꾸었다. 그 악몽에서는 내 침대가 궤짝인 것 같았고, 나는 그 안에 누워 있었다. 고링은 뚜껑에 못을 박으려고 애쓰고 있었는데, 나는 그를 절박하게 밀어내고 있었다. 깨고 나서도, 내가 관 안에 있는 게 아니라는 사실을 납득하기가 어려웠다. 의학자로서, 악몽은 단지 대뇌 반구의 혈관 이상이라는 것을 알고 있었지만, 내 심약한 상태에서는 그것이 불러오는 병적인 인상을 떨쳐 낼 수 없었다.

10월 22일. 하늘에 구름 한 점 없는 화창한 날이다. 남서쪽에서 신선한 바람이 기분 좋게 불고 있다. 이 근방에서 분명히 거센 바람이 부는 곳도 있는 듯하다. 파도가 엄청나게 일고 있고, 배가 기울어져서 전방의 메인 야드 끝이 거의 물에 닿을 정도다. 아직 배의 너울을 찾지 못한 상태지만 상선 갑판을 오가며 상쾌한 산책을 했다. 날씨는 상당히 좋았고 돛대 위에 새 몇 마리가 편안하게 자리를 잡고 앉아 있었다.

오후 4시 40분. 아침에 나는 내 침실 쪽에서 갑자기 무언가 폭발하는 소리를 들었고, 서둘러 내려가 보니 내가 심각한 사고를 당할 뻔했다는 걸 알게 됐다. 고링이 자신의 방에서 리볼버를 청소하고 있었는데, 장전된 탄창 하나가 발사된 것 같았다. 총알은 나무 칸막이를 통과하여 내가 머리를 두는 곳에 정확히 박혀 있었다.
나는 사소한 일을 심증만으로 과장하지 않기로 했지만, 만약 내가 침대에 있었다면 나는 죽을 수도 있었다.
불행히도, 고링은 내가 아침에 갑판에 올라간 걸 모르고 있었기 때문에 몹시 놀랐을 것이다. 연기 나는 리볼버를 손에 들고 나를 마주한 그의 얼굴엔 본 적 없던 당혹스러움이 묻어 있었다. 물론 그가 여러 번 사과했고, 나는 그냥 그 사건을 웃어넘겼다.

오후 11시 경, 아침에 겪은 작은 사건은 더 이상 중요하지 않다는 듯, 예상치 못한 그리고 끔찍한 사고가 발생했다. 티브스 부인과 그의 아이가 완전히, 아주 완전히 사라진 것이다. 나는 슬픔으로 인해서 이 사건에 대해서 세부적으로 기록하는 것이 어렵게 느껴졌다.

저녁 8시 반쯤 티브스가 매우 창백한 얼굴로 내 선실에 뛰어들어와 그의 아내를 본 적이 있는지 물었다. 나는 본 적이 없다고 대답했다. 그는 미친 듯이 선실 안으로 뛰어들어 그녀의 흔적을 찾기 시작했고, 나는 그를 따라가며 그가 너무 걱정하지 않아도 될 것이라고 설득하려 노력했다. 우리는 한 시간 반 동안 배 전체를 수색했지만 그의 아내와 아이를 찾을 수 없었다.

불쌍한 티브스는 목소리가 완전히 쉬어버릴 정도로 아내의 이름을 부르짖었다. 항상 침착했던 그가 정신없이 배를 뒤지는 모습이 가슴을 울렸다. 그는 흐트러진 모습으로 배 안을 돌아다녔고, 사람이 있기 불가능한 곳까지 찾아다니기를 반복했다.

그녀가 마지막으로 모습을 보인 것은 7시쯤이었는데, 그녀는 도디를 침대에 눕히기 전에 신선한 공기를 마시게 하기 위해 도디를 갑판으로 데리고 나갔다고 했다. 그 시간에는 휠을 돌리는 흑인 선원만이 거기에 있었는데, 그는 그녀를 보지 못했다고 주장했다.

사건의 구체적인 내용은 하나의 미스터리처럼 느껴졌다. 나의 개인적인 의견으로는 티브스 부인이 아이를 안고 갑판 근처에 서 있을 때 그 아이가 발버둥 치다 바다로 떨어졌고, 그녀가 본능적으로 아이를 잡으려다가 같이 바다에 떨어진 건 아닐까 싶었다. 그게 아니고서야 두 사람의 실종 사건은 설명할 수가 없었다. 아무도 모르게 그런 비극이 일어날 가능성은 충분했다. 날은 어두웠고, 선실의 피크 형태의 창문은 후방 갑판을 가리고 있었기 때문에 휠을 돌리는 사람이 알아채지 못한 채로 그런 비극이 벌어질 수도 있었다. 진실이 무엇이든 이는 끔찍한 재앙이며, 우리 항해에 가장 큰 어둠이 드리웠다. 선장은 그의 선실에서 의식이 없는 사람처럼 누워 있었다. 나는 그의 커피에 강력한 아편을 타서 그의 고통이 적어도 몇 시간 동안은 무감각할 수 있기를 바랐다.

10월 23일. 무거운 기분으로 잠에서 깨어나 잠깐의 생각 끝에 어젯밤에 우리가 겪은 상실에 대해 떠올릴 수 있었다. 나는 갑판으로 나갔고, 지구상에서 가장 소중한 것을 그에게서 빼앗아 간 그 바다를 내려다보는 불쌍한 선장을 보았다. 나는 그에게 말을 걸려 했지만, 그는 거칠게 돌아섰고, 머리를 숙이고 갑판을 돌아다녔다.

심지어 지금쯤이면 그들이 죽었을 것이라는 사실이 명백했지만, 그는 보트나 펴지 않은 돛을 보지 않고는 지나칠 수 없었다. 어제 아침보다 10살 이상 늙은 것 같아 보이기도 했다. 하튼 역시 엄청난 상처를 입었다. 그는 작은 도디를 무척 좋아했기 때문에 우울한 상태였다. 그는 하루 종일 자신의 선실에서 나오지 않았고, 가끔 그를 슬쩍 쳐다봤을 때 그의 표정은 늘 우울한 몽상 속에 머물러 있었다.

우리는 아마도 세상에서 가장 우울한 승객이 아닐까 싶었다. 우리가 겪은 재앙을 듣고 내 아내는 얼마나 충격을 받을까! 파도는 가라앉았고, 우리는 모든 돛을 펴고 바람과 함께 약 8마일을 수월하게 항해했다. 티브스 선장은 최선을 다해 전선을 지키고 있었지만, 어려운 작업에는 투입될 수 없었기 때문에 하이슨이 실질적으로 배를 지휘하고 있었다.

10월 24일. 이 배는 저주받았는가?

이렇게 아무런 문제없이 편안하게 출발했지만 큰 문제를 안고
끝난 항해가 있었을까? 티브스는 밤중에 자기 머리를 총으로 쐈
다. 나는 새벽 3시쯤 폭발 소리에 깨어나 침대에서 즉시 뛰쳐나와
서 사건의 원인을 알아내기 위해 선장실로 달려갔다. 선실에 도착
했을 때 고링은 이미 선장실에 도착한 후였다.

그는 선장의 시신 위에 몸을 구부리고 있었다. 선장의 얼굴은
형체를 알아볼 수 없었고, 작은 방은 피투성이가 되어 있었다. 권
총은 그의 손에서 떨어진 듯 바닥에 놓여 있었다. 그는 방아쇠를
당기기 전에 총구를 입에 가져갔던 것이 분명했다. 고링과 나는
경건하게 그를 일으켜 침대에 눕혔다. 선원들이 모두 그의 선실로
모여들었고, 6명의 선원들은 그와 함께한 시간을 떠올리며 슬픔
에 잠겨 있었다. 그들은 어두운 시선과 속삭임을 교환했고, 한 명
은 공공연히 배에 귀신이 든 것 같다고 주장했다.

하튼은 불쌍한 선장을 눕히는 것을 도왔고, 우리는 캔버스로
그를 덮었다. 12시 정각에 우리는 그의 시신을 깊은 바다에 맡겼
다. 그리고 교회식 예배를 드렸다. 바람이 선선해졌고, 하루 종일
10노트, 때로는 12노트의 속도로 항해했다. 리스본에 도착해서
이 저주받은 배로부터 빨리 떠나는 게 좋겠다는 생각이 들었다.
마치 우리가 떠다니는 관 속에 있는 듯했다. 나조차도 그렇게 느
끼는데 배의 선원들이 귀신이 들렸다고 믿는 것은 어쩌면 당연한
일이었다.

10월 25일. 하루 종일 항해는 수월했다. 그럼에도 기분이 나쁘

고 우울한 건 어쩔 수 없었다.

10월 26일. 고링, 하튼, 그리고 나는 갑판에서 일련의 사건들에 대한 이야기를 나눴다. 하튼은 고링의 직업과 유럽에 가는 목적에 대해 물어봤지만 고링은 대답하지 않고 가볍게 말을 돌렸다. 그는 우리에게 정보를 주고 싶어 하지 않는 것 같았다. 실제로 그는 하튼의 고집스러운 질문에 약간의 신경질을 내고는 자신의 객실로 들어가 버렸다. 우리도 우리가 왜 이렇게 그에게 관심을 가지는지 궁금했다!

아마도 그의 두드러진 외모와 표면적으로 드러난 어떤 요소들이 우리의 호기심을 자극한 것 같다. 하튼은 그가 형사일 것 같다고 생각했다. 그는 고링이 포르투갈로 도망간 어떤 범인을 추적하고 있으며, 그는 자신이 주목받지 않고 도착해야 적을 습격할 수 있으니, 이 특이한 잠복 여행 방법을 선택했다고 추측했다. 이 추측은 지나치게 멀리 돌아간 듯했지만, 하튼은 고링이 갑판에 놓고 갔던 신문을 집어 들었던 기억이 있다고 주장했다. 그것은 수많은 신문 기사를 스크랩한 것이었는데, 그 안에는 지난 20년 동안 미국에서 발생한 살인사건에 관한 자료들이 들어 있었다고 했다.

그러나 하튼의 주목을 끌었던 점은 그 사건들 모두 범인이 잡히지 않은 살인사건이었다는 점이다. 피해자의 사회적 지위와 범죄 방식 등 모든 세부 사항이 달랐지만, 그 사건들은 일관되게 범인이 아직 잡히지 않았다는 결론으로 마무리되었다. 물론 경찰이 범인을 빨리 잡을 것이라고 기대하고 있었다. 확실히 그 스크랩은 하튼의 주장을 지지하는 것처럼 보였다. 그러나 고링의 일종의 특이한 취미이거나, 하튼에게 이야기했던 것처럼 그는 우리가 쉽게 상상할 수 없는 책을 만들기 위해 자료를 모으고 있는 것일 수도 있었다. 어쨌든 이것은 우리가 신경 쓸 일이 아니라고 생각했다,

10월 27일, 28일. 바람은 여전히 고요하며, 우리의 항해는 상당히 큰 진전을 이루고 있다. 인간이 떠난 자리가 어떻게 이렇게 쉽게 잊힐 수 있는지 알 수 없는 일이다! 티브스에 대한 이야기가 거의 언급되지 않고 있다. 하이슨이 그의 객실을 차지했고, 모든 것이 이전과 같이 진행되고 있었다. 불행한 가족이 존재했다는 사실을 모두 잊고 있는 것 같다. 보조 협탁 위에 놓여 있는 티브스 부인의 미니 재봉틀만 없었다면, 아예 그가 애초에 존재하지 않았다고 해도 믿을 만큼 말이다.

오늘 선박에서 또 다른 사고가 발생했지만, 다행히 심각한 것은 아니었다. 일꾼들 중 한 명이 여분의 밧줄을 가져오기 위해 애프터 홀로 내려갔을 때, 그가 제거한 해치* 중 하나가 그의 위로 떨어졌다. 그는 목숨은 건졌지만, 그의 한쪽 발이 심하게 으스러져서 남은 항해 동안 일을 하지 못하게 되었다. 그는 해치를 옮기는 것을 도와준 흑인 동료의 부주의를 사고의 원인으로 주장했다. 그러나 흑인 동료의 말에 의하면 이것은 배가 기울어지며 일어난 사고였다.

---

* 옮긴이: 사람이나 화물 따위의 출입을 위하여 설치한 갑판의 문.

원인이 무엇이든 간에, 이 사건으로 인해서 우리가 일할 수 있는 선원 한 명을 잃었다는 사실만은 명확했다. 이런 불운의 연속 때문인지 하튼은 기분 좋은 유쾌함을 잃었다. 고령만이 싱글벙글한 모습을 유지하고 있었다. 그는 여전히 자신의 방에서 차트 작업을 하고 있었고, 무슨 일이 발생한다면 그의 이런 해양 지식들이 꽤 유용할 것이었다.

10월 29일, 30일. 상쾌한 바람과 함께 빠르게 전진 중이다. 모두 조용하고 주목할 만한 일은 없다.

10월 31일. 내 연약한 폐는 항해의 크고 작은 사건들로 인해 상당한 타격을 입은 것 같다. 사소한 사건들이라고 할지라도 나는 제법 큰 영향을 받기 때문이다. 내가 전쟁터의 무거운 소총 발사 현장 속에서 그 총을 장전하고 있던 병사였다는 사실조차도 지금은 제대로 믿을 수가 없을 정도다. 지금의 나는 어린아이처럼 신경질적이다.

어제 새벽 4시경, 자려고 눈을 감을 때였다. 내 객실 안에는 빛이 없었지만, 한 줄기 달빛이 창문으로 들어와 문에 은은한 반원을 만들었다. 그 반원이 점점 흐려지고 있다는 것을 느끼고 있을 때, 갑자기 눈앞에 작고 어두운 물체가 나타났다. 나는 놀랐지만 조용히 숨죽여 그것을 지켜보았다. 그것은 서서히 크고 뚜렷해졌고, 그때 나는 그것이 사람의 손임을 깨달았다. 그 손에 손가락이 없다는 사실을 느끼며 공포에 질렸다.

문이 조심스럽게 열리고, 고령의 머리가 그의 손을 따라 나타났다. 그것은 달빛의 중심에 있었으며, 그의 특징이 명확히 드러났다. 나는 인간의 얼굴에서 그렇게 잔인하고 무자비한 표정을 본 적이 없는 것 같다. 그의 눈은 크게 번뜩이고, 그의 입술은 뒤집어져 그의 날카로운 송곳니를 적나라하게 보여주고 있었다. 갑작스럽고 소리 없는 출현이 나에게 큰 공포심을 주면서, 나는 무언가를 생각할 틈도 없이 내 침대 위에 놓여 있는 리볼버로 손을 뻗었다.

그가 내 방에 온 목적을 설명하자 나는 내 조급함을 부끄러워할 수밖에 없었다. 그는 치통으로 고통받고 있었고, 내게 구급약통이 있었다는 것을 알고 있었기 때문에 약을 얻을 수 있는지 알아보기 위해 들어온 것이었다. 나는 그때 신경이 곤두서 있었고, 달빛에 비춘 모습만으로도 그를 오해하기 충분했다. 나는 그에게 약을 주었고, 그는 감사를 전하고 돌아갔다. 이 사소한 사건이 내게 얼마나 많은 영향을 미쳤는지 말로 표현하기 어렵다. 나는 하루 종일 기운 없이 방에만 있었다.

일주일간의 항해 기록은 생략하겠다. 그동안 그 어떤 이상한 일도 일어나지 않았으며, 내 일지는 그서 중요하지 않은 가십거리로만 몇 페이지 채워져 있다.

11월 7일. 남반구로 들어오면서 날씨가 매우 더워지고 있으므로 하튼과 나는 오전 내내 돛대 아래에 앉아 있었다. 우리의 항해는 이제 3분의 1 정도 남았다고 생각했다. 곧 타구스강의 녹색 둑을 보게 된다면 얼마나 기쁠까! 이 불운한 배를 영원히 떠나게 될 것이다. 오늘 나는 하튼을 즐겁게 해주고 함께 시간을 보내기 위해 내 과거 경험 중 몇 가지를 그에게 이야기하고 있었다. 여러 이야기들 중에 내가 검은 돌을 소유한 과정을 그에게 설명했고, 피날레로 내 오래된 사격용 코트의 측면 주머니에서 그 돌을 꺼내 보여 주었다.

그와 내가 함께 그 돌 표면의 기묘한 부스러기들을 관찰하고 있을 때, 우리 사이로 그림자가 지는 것을 느꼈다. 주위를 둘러보자 고령이 우리 뒤에 서서, 힐끔거리며 우리 둘을 쳐다보고 있었다.

그는 어떠한 이유로 매우 흥분한 듯 보였지만, 애써 자신을 통제하고 그 흥분을 숨기려고 노력하고 있었다. 그는 그의 자그마한 엄지손가락으로 그 돌을 가리키며 그 돌을 어떻게 얻게 되었는지를 내게 물었다. 내가 그 남자가 괴짜라는 사실을 몰랐다면 기분이 상했을 정도로 퉁명스러운 태도였다.

나는 하튼에게 이야기한 것을 그대로 다시 이야기해 주었다. 그는 깊은 관심을 보이며 경청하고 나서 그 돌이 무엇인지 알고 있는지 물었다. 나는 그것이 우주에서 왔다는 것을 제외하고는 잘 알지 못한다고 말했다. 그는 내게 이 돌의 효과를 흑인에게 시도해 본 적이 있는지 물었다. 나는 당연히 그렇지 않다고 답했다.

"이리 와보세요." 그가 말했다. "우리 흑인 동료들이 이것을 어떻게 생각하는지 한 번 봅시다."

그는 돌을 손에 들고 두 흑인 선원에게로 다가갔고, 두 사람은 그 돌을 신중하게 살펴보았다. 나는 그가 흥분한 듯 손짓하고, 머리를 끄덕거리는 것을 볼 수 있었다. 그의 얼굴에는 매우 놀라움과 어떤 숭배감이 섞여 있는 것 같았다. 고령이 나에게로 다가올 때 그는 여전히 손에 돌을 들고 있었다.

"그들은 이것이 가치 없고, 쓸모없는 것이라고 하네요." 그가 말했다. "그리고 이런 건 바다에 던져 버려야 한다고 하네요."

그는 이렇게 말하며 나의 돌을 바다에 던지려고 했지만, 이내 그의 뒤에 있던 흑인 선원이 빠르게 앞으로 달려와 그의 손목을 잡았다. 자신의 손목을 잡힌 것을 깨달은 고링은 돌을 놓고 내가 분노하는 모습을 보며 천천히 상황을 해명하려고 노력했다. 그는 자신의 행동에 대해 사과하며 나에게 그 돌을 다시 넘겼다. 이 모든 일이 이해가 되지 않았다. 나는 고링이 정신이상자인지 또는 그에 달하는 수준인 것인지 결론을 내려고 노력 중이었다. 그러나 흑인 선원에게 돌이 미치는 효과에 대해서 이야기하던 그의 모습과 고링의 놀라운 표정을 보았을 때 내가 가지고 있는 것이 무언가 강력한 부적이라는 생각이 들었다. 그리고 나는 돌을 다시 고링의 손에 쥐어 줄 만큼 그를 신뢰하지는 않았다.

11월 8일, 9일. 정말 멋진 날씨다! 강풍이 한 차례 지나갔지만, 항해 내내 신선한 바람이 불었다.

이틀 동안 우리는 지금까지의 어느 때보다 더 나은 항해를 했다. 뱃머리가 파도를 가르면서 뿌리는 물방울을 보는 것은 참으로 아름다운 일이다. 태양이 그 물방울들을 비추면 그것은 작은 무지개가 된다. 오늘도 몇 시간 동안 뱃머리에 서서 그 광경을 지켜보았다. 흑인 선원이 나의 놀라운 돌에 대해 다른 흑인들에게 말한 것 같다. 어쩐지 나는 모든 사람들로부터 존경을 받고 있었다.

어제저녁 광학 현상에 대해 이야기할 때 하이슨이 지적한 홍미로운 현상이 있었다. 북쪽 하늘에 삼각형 모양의 뚜렷한 물체가 나타난 것이다. 그는 이것이 멀리서 본 테네리페 섬의 봉우리와 똑같다고 설명했다─그러나 그때 그 봉우리는 적어도 남쪽으로 500마일 이상 떨어져 있었다. 이것은 구름일 수도 있고, 아니면 이상한 반사 현상일 수도 있다. 날씨가 매우 더웠다. 사람들은 이 위도가 이렇게 더운지는 몰랐다고 말했다. 저녁에는 하튼과 체스를 두었다.

11월 10일. 날씨가 점점 더워지고 있다. 아직 목적지까지 상당한 거리가 남았지만, 오늘도 육지 새 몇 마리가 배의 갑판에 앉았다. 더위가 너무 심해서 갑판 주변에서 느긋하게 담배를 피우기가 힘들어졌다. 고렁이 내게 와서 내 돌에 대해 몇 가지 더 물었지만, 아직 그가 내 돌을 빼앗으려 한다는 생각이 들어서 냉담한 태도로 짧게 대답할 수밖에 없었다.

11월 11일, 12일. 아직도 우리의 항해는 꽤나 좋은 진전을 이루고 있다. 나는 포르투갈이 이렇게 더운 줄은 전혀 몰랐지만, 아마도 육지에선 이거보다는 시원할 것이다. 하이슨도 이렇게 더울 줄 몰랐다며 놀랐고, 다른 선원들도 마찬가지였다.

11월 13일. 매우 이례적인 사건이 일어났다. 사람의 머리로는 도무지 이해할 수 없을 만큼 이상한 사건이다.
물론 이러한 사건들의 원인으로는 하이슨이 실수를 했거나 어떤 자기장의 영향으로 우리의 장비가 교란되었을 수도 있다. 새벽에 하이슨이 선두 갑판에서 파도 소리를 들었다고 외쳤고, 그는 육지의 모습을 보았다고 생각했다. 배를 돌려보니 빛은 보이지 않았지만, 우리 중 아무도 예상보다 조금 일찍 포르투갈 해안에 닿았다는 사실에 대해서 의심하지 않았다. 해가 떠오르자 우리 눈앞에 펼쳐진 광경에 우리는 얼마나 놀랐던지!

저 멀리 양쪽으로 거대한 초록 파도가 펼쳐져 있었다. 파도 뒤에 무엇이 있었을까! 포르투갈 해안의 초록 둑이나 절벽이 아니라, 우리가 바라본 것은 큰 모래 언덕이었다. 오른쪽과 왼쪽, 어디를 봐도 모래뿐이었다. 어떤 곳에서는 모래가 수백 피트 높이의 환상적인 언덕으로 쌓여 있었고, 다른 곳에서는 당구대처럼 평평한 모랫길이 쭉 이어져 있었다.

함께 갑판에 나온 하튼과 나는 놀라서 서로를 쳐다보았고, 하튼은 터무니없는 웃음을 터뜨렸다. 하이슨은 이 사건에 대해 매우 난처해하며, 장비가 조작된 것이라고 주장했다. 이것은 아프리카 대륙의 육지이며, 며칠 전에 우리가 항해 중 보았던 테네리페 섬의 봉우리는 진짜였다.

우리가 육지 새를 본 시점에는 카나리아 제도 중 일부를 지나고 있었을 것이다. 우리가 같은 코스를 계속 왔던 거라면, 지금은 사하라 대부분을 끼고 있는 미탐색 지역인 카프 블랑코 북쪽에 있는 것이다. 우리가 할 수 있는 일은 가능한 한 빨리 우리의 장비를 바로잡고 목적지로 다시 떠나는 것뿐이었다.

오후 8시 30분. 의도치 않은 돌발사건 덕에 하루 종일 진이 빠져서, 침실에 누워서 시간을 보냈다. 이제 우리는 해안선에서부터 약 1마일 반 정도 떨어져 있다. 하이슨은 기기들을 조사해 보았지만, 난데없이 오류가 생긴 편차에 대한 이유는 찾지 못했다.

이것이 내 개인 일지의 끝이다. 나머지 부분은 이제부터 내 기억에 의존해야 한다. 그렇다고 해도 내가 그때의 사건에 대해서 착각하고 있는 내용은 거의 없을 것이다.

그날 밤, 오랫동안 끓어오르던 폭풍이 우리를 덮쳤고, 내가 무모하게 기록해 두었던 작은 사건들이 어디로 향하고 있는지를 알게 되었다. 내가 이를 더 빨리 알아채지 못한 것은 정말 멍청한 일이었다! 가능한 한 정확하게 발생한 일을 말하겠다.

나는 밤 11시 반쯤 내 객실로 들어가서 잠자리에 들 준비를 하고 있었는데, 문을 두드리는 소리가 들렸다. 문을 열자마자, 고령의 작은 흑인 하인이 나에게 그의 주인이 나와 얘기하길 원한다고 말했다. 이렇게 늦은 시간에 그가 나를 부른다는 것에 다소 놀랐지만 망설임 없이 갑판으로 올라갔다. 올라가자마자 누군가 뒤에서 나를 붙잡아 바닥에 눕히고, 수건으로 내 입을 묶었다. 나는 힘껏 몸부림쳤지만, 밧줄이 빠르고 단단하게 내 몸을 감고 있었고, 내 목에는 칼이 들어와 몸부림치는 것을 멈추라고 경고하고 있었다.

어두운 밤이었기 때문에 나는 그들을 알아볼 수 없었지만, 눈이 어두운 것에 익숙해지고, 달이 구름을 뚫고 나타나자 두 흑인 선원과 흑인 요리사, 그리고 고령이 나를 둘러싸고 있다는 것을 알 수 있었다. 내 발 앞에도 한 사람이 누워 있었지만, 그는 그림자에 뒤덮여 알아볼 수 없었다.

이 모든 일이 너무 빠르게 일어나서 그들에게 붙잡힌 나를 발견하기까지 1분도 채 걸리지 않았을 것이다. 이 모든 것이 무엇을 의미하는지를 깨닫기 힘들었다. 그들은 서로 짧고 격렬하게 속삭이고 있었고, 직감적으로 내 목숨이 걸린 문제라는 것을 알 수 있었다. 고령이 화를 내며 말했고, 다른 이들은 그의 명령에 이의를 제기하는 듯 끈질기게 한목소리를 내고 있었다. 그들은 함께 몸을 돌려 갑판의 반대편으로 이동했고, 창고의 문에 가려져 있긴 했지만 여전히 그들의 목소리를 들을 수 있었다.

그때 갑판 위에서 웃으면서 이야기하는 선원들의 목소리가 들렸다. 나는 그들이 모여 있는 것을 볼 수 있었다. 그들은 배의 서쪽에서 벌어지고 있는 이 무서운 일에 대해 전혀 짐작하지 못하고 있었다. 아, 목숨을 잃는 한이 있더라도 그들에게 경고해 줄 수 있다면! 하지만 그것은 불가능했다. 달은 흩어진 구름으로 인해 희미하게 존재를 드러내고 있었고, 나는 은은한 파도 소리와 그 너머로 환상적인 모래 언덕들이 있는 거대하고 기이한 사막을 볼 수 있었다. 아래를 내려다보자, 갑판에 엎드려 있던 남자는 여전히 거기에 누워 있었고, 나는 그를 바라보는 동안 달빛이 그의 뒤집힌 얼굴에 가득 닿는 것을 보았다.

하늘이시여! 심지어 지금 이 순간, 12년이 지났음에도 불구하고, 나의 손이 떨리는 것을 느끼고 있다. 왜냐하면 그림자로 인해서 그의 얼굴이 반만 보였지만, 나는 그가 나의 동행자였던 명랑한 젊은 작가 하튼의 얼굴이라는 것을 알아볼 수 있었기 때문이다. 의사의 견해는 전혀 필요하지 않았다. 그가 이미 죽었다는 것을 알 수 있었다. 그의 목에 감긴 손수건과 입에 묻은 거품이, 악마 같은 그들이 저지른 행위를 보여 주고 있었다. 하튼의 시체를 바라보는 동안 우리 항해의 모든 사건을 설명하는 단서가 내게 번쩍이듯이 다가왔다. 많은 것이 분명하게 설명되지 않았지만, 나는 진실에 어느 정도 다가가고 있다는 것을 느꼈다.

가장자리에서 성냥을 긁는 소리가 들렸고 나는 고링이 등불을 들고 있는 모습을 볼 수 있었다. 그는 그 등불을 배 옆에 잠시 내려두었다. 나는 그 순간 해안가의 모래 언덕 사이로 빛이 반짝이는 것을 보았는데, 그 빛은 너무 빠르게 사라져서 고링의 시선을 따라가지 않았다면 결코 감지할 수 없었을 것이다. 그는 다시 등불을 들었다 내렸고, 모래언덕에서는 한 번 더 불꽃으로 대답했다. 밤은 평온했고, 선박은 고요해서 아무도 그들을 방해할 수 없었다. 티브스의 사망 이후에 배를 지휘하던 하이슨은 잠을 청하기 위해 아래로 내려갔고, 당직을 맡은 두 남자는 갑판 위에 서 있었다. 나는 내 살을 파고드는 밧줄과 살해당한 하튼을 발밑에 두고는 무력하고 말문이 막힌 채 비극의 다음 장면을 기다렸다.

네 명의 악당은 갑판의 반대편에 있었다. 요리사와 다른 사람들은 칼을 들고 있었고, 고링은 리볼버를 가지고 있었다. 그들은 모두 난간에 기대어 있었고, 물을 바라보며 마치 무엇을 지켜보는 것처럼 보였다. 나는 그들 중 한 명이 다른 사람의 팔을 붙잡고 어떤 물체를 가리키는 것을 보았고, 그 방향을 따라가 보니 배를 향해 움직이는 커다란 덩어리를 볼 수 있었다.

그것이 어둠 속에서 모습을 드러냈을 때, 나는 그것이 사람으로 가득 차 있는 카누라는 것을 알았다. 당직 선원들도 그 카누를 발견했지만 이미 너무 늦은 상태였고, 비명을 지르며 혼비백산한 채 흩어졌다. 거대한 흑인 군단이 모여서 배를 공격했고, 고링의 주도하에 선박을 휩쓸었다. 모든 저항은 의미가 없었고, 선원들은 결박되었다. 자고 있던 사람들도 침대에서 끌려 나와 결박당했고, 하이슨은 그의 선실로 이어지는 통로에서 잡혀 그대로 제압당했다. 나도 그 싸움 소리를 들으며 그가 도움을 청했음을 알았지만, 내가 할 수 있는 것은 없었다.

나는 흑인 선원들이 나를 가리키며 무언가 이야기하는 것을 들었다. 그들 중 한 명이 내게 다가와 주머니에 손을 넣더니 검은 돌을 꺼냈다. 그러고는 그들 중 대장으로 보이는 사람에게 전달했고, 모든 이들이 돌을 면밀히 살펴보았다. 대장은 고링에게 모국어로 몇 마디 말을 했고, 고링은 내게 영어로 말을 전달했다. 그 순간 나는 그 장면이 느리게 보였다. 달빛이 쏟아져 내리는 배의 돛대, 야드를 은빛으로 물들인 그물망, 창에 기대어 있는 사람들, 내 발밑에 죽어 있는 남자, 잡혀 있는 포로들, 그리고 자신의 동료들과 묘하게 대조되는 혐오스러운 혼혈인 남자까지.

그가 부드러운 목소리로 말했다.

"나는 당신의 목숨을 살려주자는 의견에 반대합니다. 당신의 목숨이 내게 달려 있다면 당신도 이들과 마찬가지로 죽겠지요. 나는 당신이나 그들한테 개인적인 원한은 없지만, 백인의 파멸에 내 인생을 바쳤답니다. 당신은 내 통제 아래 들어왔는데도 내 손에서 벗어난 유일한 사람입니다. 당신의 목숨을 살린 건 그 돌입니다. 이 불쌍한 녀석들은 그 돌을 숭배하고 있습니다. 실제로 그들이 생각하는 대로라면, 그럴만한 이유가 있긴 하지만 말입니다. 우리가 육지에 도착해서 확인해 봤을 때 그것이 그들의 착각이라면, 그 모양과 재질이 우연히 같은 것이라면, 그 어떤 것도 당신의 목숨을 구할 순 없을 겁니다. 그동안은 당신에게 친절하게 대해주고자 하니 당신이 가져가고 싶은 것이 있다면 자유롭게 가져가도 좋습니다."

그는 말을 마치고 나서 신호를 줬고, 몇 명의 흑인이 나를 풀어 주었지만, 아직 재갈은 풀어 주지 않았다. 나는 선실로 끌려가서 귀중품 몇 개와 나침반, 그리고 항해 일지를 챙겼다. 그들은 나를 작은 카누로 밀어 넣었고, 나를 따르던 흑인들이 카누의 노를 젓기 시작했다. 우리가 배로부터 100야드 정도 떨어진 곳에 있을 때 조종사가 손을 들고, 노를 멈추었다. 그리고 그 순간 나는 밤의 고요 속에서 어떤 둔탁한 울음소리를 들었고, 물속에서 연이어 물이 튀는 소리를 들었다.

그것이 나와 함께 항해했던 불쌍한 선원들의 운명에 대해 내가 알고 있는 전부다. 얼마 지나지 않아 대형 카누도 우리를 따라왔고, 버려진 배는 유령처럼 음산하게 남겨졌다. 야만인들은 그 배에서 그 어떤 것도 가져오지 않았고, 마치 하나의 종교 의식처럼 거룩하고 차분하게 모든 것이 진행되었다.

해변에 도착했을 때 동쪽 하늘에서 아침 해가 떠올랐다. 카누에 탄 여섯 명만 남겨두고, 나머지 흑인들은 나를 대단히 정중하게 다루면서 모래 언덕을 통과하여 해변에 이르렀다. 걸을 때마다 모래에 발이 빠져 걷기가 어려웠고, 마을에 도착할 때쯤에는 지쳐 쓰러질 뻔했다. 집들은 벌집과 닮은 원뿔형 구조였고, 해초를 압축한 후 그 위에 조잡한 형태의 시멘트를 발라 만든 것이었다. 해변 근처나 몇백 마일 안에 있는 어느 곳에도 막대나 돌은 없었다.

마을에 들어갈 때 남녀노소 수많은 사람들이 우리를 맞이하러 나와, 북을 치고 고함을 지르며 울부짖었다. 나를 보자 그들은 소리를 두 배로 높이고 위협적인 자세를 취했지만, 나를 호위하던 사람들이 몇 마디 말로 분위기를 순식간에 진압했다. 전쟁 소리와 고함이 사라지고 경탄의 소리가 일었다. 그 후 군중 전체가 나와 내 호위를 중심에 두고 마을의 넓은 중앙 도로를 따라 내려갔다.

지금까지의 내 이야기는 나를 모르는 사람들에게는 그럴듯하게 들렸을지도 모르지만, 이제 말하게 될 사건은 내 처남조차도 나를 믿지 못하게 했다. 나는 이 사건을 가장 단순한 말로 표현할 수밖에 없으며, 우연과 시간이 그 진실을 증명하게 될 것이라고 믿는다.

중앙 거리에는 다른 건물들과 같이 구식으로 만들어진 큰 건물이 있었다. 건물 주변에 아름답게 광택이 나는 칠흑나무로 만든 울타리가 세워져 있었고, 문의 프레임은 화려하게 수놓은 황금 자수로 장식되어 있었다. 우리는 이 위엄 있는 건물로 향했고, 우리가 울타리의 입구 부분에 이르자 군중들은 멈춰 서서 바다에 앉았다. 나는 몇몇 부족의 족장과 노인들에게 안내를 받아 마당 안으로 들어갔다.

고령은 우리를 따르며 사실상 행동을 지시했다. 울타리로 둘러싸인 신비한 구조물에 이르러서, 내 모자와 신발이 벗겨졌고, 그 후에 거룩해 보이는 노인이 내 손에서 꺼낸 돌을 들고 길을 안내했다. 열대 태양빛은 지붕의 긴 틈새로만 비쳤다. 건물 내부는 외부에서 상상할 수 있는 것보다 훨씬 더 큰 공간이었다. 벽은 지역 매트, 조개, 기타 장식품으로 장식되어 있었지만, 그 큰 공간의 나머지는 한 가지 물건을 제외하고는 완전히 비어 있었다.

그것은 중앙에 있는 거대한 흑인의 형상이었다. 처음에는 실제로 거대한 왕이나 고위 사제일 것이라고 생각했지만, 더 가까이 다가가서 보니, 그것은 칠흑 같은 돌로 멋지게 조각한 조각상임을 알 수 있었다. 나는 그 조각상 앞으로 다가가서 더 자세히 살펴보았고, 이 조각상이 모든 면에서 완벽하지만, 한쪽 귀가 깨져있는 것을 보았다.

내 돌을 들고 있는 노인이 작은 발판에 올라가 손을 뻗어, 그의 손에 있는 검은 돌을 우상의 머리 옆의 울퉁불퉁한 표면에 맞췄다. 하나가 다른 하나에서 부러져 나왔다는 것은 의심할 여지가 없었다. 두 부분이 너무 정확하게 맞물려 있어서 노인이 손을 떼자 귀가 몇 초 동안 제자리에 붙어 있다가 이내 손바닥에 떨어졌다. 내 주위에 있던 사람들은 경건한 외침과 함께 땅에 엎드렸고, 결과가 전해지자 바깥 군중은 열광적으로 환호와 함성을 지르기 시작했다.

어느 순간 나는 죄수에서 숭배되는 신으로 변했다. 나는 승리의 환호를 받으며 마을로 돌아갔고, 사람들은 내 옷을 만지고 내 발이 밟은 흙을 모으려고 앞으로 몰려들었다. 가장 큰 오두막 중 하나가 내게 주어졌고, 각종 토착 식품으로 구성된 연회가 내게 차려졌다. 그러나 오두막 입구에 경비병이 배치되었으므로 아직도 나는 자유롭지 않은 것 같았다.

하루 종일 탈출 계획으로 머릿속이 복잡했지만, 어떤 식으로도 실행 가능해 보이지 않았다. 한쪽은 팀부크투로 향하는 거대한 불모의 사막이 펼쳐져 있었고, 다른 한쪽은 선박 없이는 통과할 수 없는 바다였다. 문제에 대해 생각할수록 더욱 절망적으로 보였다. 나는 그 문제의 해결책이 얼마나 가까워졌는지 전혀 생각하지 못했다.

어둠이 내리고, 흑인들의 소란은 점차 사그라들었다. 내가 제공받은 가죽 침상에 누워 내 미래에 대해 여전히 고민하고 있을 때, 고령이 몰래 오두막으로 들어왔다. 나는 그가 마지막 생존자인 나를 죽임으로써 살인을 완성시킬 것이라는 생각이 들었고, 나는 최후의 순간까지 스스로를 방어하기로 결심하고 자리에서 벌떡 일어났다. 그는 그 행동을 보자 미소를 지었고, 내게 다시 앉으라고 손짓하면서 침상의 다른 끝에 앉았다.

"나에 대해 어떻게 생각합니까?"라는 생각지도 못한 질문으로 그는 대화를 시작했다.

"당신에 대해 어떻게 생각하냐니!"

나는 어이가 없어 소리를 질렀다.

"당신은 지구를 더럽히는 가장 사악하고 불순한 변절자라고 생각합니다. 만약에 당신의 악마 같은 흑인 동료들에게서 벗어날 수 없다면, 나는 당신을 내 손으로 죽일 것입니다."

"그렇게 큰 소리로 말하지 마세요."

그는 아무런 동요 없이 말했다.

"우리의 대화가 끊어지는 건 원치 않습니다. 당신은 내게 물어보고 싶은 게 많겠지요. 제가 몇 가지 사실을 알려 주고자 합니다. 당신이 당신의 동료들에게 돌아간다면(만약 당신에게 행운이 있다면) 알게 될 것들을 말입니다. 예를 들어 그 저주받은 돌에 대해서 말이죠. 이 흑인들은 전설에 따르면, 원래 마호메트교도였어요. 마호메트가 살아 있을 때 추종자들 사이에 분열이 일어났고, 소수파는 아라비아를 떠나 결국 아프리카로 건너갔죠. 그들은 망명 길에 메카의 큰 검은 돌 조각 모양의 오래된 귀중한 유물을 가져갔습니다. 아시다시피 이 돌은 지구에 떨어진 운석으로, 두 조각으로 부서진 것이었죠. 이 조각 중 하나는 여전히 메카에 남아 있고, 더 큰 조각은 바바리로 옮겨졌으며, 숙련된 장인이 오늘날과 같은 모양으로 만들었습니다. 이 사람들은 원래 마호메트에서 떠난 사람들의 후손이며, 그들은 사막이 적으로부터 그들을 보호하는 이 낯선 곳에 정착할 때까지 모든 방랑을 통해 유물을 안전하게 가져왔습니다."

"귀 모양의 돌은?"

내가 거의 무의식적으로 물었다.

"그것도 똑같은 이야기죠. 몇 세기 전에 부족 중 일부가 남쪽으로 떠나게 되었는데 그때 그중 한 명이 모험에 행운을 빌기 위해 밤에 사원에 들어가서 귀 하나를 가져갔어요. 그 이후로 흑인들 사이에 전해져 내려온 전통이 있죠. 언젠가는 귀가 돌아올 거라고요. 귀를 가져간 사람은 분명 어떤 의뢰인에게 잡혔던 것이겠죠. 그러다 그 돌은 미국으로 들어가서 당신 손에 넘어간 거구요. 그래서 당신은 그 예언을 이루는 영광을 누리게 된 것이죠."

그는 이야기를 잠시 멈추고, 손을 얼굴에 얹은 뒤 내 말을 기다리는 듯했다. 그가 다시 고개를 들었을 때 그의 얼굴 표정은 완전히 변했다. 그의 얼굴은 단호하게 굳어 있었으며, 이전에 조롱하는 듯한 분위기에서 엄숙하고 사나운 분위기로 변했다.

"나는 당신이 백인들에게 메시지를 전달해 줬으면 좋겠습니다. 내가 미워하고, 혐오하는 백인들에게 말이죠. 나는 이십 년 동안 그들의 핏속에서 살았고, 그들을 죽였습니다. 그러나 어느 순간부터 옛날에는 기쁨이었던 그 일도 지겨워졌습니다. 그들의 문명이 제안할 수 있는 모든 예방책에도 불구하고 나는 그들이 의심조차 하지 않는 상태에서 이 모든 것을 행했습니다. 적이 누가 자신을 공격했는지 모른다면 복수할 때 만족감이 없죠. 그래서 나는 당신을 메신저로 두고 싶다는 생각이 들었습니다. 어떻게 이 큰 혐오가 내게서 태어났는지에 대해 말할 필요도 없습니다. 보세요, 이것을 보세요."

그는 그의 망가진 손을 들어 보였다.

"백인의 칼에 의해 이렇게 되었죠. 내 아버지는 백인이었고, 어머니는 노예였습니다. 아버지가 돌아가셨을 때 어머니는 다시 팔려갔고, 그때 아이였던 나는 어머니가 죽을 때까지 백인들이 채찍

질하는 것을 보았습니다. 그리고 내 아내도, 오, 나의 젊은 아내!"

그가 몸을 떨었다.

"하지만 상관없어요! 나는 맹세했고 그 맹세를 지켰습니다. 메인에서 플로리다까지, 보스턴에서 샌프란시스코까지, 경찰을 당황하게 만든 갑작스러운 죽음으로 제 발자취를 남겼죠. 나는 그들이 여러 세기 동안 흑인에게 전쟁을 벌였듯이 백인과 전쟁을 벌였습니다. 백인 얼굴을 보는 것이 혐오스러워서 용감하고 자유로운 흑인들을 찾아내 그들과 운명을 같이 하고, 그들의 잠재적인 힘을 개발하고, 거대한 유색인종 국가의 핵심을 형성하기로 결심했습니다. 이 아이디어가 나를 사로잡았고, 나는 내가 원하는 것을 찾기 위해 두 해 동안 세계를 여행했죠. 노예 거래를 하는 수단족들에게는 회생의 희망이 없었고, 쇠락한 판티족이나 미국화된 라이베리아의 흑인들에게도 그런 희망이 없었습니다. 탐색을 끝내고 되돌아오고 있었을 때 우연히 이 황량한 사막에 사는 이 부족을 만나게 되었고, 나는 그들과 운명을 함께하게 되었습니다. 그러나 여기 정착하기 전에 내 복수의 본능이 미국으로 마지막 방문을 하게끔 이끌었고, 나는 마리 셀레스트호를 타고 이곳으로 돌아온 것이죠."

그가 계속 말했다.

"항해 자체에 대해서는, 이제 당신도 눈치를 챘을 것입니다. 내가 조작한 덕분에 나침반과 크로노미터는 완전히 신뢰할 수 없는 상태였죠. 나는 내가 따로 가지고 있는 정확한 장비로만 항로를 계산했고, 조타는 내 흑인 친구들이 했습니다. 나는 티브스의 아내를 바다로 밀어 넣었습니다. 이 사실에 놀랐군요. 분명히 알고 있을 것이라고 생각했는데요. 나는 그날 파티션을 통해 당신을 쏠 생각이었지만, 불행히도 당신은 거기에 없었죠. 나중에 다시 시도 했지만, 당신은 깨어 있었습니다. 그래서 나는 티브스를 쏴버렸습 니다. 자살이라는 아이디어는 꽤 깔끔하게 실행된 것 같아요. 우 리가 해안에 도착하게 되면 나머지는 간단했습니다. 배에 탄 모든 사람을 죽이기로 합의했죠. 하지만 당신의 그 돌 때문에 내 계획 이 엉망이 되었죠. 또한 약탈은 하지 않기로 했습니다. 우리가 해 적은 아니기 때문이죠. 우리는 원칙에 따라 행동했습니다."

나는 그가 저지른 범행을 들으며 경악했다. 그는 모든 일을 조 용하고 평온한 목소리로 설명했다. 나는 여전히 그가 내 침대 끝 에 흉악한 악몽처럼 앉아 있는 모습을 보고 있었다. 한 개의 조잡 한 등유 램프가 그의 시체 같은 얼굴 위에서 깜빡거리고 있었다.

"그리고 이제." 그는 계속 이야기했다. "나는 당신을 보내줄 생 각입니다. 이 멍청한 원주민들은 당신이 천국으로 돌아갔다고 생 각할 겁니다. 바람은 육지에서 불어오고 있습니다. 당신을 위해 준 비한 보트가 있죠. 식량과 물도 충분히 비축되어 있습니다. 나는 당신이 떠나길 바라니 준비를 확실히 하길 바랍니다. 일어나서 따 라오시죠."

나는 그가 명령한 대로 했고, 그는 나를 오두막의 문으로 인도 했다. 경비는 철수되었거나, 고령이 그들을 처리했던 것 같다. 우리 는 마을을 거쳐 모래 평야를 통과했다. 나는 다시 한번 바다의 포 효 소리를 들었고, 파도의 하얀 줄기를 보았다. 두 사람이 작은 보 트의 기어를 정리하며 바닷가에 서 있었다. 그들은 항해 동안 함께했던 두 선원이었다.

"파도를 통해 그를 안전하게 돌려보내 주게."

고링이 말했다. 두 남자는 보트 안으로 뛰어들었고, 그 뒤에 나를 태웠다. 우리는 돛을 펴고 바다 위를 달렸다. 그러다 작별 인사도 없이 두 남자는 배 밖으로 뛰어내렸고 바다 위의 흰 거품 위에서 검은 점처럼 사라졌다. 나는 그들이 다시 땅으로 돌아가는 것을 지켜봤고, 그 사이엔 고링의 마지막 모습도 보였다. 그는 모래 언덕의 정상에 서 있었고, 그 뒤로 뜨거운 달이 그의 험상궂고 각진 모습을 돋보이게 했다. 그는 팔을 이리저리 휘두르고 있었다.

아마도 내가 길을 잃지 않도록 격려하기 위한 것일 수도 있지만, 그 상황에서는 그런 모습도 상당히 위협적으로 느껴졌다. 내가 그의 힘에서 벗어났다는 것을 고링이 깨닫는다면 그의 야만적인 본능이 다시 살아날 것이라고 생각했다. 어쨌든 그것이 내가 셉티미우스 고링을 본 마지막 모습이었고, 더 이상 볼 일도 없을 장면이었다.

나의 고독한 항해에 대해 자세히 언급할 필요는 없을 것 같다. 나는 카나리아 제도를 향해 최선을 다해 항해했지만, 5일째 되던 날, 영국과 아프리카 증기선사 회사의 보트 모노비아에 의해 구조되었다. 그때 나를 리버풀에 내려준 캡틴 스토노웨이와 그의 승무원들이 나에게 보여준 큰 친절에 대해 진심으로 감사를 표한다.

가족 품에 다시 안긴 그날부터 나는 내가 겪은 일에 대해 별로 이야기하지 않았다. 그 주제는 여전히 나에게는 극도로 고통스럽다. 사람들이 내 말을 믿지 않기 때문이다. 나는 이제 사실을 있는 그대로 모두에게 공개하고, 사람들이 그것을 얼마나 믿는지는 상관하지 않는다. 그저 더 이상 침묵을 지킬 수 없다는 책임감을 느끼기 때문에 이렇게 글로 적었다.

나는 모호한 진술은 하지 않는다. 당신의 아프리카 지도를 펼쳐보라. 거기서 카페 블랑코 위쪽에, 대륙의 서쪽 끝점에서 북쪽과 남쪽으로 향하는 땅 위로 나아가면, 거기에 세프티미우스 고링이 여전히 그의 어두운 신하들 위에 군림하고 있을 것이다. 혹은 누군가 이미 복수를 했을지도 모르겠지만. 그리고 길고 푸른 능선이 뜨겁고 노란 모래 위로 포효하는 그곳, 마리 셀레스트호에서 목숨을 잃은 하튼과 하이슨, 그 외에 다른 불운한 동료들이 누워 있는 곳이 바로 그곳이다.

EPISODE II

**THAT LITTLE
SQUARE BOX**

작은 정사각형
상자

"모두 탑승하셨나요?" 선장이 물었다.

"모두 탑승했습니다, 선장님!" 항해사가 말했다.

"그럼 떠날 준비를 하자."

수요일 아침 9시였다. 보스턴 부두에 화물과 승객을 싣고 출발 준비를 마친 멋진 배, 스파르탄이 있었다. 경고용 휘슬이 두 번 울린 후 마지막 종이 울렸다. 배의 뱃머리는 잉글랜드 쪽으로 향했고, 터져 나오는 증기 소리는 3천 마일의 항해를 위한 모든 것이 준비되었음을 알렸다.

나는 매우 신경질적인 사람이었다. 앉아서 글을 쓰는 시간은 어린 시절부터 나의 독특한 특성 중 하나였던 외로움과 애정 결핍이라는 문제를 해결하는 데 제법 도움이 되었다. 대서양 횡단 선박의 팔각형 갑판 위에 서 있을 때, 나는 내가 고향으로 돌아가야 한다는 사실을 미치도록 저주했다. 요란한 선원들의 외침, 로프의 달그락거림, 동료 승객들의 작별 인사, 시끄러운 군중의 환호, 이 모든 것이 내 민감한 성격을 자극했다.

나는 또 묘한 슬픔도 느꼈는데, 곧 다가올 알 수 없는 재앙과도 같은 묘한 감정이 나를 둘러싸고 있었다. 바다는 고요했고 바람은 약했다. 항해에 방해가 될 만한 요인은 전혀 없었지만, 나는 마치 거대하면서도 정의할 수 없는 위험의 가장자리에 서 있는 것처럼 느꼈다.

나는 나처럼 독특한 성격을 가진 사람들이 그런 예감을 자주 느끼고, 그 예감이 종종 실현된다는 것을 실제로 봐 왔다. 이것은 미래와의 미묘한 영적 소통의 일종인 두 번째 시력에서 발생한다는 이론이 있다. 저명한 영성가인 라우머 선생이 자신의 폭넓은 경험에서 봤을 때 내가 초자연적인 현상에 굉장히 민감한 사람이라고 말한 적이 있다.

그것이 사실이든 아니든 중요한 것은 내가 스파르탄의 갑판에서 눈물을 흘리고 환호하는 사람들 사이에서 행복과는 거리가 먼 기분으로 서 있다는 것이었다. 내가 그 이후 12시간 동안 어떤 일을 겪을지 알았다면 나는 그 순간 당장 그 저주받은 배에서 뛰어내렸을 것이다.

"시간이 다 되었다!"

선장이 그의 크로노미터를 닫고, 주머니에 넣으며 말했다.

"시간이 다 되었다!" 다른 선원들이 그를 따라 동시에 외쳤다. 휘슬이 마지막으로 울리자, 승객들의 친구들과 가족들이 항구로 달려들었다. 로프가 하나 풀리고, 계단이 밀려나고 있을 때, 다리에서 어떤 소리가 들렸다. 갑자기 나타난 두 남자가 부두를 빠르게 뛰어내려갔다. 그들은 손을 거칠게 흔들며 어떤 신호를 주는 듯했는데, 배를 멈추려는 의도가 분명했다.

"빨리 이쪽을 보세요!" 사람들이 소리쳤다.

"멈춰!" 선장이 외쳤다. "여기를 잡아요!"

두 번째 로프가 떨어지는 사이 두 사람이 재빠르게 배에 올라 탔다. 엔진이 굉음을 내자, 우리는 해안을 벗어났다. 갑판에서 환호성이 터져 나왔고, 부두에서는 수많은 손수건이 휘날렸다. 거대한 선박은 항구를 벗어나 잔잔한 만을 가로질러 웅장하게 나아갔다.

2주간의 항해가 시작되었다. 승객들은 선실과 짐을 찾아 헤맸으며, 식당에서는 샴페인 따르는 소리가 들려왔다. 이런 특별한 항해에서 만날 만한 전형적인 유형의 사람들이었다. 눈에 띄는 얼굴은 없었다. 얼굴은 내 전문 분야이기 때문에 얼굴 감정가로서 감히 말할 수 있었다. 식물학자가 꽃을 관찰하듯 나는 사람의 얼굴에서 특징을 찾아내 분석하고, 작은 인류학 박물관에서 내가 분류한 얼굴의 특징에 레이블을 붙였다. 여기에는 나를 만족시킬 만한 대상이 없었다.

유럽으로 가는 미국의 젊은이 20명, 중년 부부 몇 쌍, 몇몇 목사와 전문가들, 젊은 여성, 수행원, 영국의 특권층 등등 해양 여객선에서 쉽게 볼 수 있는 사람들이었다. 그들을 돌아보고 멀어져 가는 미국의 해안을 바라보았다. 추억의 구름이 내 앞에 떠올랐을 때, 나의 마음은 내가 택한 땅을 생각하며 어딘가 따뜻해졌다. 갑판 한 쪽에 여행 가방들과 짐 더미가 놓여 있었다. 평소 고독을 즐기는 나는 그 뒤로 걸어가 어느 로프 묶음에 앉아 우울한 몽상에 빠져들었다.

그러다 내 뒤에서 들리는 속삭이는 소리에 정신을 차렸다.

"여기가 조용한 곳이군요." 그 목소리가 말했다. "앉으세요, 그러면 안전하게 이야기할 수 있습니다."

두 거대한 상자 사이의 틈새로 엿보니, 마지막 순간에 합류한 두 남자가 물건 더미의 반대쪽에 서 있었다. 분명히 나를 보지 못했던 것 같다. 말한 사람은 키가 크고 아주 날씬한 사람으로 검푸른 수염과 창백한 얼굴을 하고 있었다. 그의 태도는 신경질적이고 흥분한 것 같았다. 그의 동료는 키가 작고 풍만한 체격에 활기차면서도 결연한 분위기를 띠고 있었다. 그는 입에 담배를 물고 왼쪽 팔에 큰 울 코트를 걸쳐놓고 있었다. 그들은 주위를 불안하게 살펴보며 주변에 누군가 있는지 확인하는 것처럼 보였다.

"여기가 딱 좋은 곳이군요."

다른 한 명이 말했다. 그들은 나를 등지고 짐 위에 앉았고, 나는 의지와 상관없이 그들의 대화를 엿듣는 불쾌한 역할을 하게 되었다.

"자, 물건은 선상에 잘 올려두었네요." 키가 큰 사람이 말했다.

"네." 물건을 옮겨 놓은 사람이 대답했다.

"정말 위험했네요."

"그럴 뻔했어요, 플래니건."

"배를 놓치지 않아서 다행입니다."

"그랬다면 우리 계획을 망쳤을 겁니다."

"완전히 망쳤겠지요." 작은 남자가 말하면서 담배에 불을 붙였다.

"여기 있어요." 마침내 그가 말했다. "확인해 주세요."

"누가 보고 있나요?"

"아니요, 거의 다 아래로 내려갔어요."

"이렇게 중요한 일은 여러 번 확인해야 해요."

물건을 옮긴 사람이 팔에 걸쳐놓은 울 코트를 내리고, 그 위에 검은 물건을 놓았다. 그것을 보자마자 나는 공포에 질려 소리를 지를 뻔했다. 다행히도 그들은 당면한 문제에 정신이 팔려 나를 보지 못했다. 만약 그들이 돌아봤다면, 상자 더미 위에서 그들을 바라보는 나의 창백한 얼굴을 틀림없이 볼 수 있었을 것이다.

그들의 대화가 시작된 순간부터 끔찍한 불안감이 느껴졌다. 그들 앞에 놓여 있는 것을 보자 그 불안감은 확신으로 다가왔다. 그것은 어두운 목재로 만들어진 작은 정사각형 상자였고, 황동으로 둘러싸여 있었다. 아마도 한 피트의 입방체 정도 크기였을 것이다. 그것은 권총 케이스를 연상케 했지만, 분명히 조금 더 컸다. 그러나 내 시선이 집중된 것은 그 상자 자체보다는 그 안의 부속품이었다. 그것은 방아쇠와 같은 장치처럼 보였고, 그 방아쇠에는 어떤 끈이 연결되어 있었다. 방아쇠 옆에는 작은 정사각형 상자를 관통하는 구멍이 뚫려 있었다. 남자 중 키가 큰 플래니건이라 불리는 사람이 이 구멍에 눈을 갖다 대며 몇 분 동안 몹시 불안한 표정으로 들여다보았다.

"괜찮아 보이는군요." 그가 말했다.

"흔들지 않으려고 노력했어요." 그의 동료가 말했다.

"이런 섬세한 것은 그에 맞는 섬세한 대우가 필요하니까요. 필요한 것을 넣어보세요, 뮐러 씨."

키가 작은 남자는 오랜 시간 동안 주머니 속에서 뭔가를 더듬

다가 작은 종이 포장지를 꺼냈다. 그것을 펴서 약간 흰색빛이 도는 알갱이 반 줌을 꺼내어 구멍 속에 쏟아 넣었다. 이어서 이 작은 상자 안에서 이상한 딸깍거리는 소리가 들렸고, 두 남자는 만족한 듯이 웃었다.

"별다른 문제는 없어요." 플래니건이 말했다.

"틀림없이 멀쩡하군요." 뮐러가 대답했다.

"조심하세요! 누가 오고 있어요. 우리 짐칸으로 가져가요. 의심받는 건 좋지 않아요. 하지만 더 나쁜 건 실수로 방아쇠를 눌러 버리는 거죠."

"음, 누가 눌러도 같은 결과가 나올 거예요." 뮐러가 말했다.

"그들이 방아쇠를 당기게 된다면 꽤 놀랄 거예요." 플래니건이 무시무시한 웃음을 지으며 말했다. "하하! 그들의 얼굴을 상상해 보세요! 꽤 재미있겠네요. 저도 저를 자랑스럽게 생각해요."

"모두 직접 만든 거라고 들었는데, 맞죠?"

"네, 스프링과 슬라이딩 셔터도 내가 만든 거예요."

"특허라도 내야겠군요."

두 남자는 다시 차갑고 거친 웃음을 지으며 작은 황동으로 둘러싸인 상자를 집어 들고, 뮐러의 넓은 외투 속에 감추었다.

"내려가서 우리 짐칸에 넣어 놓도록 하죠." 플래니건이 말했다. "오늘 밤에는 필요 없을 테니 거기에 두면 안전할 거예요."

그의 동료가 동의하며, 두 사람은 갑판을 따라 사라졌다. 내가 들었던 마지막 말은 상자를 옮길 때 물건이 배에 부딪치지 않도록 조심하라는 중얼거림이었다.

내가 그 로프 덩이 위에 얼마나 오래 앉아 있었는지! 방금 들었던 대화의 공포는 뱃멀미와 함께 더 심해졌다. 대서양의 긴 파도가 배와 승객을 모두 덮치기 시작했다. 나는 마음도 몸도 기진맥진해져 정신적으로나 육체적으로 완전히 녹초가 되어 버렸다. 멍하니 앉아 있다가 뒤에서 들려오는 조타수의 활달한 목소리에 정신이 들었다.

"거기서 나와 주실래요?" 그가 말했다. "이 잡동사니를 갑판에서 치워야 해요."

그의 단호한 태도와 붉고 건강한 얼굴은 지금의 나에게는 어쩐지 모욕감을 주는 행동처럼 느껴졌다.

내가 조금 더 용감하거나 건장한 남자였다면 그를 때릴 수도 있었을 것이다. 그러나 나는 태연한 척 자리에서 일어나 그를 지나 갑판의 반대편으로 향했다. 지금 필요한 건 고독이었다―내가 목격한 참혹한 범죄에 대해 생각할 고독이었다. 구명보트 하나가 배에 낮게 매달려 있었다. 한 가지 생각이 떠올랐고, 나는 배의 난간에 올라가 그 빈 보트에 들어가 누웠다. 바닥에 누워 푸른 하늘과 배가 기울 때마다 가끔씩 보이는 배의 꽁무니만 바라보다가 마침내 나는 멀미와 방금 있었던 일에 대한 생각에 빠져들었다.

내가 방금 들었던 끔찍한 대화의 단어들을 상기시켜 보려고 했다. 내가 들은 단어 그 자체 이상의 해석이 혹시 필요할까? 내 이성은 그렇지 않을 것이라고, 사실을 받아들이라고 나를 종용했다. 나는 확실히 여러 사실들을 배열하고 그것에서 결함을 찾으려 했다. 그러나 그 사실에는 하나도 빠진 것이 없었다.

그 남자들은 기묘한 방법으로 탑승하여 수하물 검사를 피할 수 있었던 것이다. '플래니건'이라는 이름 자체가 아일랜드 반군주의를 떠올리게 했고, '뮐러'는 사회주의와 살인을 떠올리게 했다. 그들의 신비한 태도, 그들의 계획이 배를 놓쳤다면 망했을 것이라는 발언, 그들이 들킬까 봐 두려워하는 것, 마지막으로 더 중요한 것은 방아쇠가 달린 작은 정사각형 상자를 꺼내고 그것을 실수로 누르는 사람의 얼굴에 대한 그들의 참혹한 농담—이 사실들이 그들이 어떤 정치적이거나 그 밖의 누군가의 악마 같은 음모이며, 한 번의 대대적인 사건으로 자신, 동료 승객, 그리고 선박을 희생하려고 한다는 결론을 낼 수 있었다.

둘 중 한 명이 상자에 쏟아 넣었던 흰색 알갱이들은 상자를 폭발시키기 위한 기폭 장치일 것이다. 내가 직접 그 상자에서 나는 소리를 들었다. 그 소리는 어떤 섬세한 기계 부품에서 나는 소리일 수도 있었다.

그들이 '오늘 밤'이라고 언급한 것은 무엇을 의미할까? 그들은 항해의 첫날 밤에 그 끔찍한 계획을 실행할까? 단지 생각만으로도 나는 차가운 오한에 몸을 떨었다. 뱃멀미의 고통에도 불구하고 잠깐 동안은 그것을 잊고 나는 오로지 그 공포에 대해서만 생각할 수 있었다.

나는 내가 신체적으로 예민한 겁쟁이라는 것을 앞에서 언급했다. 하지만 나는 도덕적 겁쟁이이기도 하다. 나처럼 두 결점이 하나의 인격에 그 정도로 공존하는 경우는 많지 않다. 나는 신체적인 위험에 가장 민감한 많은 사람들을 알고 있었지만, 그들의 정신에는 독립성과 강인함이 깃들어 있었다. 그러나 내 경우에는 조용하고 내성적인 습관 때문에 눈에 띄는 일을 하거나 주인공이 되는 것에 대한 신경질적 두려움이 신체적 위험에 대한 두려움보다 더 컸다. 현재의 상황에서 일반적인 사람은 즉시 선장에게 가서 그의 두려움을 고백하고 문제를 그의 손에 맡겼을 것이다. 그러나 내게는 그런 행동이 매우 어렵게 느껴졌다. 내가 모든 사람들의 관심을 받고, 낯선 사람에게 심문을 받고, 두 명의 절망적인 음모자를 고발하는 상황은 나에게는 정말이지 고통스러웠다. 어쩌면 내가 그들에 대해서 오해하고 있을 수도 있다는 일말의 가능성도 있다. 내 고발이 어떠한 근거도 없다는 것이 밝혀진다면 나는 어떻게 될까? 나는 두 명의 악마를 눈여겨보고 그들을 계속 쫓아다닐 것이다. 잘못될 가능성은 무엇이든지 제거해야 했다. 그것이 나에게 혐의가 기우는 것보다는 나으니까.

그러다가도 내가 이런 생각을 하는 순간에도 새로운 음모가 현재 진행 중일 지도 모른다는 생각이 들었다. 긴장과 흥분으로 인해 초기 발작을 일으키던 병도 사라진 것 같았다. 나는 멀쩡하게 보트에서 내려와서 배 안으로 내려가는 것이 가능해졌다. 나는 아침에 만난 지인들이 어떻게 시간을 보내고 있는지 확인하기 위해 갑판을 따라 비틀거리며 걸어갔다. 그 순간 동공이 확장되었다. 등 뒤에서 크게 내 등을 치는 소리를 듣고 거칠게 계단을 내려가는 나 자신을 발견했다.

"함몬드?" 익숙한 목소리가 나를 불렀다.

"이런, 딕 멀튼? 어떻게 지냈어, 친구!"

이 만남은 혼란스러운 상황 속에서 예상치 못한 운이었다. 딕은 내가 원하는 사람이었다. 친절하고 명민한 성격에 행동이 재빨랐기 때문에 내 의심을 털어놓고 최선의 조치를 제시할 수 있는 믿을 수 있는 상대였다. 같이 학교를 다닐 때부터 딕은 나의 조언자이자 수호자였다. 그는 내게 무슨 일이 있는지 한눈에 알아보았다.

"반가워 친구!" 그는 친절하게 말했다. "그런데 함몬드, 괜찮아? 시체처럼 창백하군. 멀미야?"

"아니, 멀미 때문만은 아니야." 내가 말했다. "딕, 나랑 함께 걷자. 나를 좀 부축해 줘."

딕의 튼튼한 몸에 의지한 채 비틀거리며 따라갔지만, 결국 말을 꺼내기까지는 한참이 걸렸다.

"담배 하나 피울래?" 그가 물었다.

"아니, 괜찮아." 내가 대답했다. "딕, 오늘 밤에는 모두 시체가될 거야."

"그건 네가 지금 담배를 참는다고 해결될 일이 아닐 텐데."

딕이 차갑게 받아쳤지만, 나를 보는 눈빛은 따뜻했다. 분명히내가 정신이 조금 나간 것이라고 생각한 모양이었다.

"아니." 나는 말을 이어갔다. "웃을 일이 아니야. 난 정말 진지하게 말하고 있는 거야. 나는 이 배와 함께 배에 탄 모든 사람을파괴하려는 사악한 음모를 발견했어."

그리고 나는 그에게 내가 모은 증거 사슬을 체계적으로, 순서대로 전달했다.

"딕, 어떻게 생각해? 무엇보다도, 내가 뭘 해야 할까?"

그는 놀랄 정도로 크게 웃음을 터뜨렸다.

"너 말고 다른 누군가가 그 말을 했으면 무서웠을 거야."

그가 말했다.

"넌 항상 무언가를 발견하는 방법이 있었지. 그때의 네 모습이 다시 나오는 걸 보는 게 좋아. 학교에서 어떻게 우리 방에 유령이 있다고 주장했는지 기억하니? 그 유령이 거울 속 네 모습이었다는 게 밝혀진 것도 기억해? 왜냐하면, 친구야." 그가 계속했다. "누군가 이 배를 파괴하려고 할 이유가 있겠어? 이 배엔 위대한 정치인들이 탑승한 게 아니야. 그보다 오히려 승객 대부분이 미국인이야. 게다가 이 신중한 19세기에, 가장 많은 사람을 죽인 살인자도 결국 자신도 희생자가 되어 버리는 데 그치겠지. 넌 그들을 오해했거나, 아무것도 아닌 기계를 사악한 기계로 착각한 게 분명해."

"그런 건 아무것도 아냐." 내가 급하게 말했다. "그 사람의 이름은 플래니건이었어."

"그건 법정에서 큰 도움이 되지 않을 거야." 딕이 말했다. "하지만 일단 담배를 다 피웠으니 같이 내려가서 클라렛 한 병을 마시자. 그들이 아직 선실에 있으면 나에게 그 두 사람이 누군지 알려줘."

"좋아." 내가 대답했다. "나는 그들에게서 하루 종일 눈을 떼지 않을 생각이야. 하지만 그들이 우리가 감시하고 있다는 걸 알아채면 안 돼."

"나만 믿어." 딕이 말했다. "나는 생각 없는 순진한 어린 양처럼 보일 거야."

우리는 내려가서 호화로운 카드가 놓인 작고 편한 선실로 들어갔다. 나는 안도의 한숨을 내쉬었다. 나는 가장 먼저 눈을 감은 플래니건의 얼굴을 바라보았다. 그의 동료는 그의 맞은편에 앉아 있었다. 그들은 술을 마시고 있었고, 카드 더미가 테이블 위에 놓여 있었다. 우리가 들어섰을 때 그들은 게임을 하고 있었다. 나는 우리가 목적을 달성했다는 것을 딕에게 알리기 위해 딕을 툭 쳤고, 우리는 그들 옆에 앉아 가능한 한 무심하게 행동했다.

두 남자는 우리의 존재를 거의 알아차리지 못하는 듯했다. 나는 그들을 주의 깊게 관찰했다. 그들이 하는 게임은 '나폴레옹'이었다. 두 사람 모두 그 게임에 능숙했고, 그들이 가진 비밀을 가슴에 품고서도 카드를 다루거나 여왕을 무시하는 데 몰두할 수 있다는 점에서 그들의 대담함을 칭찬할 수밖에 없었다. 돈은 빠르게 손에서 손으로 넘어갔다. 플래니건은 운이 전혀 없는 것 같았다. 마침내 그는 화가 나서 카드를 테이블 위에 내려놓고 더 이상 하지 않겠다고 거부했다.

"아니, 난 안 할 거야." 그가 말했다. "다섯 번을 했는데 다섯 번 다 쌍이 한 번도 맞지 않았어."

"상관없어." 뮐러가 게임에서 딴 돈을 정리하며 말했다. "오늘 밤의 일 이후에는 고작 몇 달러로 연연하지 않게 될 걸."

나는 그 남자의 대담함에 놀랐지만, 무심한 듯이 눈을 천장에 고정시킨 채 최대한 의식하지 않는 듯한 자세로 와인을 마셨다. 플래니건은 내가 그들의 이야기 속에 담긴 의미를 알아챘는지 파악하기 위해 늑대 같은 눈빛으로 나를 바라보고 있는 것 같았다. 그러고는 뮐러에게 무언가를 속삭였는데 그 말은 알아들을 수 없었다. 아마도 상대방이 다소 큰 소리로 말했기 때문에 주의를 주는 말이었을 것이다.

뮐러가 카드를 섞어 그의 주머니에 넣기 전까지 흡연실에는 한동안 정적이 흘렀고, 카드가 바스락거리는 소리만 울렸다. 그는 아직도 화가 가라앉지 않은 듯했다. 그는 얼마 남지 않은 담배를 담배통에 버리고, 도전적인 눈빛으로 동료를 바라보더니 나에게로 고개를 돌렸다.

"젠장, 이 배가 들르는 첫 번째 항구가 어디인지 알아요?"

그들 모두가 나를 쳐다봤으므로 내 얼굴이 약간 더 창백해졌을지도 모르지만, 내 목소리는 여전히 안정적이었다.

"내 생각에는 배가 퀸스타운항에 처음 들리지 않을까 싶어요."

"하하." 뮐러가 큰 소리로 웃었다. "나는 당신이 그렇게 말할 거란 걸 알았어요. 날 발로 차지마, 플래니건, 나는 참을 수 없다고. 당신은 틀렸어요, 젠장." 그가 나를 보고 말했다. "완전히 틀렸다고요."

"어쩌면 어떤 지나가는 배가..." 딕이 다른 선택지를 꺼냈다.

"아니, 그것도 아니죠."

"날씨는 좋아요." 내가 말했다. "왜 우리가 목적지에 들릴 수 없다는 거죠?"

"우리가 퀸스타운항에 들리지 않을 수도 있고, 아무튼 그곳이 우리가 처음 들릴 곳은 아닐 거야."

"그럼 어디예요?" 딕이 물었다.

"절대 알 수 없을 겁니다. 신속하고 신비한 기관이 우리의 행방을 알려줄 것이고, 하루가 다 가기 전에 그렇게 될 것입니다. 하하!" 다시 한번 뮐러가 킬킬거렸다.

"당장 갑판으로 올라와!" 플래니건이 으르렁거렸다. "그 저주받은 브랜디와 물을 너무 많이 마셨어. 혀가 잔뜩 풀렸구나!"

그리고 그의 팔을 잡아 올려 강제로 밖으로 내보냈고, 우리는 어떻게 될지 궁금해하면서 그들이 함께 계단을 올라가는 소리를 들었다.

"자, 이제 어떻게 생각하니?"

나는 딕에게 돌아서며 숨을 거칠게 내쉬었다. 그는 여전히 고요해 보였다.

"생각해 보자." 그가 말했다. "나는 그의 동행자가 생각하는 것과 마찬가지라고 생각해. 우리는 만취한 사내의 헛소리를 듣고 있었던 것 같고, 그 사내에게서는 브랜디 냄새가 났으니까."

"헛소리야, 딕! 다른 사람이 어떻게 그의 입을 멈추려고 했는지 보았잖아."

"물론이지. 그는 낯선 사람들 앞에서 자신의 친구가 어리석은 행동을 하지 않도록 하려고 했을 뿐이야. 아마도 그 작은 사내가 정신이상자이고, 다른 한 명이 그의 사생활을 관리하는 사람일지도 모르겠네. 전혀 불가능한 일은 아니지."

"오, 딕, 딕!" 내가 소리쳤다. "어째서 그렇게 눈이 멀어 있는 건지! 왜 우리의 의심이 다 사실로 확인되고 있다는 걸 아직도 모르는 거야?"

"멍청한 소리하지 마, 함몬드." 딕 멀튼이 화를 내며 말했다.

"음주한 사람이 하는 모든 헛소리에 문자 그대로의 의미를 부여하려고 하면 이상한 결론에 도달하게 될 거야. 그들이 갔으니 우리도 갑판으로 가자. 신선한 공기가 필요한 것 같네. 너는 간이 나빠진 거 같으니, 상쾌한 바람을 맞으면 진정될 거야."

"만약 이 여행이 끝나게 된다면" 내가 허탈하게 말했다 "다시는 모험을 감행하지 않기로 다짐하지. 저녁 먹기 전에 나는 내 물건을 풀어 놓는 게 좋을 것 같아."

"저녁 식사 때 기분이 좋아졌으면 좋겠네."

딕이 말했고, 나는 방으로 돌아가 생각에 잠겨 식사 시간을 알리는 대형 종이 울리기 전까지 나만의 시간을 보냈다.

내 식욕은 개선되기는커녕 그날 있었던 사건으로 인해서 악화되었다. 그러나 기계적으로 식탁에 앉아서, 내 주변에서 이어지는 대화를 듣고 있었다. 거의 백 명의 일등실 승객이 있었고, 와인이 돌기 시작하면서 그들의 목소리는 접시들의 충돌과 어우러져 완벽한 데시벨을 형성했다. 나는 매우 뚱뚱하고 초조해 보이는 노인 여성과 작은 목사 사이에 앉아 있었는데, 양쪽 다 어떠한 접근도 하지 않았기 때문에 승객들의 외모를 관찰하며 시간을 보냈다.

멀리서 딕이 자신의 옆에 있는 차분한 젊은 여성과 이야기를 나누는 걸 볼 수 있었다. 내 쪽에는 선장이, 다른 쪽에는 배의 외과 의사가 앉아 있었다. 나는 플래니건이 거의 내 맞은편에 앉아 있는 것을 알아채고 기뻤다. 내 눈앞에 그를 두고 있을 때만큼은 우리가 안전할 테니까. 그는 화사한 미소를 띠고 사교적인 웃음을 짓고 있었다. 내가 언급하지 않고 넘어갈 수 없었던 것은 그가 와인을 상당히 많이 마셨다는 것이었다. 심지어 디저트가 나오기도 전에 그의 목소리가 상당히 거칠어진 것을 볼 수 있었다. 그의 친구 뮐러는 조금 더 아래에 앉아 있었다. 그는 거의 먹지 않았고, 어딘가 긴장하고 불안해 보였다.

"여러분." 우리의 친절한 선장이 말했다. "나는 여러분이 우리 선박을 집처럼 느끼셨으면 좋겠습니다. 여기 샴페인 한 병 줘. 신선한 바람과 빠른 항해를 위해 건배하는 거예요! 나는 미국에 있는 우리의 친구들이 우리가 무사히 도착했다는 소식을 8일 안에 듣게 되기를 바랍니다. 혹은 늦어도 9일 안에는 듣기를 바라요."

나는 고개를 들었다. 플래너건과 그의 공범 사이를 지나는 빠른 시선이 있었지만, 나는 그것을 가로채는 데 성공했다. 그의 얇은 입술에는 악의적인 미소가 깃들어 있었다. 대화가 이어졌다. 정치, 바다, 취미, 종교, 각각이 차례 대로 논의되었다. 나는 관심 있게 듣고 있었지만 침묵을 지키려고 했다. 그러다 문득, 내 마음속에 있는 주제를 밖으로 꺼낸다고 해서 해가 될 게 없을 것 같았다. 선장의 생각을 자연스레 그 방향으로 전환하는 효과가 있을 것이었다. 또한 음모자들의 얼굴에 어떤 효과가 미치는지를 관찰할 수도 있었다. 대화가 끊기고 갑자기 조용해졌다. 일상적인 관심사가 고갈된 것처럼 보였다.

이 기회는 나에게 유리하게 느껴졌다.

"선장님, 페니안* 선언문에 대해 어떻게 생각하십니까?"

내가 앞으로 몸을 숙이고 아주 분명하게 묻자, 선장의 붉게 달아오른 얼굴은 정직한 분노로 인해 약간 어두워졌다.

"그들은 불쌍하고 비겁한 자들입니다." 그가 말했다. "그들은 사악한 만큼 어리석습니다."

"익명의 악당들의 발칙한 위협이에요." 그 옆에 있는 거만한

---

* 옮긴이: 페니안 단원-영국의 아일랜드 통치를 종식시킬 목적으로 1850년대에 미국과 아일랜드에서 결성된 단체의 단원을 뜻한다.

모습의 노인이 말했다.

"오, 선장님!" 내 옆에 있는 뚱뚱한 여성이 말했다. "그들이 정말 배를 폭파하려 한다고 생각하지는 않으시죠?"

"그들은 할 수 있다면 그렇게 할 겁니다. 하지만 나는 그들이 내 배를 폭파하지 않을 거라고 확신합니다."

"그들을 예방하기 위해 어떤 조치를 취하고 있나요?" 테이블 끝의 노인이 물었다.

"선박으로 보내진 모든 화물은 엄격히 조사됩니다." 다우 선장이 말했다.

"하지만 어떤 사람이 폭발물을 선박으로 가져왔다면요?" 내가 물었다.

"그들은 그런 방식으로 자신의 생명을 위험에 빠뜨리지 않을 텐데요, 너무 위험 부담이 큽니다."

이런 대화가 오갈 동안 플래니건은 무슨 일이 벌어지고 있는지 조금도 관심을 보이지 않았다. 그러다 그가 고개를 들고 선장을 쳐다보았다.

"당신은 그들을 너무 과소평가하고 있지 않은가요?" 그가 말했다. "모든 비밀 결사는 절망적인 사건들을 낳았습니다. 페니안도 그렇게 할 수 있을 거예요. 다른 사람들에게는 잘못된 것으로 보이더라도 올바른 일을 위해 죽는 것이 특권이라고 생각하는 사람들도 많습니다."

"무차별 살인은 누구의 눈에도 옳지 않을 것입니다."

작은 목사가 말했다.

"파리 폭격은 다른 것과 달랐습니다." 플래니건이 말했다. "그러나 전 세계는 팔짱을 낀 채 '살인'이라는 추악한 말 대신 '전쟁'이라는 고상한 말로 바꿨습니다. 그것은 독일 눈에는 충분히 옳았으니까요. 왜 페니안이 다이너마이트를 그렇게 사용할까요?"

"어쨌든 그들의 허무한 전시적 살인 예고는 아직까지 아무런 결과도 내지 못하고 있습니다." 선장이 말했다.

"사실 아직도 의심의 여지가 있는 거 아닌가요? 닥터렐호의 운명에 대한 이야기." 플래니건이 말했다. "나는 미국에서 그들의 이야기를 개인적으로 알고 있는 사람들을 만났습니다. 그들은 그 선박에 석탄 폭탄이 실려 있었다고 주장했습니다."

"그들이 거짓말을 한 것 같군요." 선장이 말했다. "그 폭발은 석탄 가스 폭발에서 비롯된 것으로 재판에서 결론이 났습니다. 하지만 우리는 주제를 바꾸는 게 나을 것 같네요. 그렇지 않으면 숙녀분들이 불안한 밤을 보내게 될지도 모르겠어요."

그리고 대화는 다시 원래 주제로 돌아갔다.

이 작은 토론이 오갈 동안 플래니건은 예의 바른 태도와 조용한 힘으로 자신의 주장을 펼쳤다. 절망적인 기습 공격을 하루 남겨두고도 공손하게 논점에 대해 논할 수 있는 그 사람을 칭찬할 수밖에 없었다. 그는 이미 언급했듯이 상당한 양의 와인을 마셨지만, 약간의 홍조가 그의 창백한 얼굴에 나타나 있을 뿐 그의 태도는 여전히 침착했다. 그는 다시 대화에 참여하지 않았지만, 고요한 고민에 빠져 있었다.

나는 마음속으로 갈등하고 있었다. 어떻게 해야 할까? 자리에서 일어나서 여행객과 선장 앞에서 그들을 비난해야 할까? 그에게 잠시 대화를 요청하고 모든 것을 드러내야 할까? 잠깐 동안 나는 어떤 행동을 하려다가도 오랫동안 간직해온 소심함 때문에 다시 원점으로 돌아왔다. 결국에는 나의 생각에 어떤 오류가 있을 수도 있다는 결론을 내렸다. 딕은 내가 제시한 증거에 대한 설명에도 그것을 믿지 않았다. 나는 모든 것을 흘러가는 대로 놓아두기로 결정했다. 자신의 위험에 대해 무지하고 대책 없어 보이는 사람들을 도와야 할 이유가 무엇일까? 분명한 것은 관계자들이 우리를 보호해야 하지, 우리가 그들에게 경고해야 하는 건 아니다. 나는 와인을 두 잔 마시고 내 마음에 비밀을 묻어두기로 결심했다.

영광스러운 저녁이었다. 나는 벽에 기대어 시원한 바람을 즐기지 않을 수 없었다. 서쪽으로는 외로운 돛이 일몰에 남겨진 큰 불길을 배경으로 어둠 속에서 어두운 얼룩처럼 서 있었다. 나는 그것을 보고 전율을 느꼈다. 그것은 웅장하지만 무서웠다. 돛대 위에는 별 하나가 희미하게 반짝이고 있었지만, 추진기가 움직일 때마다 수천 개의 별이 물속에서 반짝이는 듯했다. 아름다운 풍경에서 유일한 어둠은 우리 뒤에 펼쳐진 거대한 연기 흔적뿐이었다. 대자연 위에 걸쳐 있는 이 평화가 불쌍하고 비참한 존재에 의해 망가질 수 있다는 사실을 믿기 어려웠다.

'어찌됐든' 나는 내 아래의 푸른 심연을 바라보며 생각했다. '최악의 상황이 오더라도 여기서 죽는 것이 육체적 고통을 겪는 것보다는 낫겠지.'

인간의 삶은 대자연의 위대한 힘 앞에선 매우 사소한 것처럼 보인다. 그러나 머리를 돌려 문득 다른 쪽을 보았을 때 내가 쉽게 알아볼 수 있었던 그림자 같은 두 사람을 보고 다시 심장이 떨렸다. 그들은 열심히 이야기하고 있는 것 같았지만, 무슨 말을 하는지 듣기는 어려웠으므로 나는 계속해서 그들의 움직임을 주시했다.

딕이 갑판에 나타났을 때 나는 안도했다. 내 말을 믿어주지는 않더라도 곁에 아무도 없는 것보다는 나았다.

"친구!" 그가 옆구리를 가볍게 찌르며 말했다. "아직 이 배는 터지지 않았어."

"아니. 터지지는 않았지만, 그게 우리 배가 앞으로도 터지지 않을 것이라는 증거가 되지는 않아."

"허튼소리 마, 친구!" 딕이 말했다. "나는 네가 왜 이런 이상한 생각을 했는지 상상조차 할 수 없어. 네가 생각하는 살인자 중 한 명과 얘기를 나눴는데, 그는 매우 즐거운 사람 같았어. 이야기하는 방식으로 보면 꽤 유쾌한 성격인 것 같기도 하고."

"딕." 내가 말했다. "저 인간들은 지옥 같은 기계를 가지고 있어. 나는 그들이 불을 붙이는 걸 보기 전까지는 그가 무해하다는 사실을 믿지 않을 거야."

"음, 정말로 그렇게 생각한다면, 너의 의심을 선장에게 알려야 할 의무가 있겠지."

내 확고한 신념에 잠깐 감동한 듯이 딕이 말했다.

"네 말이 맞아." 내가 말했다. "내 어리석은 소심함 때문에 이를 더 빨리 알리지 못했어. 우리의 생명을 구할 수 있는 유일한 방법은 선장에게 사실을 알리는 것이라고 믿어."

"그렇다면 지금 그에게 가서 말해." 딕이 말했다. "하지만 무슨 일이든 내가 그 문제에 관여되지 않도록 해주길 부탁해."

"그가 다리에서 내려올 때 말할 거야." 내가 대답했다. "그동안 그들의 움직임을 주시하고 있을게."

"결과를 알려줘."

덕은 그렇게 말하고는 곧 식사 테이블로 돌아갔다.

나 혼자 남겨졌을 때, 나는 아침에 숨어 있던 곳을 생각했다. 나는 다시 보트에 올라가 누웠다. 거기서 내 행동을 재고하면서 언제든지 두 남자를 관찰할 수 있었다.

한 시간가량이 지났지만 선장은 여전히 다리 위에 있었다. 그는 승객 중 하나인 은퇴한 해군 장교와 이론적인 항해 문제에 대해 심층적인 논의를 하고 있었다. 내가 누워 있는 곳에서도 그들의 붉은 담뱃불을 볼 수 있었다. 지금은 너무 어두워서 뮐러와 그의 공범의 모습을 거의 알아볼 수 없었다. 그들은 저녁 식사 후에 흐트러진 자세를 유지하고 있었다. 승객들 중 몇 명이 갑판에 흩어져 있었지만, 대부분의 사람들이 아래로 내려갔다. 이상하게도 공기에는 정적이 흘렀다. 감시원들의 목소리와 핸들 소리가 고요를 깨는 유일한 소리였다.

또 30분이 지났다. 선장은 여전히 다리 위에 있었다. 그는 결코 내려오지 않을 것처럼 보였다. 내 신경은 비정상적으로 긴장되어 있었고, 두 발 소리가 갑판에서 들리자 나는 흥분으로 몸을 떨며 일어섰다. 나는 배의 가장자리를 향해 머리를 들고 내 앞에 앉아 있는 두 명의 의심스러운 승객을 봤다. 갑판의 불빛이 괴상한 얼굴을 비추고 있었다. 그 짧은 시선 속에서 나는 뮐러가 내가 잘 알고 있는 코트를 팔에 늘어뜨리고 있는 것을 보았다. 나는 한

숨을 내쉬며 뒤로 물러났다. 나의 치명적일 정도로 게으르고, 회피하는 성격이 어떠한 사건을 불러일으킬지도 모른다는 생각이 들었다.

나는 스파이들의 잔인한 복수에 대해 읽은 적이 있었다. 목숨을 손에 쥔 자들에게는 어떠한 것도 걸림돌이 안 된다는 것도 알고 있었다. 그러나 내가 할 수 있는 일은 배 밑에 숨어서 그들이 속삭이는 이야기를 조용히 듣는 것뿐이었다.

"여기가 좋겠군." 목소리가 들려왔다.

"바람이 좋군요."

"방아쇠가 작동할까요?"

"확신합니다."

"열 시에 발사하는 거 맞죠?"

"네, 열 시 정각이요. 아직 8분 남았습니다."

말이 멈췄다. 그런 다음 다시 목소리가 들려왔다.

"사람들에게 방아쇠가 떨어지는 소리가 들릴까요?"

"상관없어요. 아무도 발사를 막을 수 없을 테니."

"맞아요. 누가 우리를 막겠어요."

이 부분에서 말이 멈췄다. 그리고 잠시 후 뮐러의 목소리가 으스스한 속삭임처럼 들렸다.

"이제 5분밖에 안 남았네."

시간이 얼마나 천천히 흘렀는지! 나는 내 심장 박동 소리로 5분을 세어 볼 수 있었다.

"이것은 육지에서 소란을 일으킬 겁니다."

누군가 말했다.

"그렇지, 신문을 도배하겠지."

나는 머리를 들어 앞을 보았다. 희망도 없고 그 어떤 도움도 없었다. 죽음이 나를 직시하고 있었다. 선장은 마침내 다리에서 내려왔다. 갑판은 그 두 어두운 인물을 제외하고 비어 있었다.

플래니건은 손에 시계를 들고 있었다.

"3분 남았다." 그가 말했다. "데크 위에 놓으세요."

"아니요, 여기 난간 위에 놓는 게 더 낫겠군요."

작은 네모 상자였다. 그 소리로 나는 알았다. 그들이 상자를 근처에 두었다는 것을, 정확히는 내 머리 아래에 두었다는 것을.

나는 다시 내려다봤다. 플래니건이 종이에서 무언가를 손으로 퍼내고 있었다. 그것은 흰색이고 알갱이 모양이었다—아침에 그가 사용한 것과 같은 것이었다. 의심할 여지없이 폭약이었다. 왜냐하면 그는 그것을 작은 상자 안에 파묻었고, 나는 이전에 주의를 끈 이상한 소리를 들었다.

"1분 30초 남았다." 그가 말했다. "누가 누르죠?"

"내가 하지." 뮐러가 말했다.

그는 무릎을 꿇고 폭약의 끝을 손에 들고 있었다. 플래니건은 서 있었고, 그의 얼굴에는 단호한 결의가 새겨져 있었다. 나는 더 이상 견딜 수 없었다. 내 신경계가 한 순간에 무너진 것 같았다.

"멈춰!" 내가 소리쳤다. "이 무분별하고 잔혹한 사람들아!"

그들은 둘 다 비틀거리며 뒤로 물러섰다. 그들은 나를 유령으로 생각한 것 같았다. 내 창백한 얼굴에 달빛이 비치고 있었다. 나는 이제 충분히 용감했다. 후퇴하기엔 너무 멀리 왔다.

"카인은 저주받았습니다." 나는 외쳤다. "하지만 그도 단 한 명만 죽였죠. 당신들은 왜 200명의 피를 영혼에 묻히려고 하는 건가요?"

"미치겠네!" 플래니건이 말했다. "시간이 다 되었으니, 뮐러 발사해."

나는 갑판 위로 내달렸다.

"그럴 수 없을 거야!" 내가 말했다.

"어떤 권리로 우리를 막는 거지?"

"인간적인 도리, 그리고 신성한 성자의 권리로 막죠."

"당신과 상관없는 일입니다. 이 자리에서 빠지시죠."

"안 돼요!" 내가 말했다.

"그 녀석을 쳐다보지 마! 내가 그를 잡고 있을 게, 뮐러 네가 스위치를 당겨."

순식간에 나는 아일랜드 사나이의 강력한 손아귀에서 몸부림치고 있었다. 저항은 소용없었다. 나는 그의 손에서 아이처럼 버둥거릴 수밖에 없었다.

그는 나를 배의 측면으로 밀고 그곳에 붙잡아두었다.

"이제" 그가 말했다. "잘 보세요. 당신은 우리를 막을 수 없습니다."

나는 영원의 시간 속에 서 있는 것 같았다. 키가 큰 사나이의 팔에 반쯤 묶인 채로, 다른 사나이가 치명적인 상자에 접근하는 것을 보았다. 그는 그 위로 몸을 굽혀 줄을 잡았다. 그가 그것을 꽉 쥐자 날카로운 찰칵 소리가 들렸다. 방아쇠가 떨어졌고, 상자의 측면이 떨어져 나왔다. 두 마리의 비둘기가 튀어나왔다!

덧붙일 해석은 없다. 전체적으로 너무나도 어이없고 터무니없다. 아마도 내가 할 수 있는 최선은 우아하게 현장에서 물러나서 뉴욕 헤럴드의 스포츠 기자가 이 자리를 대신하게 하는 것일지도 모른다. 우리가 미국을 떠난 후에 이 신문의 스포츠 기자가 남긴 발췌문이 여기 있다.

"비둘기 비행의 특별한 경기. 지난주에 존 H. 플래니건(John H. Flannigan)의 비둘기와 로웰의 잘 알려진 시민인 제레마이어 뮐러(Jeremiah Muller)의 새로운 경기가 개최되었다. 두 사람 모두 새의 품종을 개량하는 데 많은 시간과 관심을 기울였으며, 이 도전은 오래전부터 준비한 것이었다. 비둘기들에게는 제법 큰 금액이 배팅되었으며 결과에는 상당한 지역적 관심이 쏠리고 있었다. 출발은 출발일 밤 열시에 대서양 횡단 스파르탄호의 갑판에서 시작되었으며, 그때 선박은 육지에서 약 백 마일 정도 떨어진 곳에 있었다. 먼저 집에 도착한 새가 승자로 선언되었다. 알려진 바에 따르면, 몇몇 선장들은 선박에서 스포츠 이벤트를 개최하는 것에 편견을 가지고 있다. 마지막 순간에 약간의 어려움이 있었음에도 불구하고, 경기는 거의 정확히 열시에 시작되었다. 뮐러의 새는 다음 날 아침 로웰에 극도로 피곤한 상태로 도착했으며, 플래니건의 새는 소식이 들리지 않았다. 그러나 후자의 후원자들도 이 경기가 공정했다는 사실을 알고 있다. 비둘기들은 봄이 되어야만 열 수 있는 특수 제작된 덫에 갇혀 있었다. 상자의 위쪽의 구멍을 통해 먹이를 주입할 수 있었지만, 그들의 날개를 조작하는 것은 전혀 불가능했다. 이러한 몇 번의 경기는 미국에서 비둘기 날리기를 대중화하는 데 큰 도움이 될 것이며, 지난 몇 년간 점차 확대되어 온 인간의 고난을 육체적으로 견뎌내는 모습들과는 다른, 즐거운 경험으로 자리 잡을 것이다."

EPISODE III

A PIRATE OF THE LAND
- ONE CROWDED HOUR

육지의 해적
- 혼잡한 한 시간

그 사건의 배경은 이스트본-턴브릿지 도로였다. 손을 잡고 걸어가기에는 꽤 먼, 양쪽으로는 황야가 펼쳐진 쓸쓸한 구간이었다. 시간은 아마 일요일 밤 11시 반쯤이었을 것이다. 엔진 소리가 천천히 도로에 진입했다.

길고 늘씬한 롤스로이스가 부드러운 엔진 소리와 함께 유연하게 달리고 있었다. 헤드라이트가 만드는 두 개의 선명한 원 사이로 흔들리는 풀과 헤더 덤불이 빠르게 지나갔고 그 뒤로는 검은 어둠이 드리워졌다.

루비처럼 붉은 점 하나가 도로를 비추고 있었지만, 희미한 적색 헤드랜턴의 후광에 가려서 번호판은 보이지 않았다. 달도 구름에 가려 보이지 않았기 때문에 그 광경을 바라보던 남자는 차에 달린 기묘한 것들을 알아차릴 수 없었다.

창문이 열린 오두막에서 나오는 빛줄기와 달빛 속을 지나갈 때쯤에서야 그 특이한 차를 알아차릴 수 있었다. 차체는 갈색 천으로 장식되어 있었다. 심지어 긴 보닛 부분도 몇 겹의 꽉 조여진 천으로 묶여 있었다.

이 이상한 차를 모는 남자는 덩치가 크고 체격이 건장했다. 그는 티롤 모자의 넓은 챙을 눈까지 내려쓰고, 구부정하게 앉아 있었다. 모자의 그림자 밑에서 붉은 담배 연기가 은은하게 올라왔다. 어두운 울 소재의 외투는 귀를 가릴 수 있도록 카라를 올려 입었다. 둥근 어깨를 잔뜩 말고 목을 앞으로 내민 남자가 운전하는 자동차는 이제 무엇인가를 열심히 기다리며 언덕을 내려오고 있었다. 엔진 소리는 줄어들고 자동차는 조용히 움직였다.

먼 거리에서 모터 소리가 약하게 들려왔다. 이런 밤, 이런 곳에서는 대부분의 모든 차들이 도시에서 해변으로 돌아가는 런던의 주말 교통 흐름 때문에 남에서 북으로 이동했다.

남쪽에서 선명한 엔진 소리가 들려왔다. 그는 자리에 앉은 채 그런 소리들을 집중해서 듣고 있었다. 엔진 소리는 분명히 남쪽에서 들려왔다. 그의 얼굴은 핸들에 가려져 있었고 날카로운 눈이 어둠 속을 바라보고 있었다.

그는 갑자기 담배를 뱉고 날카로운 숨소리를 내뱉었다. 먼 거리에서 두 개의 작은 노란 점이 커브를 돌아왔다. 노란 점은 차에서 약간 거리가 떨어진 곳으로 사라졌다가 다시 나타나더니 곧바로 다시 사라졌다. 남자는 갑자기 자세를 고쳐 잡고 차량에 놓여 있던 어두운 복면으로 얼굴을 가리고 꽉 묶었다.

그는 권총 옆에 있는 자신의 소지품의 위치를 조정해 시야를 방해하지 않게 하고, 바닥에 두었던 손전등을 꺼내 자신의 물건들을 훑어보고는 권총 옆에 두었다. 그리고 모자를 더 깊숙이 쓰고, 클러치를 해제하고 기어를 내린 후 바로 전진했다. 긴 검은색 차체가 흔들리며 앞으로 나아갔고, 강력한 엔진 소리와 함께 차는 경사를 따라 부드럽게 빠져나갔다.

운전자는 몸을 숙이고 전조등을 껐다. 검은 황야를 가로지르는 희미한 회색 무늬로 겨우 도로의 선을 알아볼 수 있었다. 앞쪽에서 다가오는 차가 경사면을 넘을 때 펑펑거리는 소리와 덜컹거리는 소리가 들렸다. 엔진은 지친 심장처럼 쿵쾅거렸고, 구식 저단 기어는 삐걱거리길 반복했다. 눈부신 노란 빛이 언덕에서 사라졌다.

두 차가 산등성이 너머로 다시 나타났을 때 두 차는 서로 30야드 거리에 있었다. 어두운 차가 도로를 가로막고 다른 차의 통행을 막았다. 경고용 아세틸렌 등이 공중에서 흔들거렸다. 노란빛의 차량이 요란한 브레이크 소리를 내며 멈추었다.

"저기요." 차에 타고 있던 청년이 창문을 내리고 불만스러운 목소리로 외쳤다. "방금 우리 사고가 날 뻔했어요, 알죠? 전조등을 왜 안 켜놓는 거죠? 제가 당신을 못 볼 뻔 했잖아요!"

매우 화가 난 청년은 차량의 전조등으로 상대편 차량을 비췄다. 푸른 눈동자에 복면을 쓴 남자가 자동차 안에 홀로 앉아 있었다. 청년의 화난 얼굴이 갑자기 혼란스러운 표정으로 변했다. 어두운 차 안에서 남자가 뛰어나와 검은색 총을 청년의 얼굴에 들이댔다. 살기가 담긴 두 눈동자가 청년을 바라보고 있었다.

"손 들어!" 빠르고 엄격한 목소리가 말했다. "손 들지 않으면..."

그 청년은 꽤나 용감한 편이었지만, 손을 올리지 않을 수 없었다.

"차에서 내려!" 남자가 말했다.

청년이 차에서 내리자 등 뒤로 랜턴과 권총이 바짝 따라붙었다. 한 번은 손을 내리려고 시도했지만, 남자의 짧은 말 한마디와 등 뒤에 닿는 총구의 감촉에 다시 손을 올렸다.

"저기, 이거 좀 구시대적인 것 같은데요, 아니에요?" 청년이 말했다. "이거 혹시 상황극이라거나... 뭐 그런 건가요?"

"시계."

남자가 말했다.

"진담이에요?"

"시계 내놓으라고!"

"꼭 필요하시다면, 그럼 가져가세요! 그건 도금이에요. 당신은 꼭 몇 세기 전에 머물러 있는 것 같네요. 당신은 이 공업 도시와는 잘 안 맞는 것 같은데요."

"지갑!"

남자가 말했다. 그의 목소리와 말투에는 무언가 매우 강압적인 면이 있었다. 청년이 지갑도 건네줬다.

"반지도 있나?"

"안 차고 다녀요."

"움직이지 말고 거기 서 있어!"

남자는 청년을 지나쳐 자동차의 보닛을 열었다. 쇠붙이 플라이어가 그의 손에 들려 있었다. 차의 부품을 깊숙이 찌르자, 차의 단단한 와이어가 끊어졌다.

"젠장, 내 차를 망가뜨리지 마!"

청년이 외쳤다. 그가 차 쪽으로 돌아서자 권총이 그의 눈앞에 나타났다. 그 절체절명의 순간에 어떤 무언가가 그 젊은 청년의 눈에 띄어 그를 놀라게 만들었다. 청년은 입을 벌리고 입술을 삐 끔거렸지만, 떠오르는 말을 참기 위해서 노력했다.

"차에 타."

남자가 말했다. 청년은 다시 좌석으로 올라갔다.

"이름이 뭐지?"

"로널드 바커입니다. 당신은요?"

복면을 쓴 사나이는 그 질문을 무시했다.

"어디에 살아?"

남자가 다시 물었다.

"명함은 지갑에 있어요. 하나 가져가세요."

남자는 볼일은 끝났다는 듯 청년을 내버려둔 채 자신의 차로 돌아갔다. 남자는 엔진 소리에 박자를 맞추듯 빠르게 사이드 브 레이크를 풀고 기어를 변속한 뒤 핸들을 완전히 틀어 그 언덕을 빠져나갔다.

그 차가 떠난 지 1분쯤 지났을 때 그는 불빛이 점멸하는 속도 로, 도로의 남쪽에서 반 마일 정도 떨어진 곳으로 이동하고 있었다.

그동안 로널드 바커는 손전등을 들고 자신의 공구 상자 안의 각종 잡다한 물건 사이에서 전기를 연결해 줄 공구를 미친 듯이 찾고 있었다.

남자는 피해자와 거리가 많이 벌어졌다는 사실을 확인한 후 에야 전리품과 시계를 꺼내 다시 확인하고, 지갑을 열어 돈을 세 어 보았다. 불쌍한 청년에게서 얻은 돈은 7실링이 전부였다. 자신의 노력에 비해 비참한 결과가 화날 법도 한데 그는 재미있다고 느껴졌는지 플로린[*] 두 개를 들고 깔깔 웃었다. 그러다 갑자기 웃음기를 거두고 서늘한 표정으로 얇은 지갑을 다시 주머니에 넣었다. 브레이크를 풀고, 방금 전 모험을 시작할 때와 같은 긴장된 자세로 앞으로 나아갔다. 다른 차의 불빛이 도로를 내려오고 있었다.

이번에는 더 대담한 방식으로 나갔다. 앞선 경험이 그에게 자신감을 심어 주었다. 그는 불빛을 반짝이며 새로 온 사람들에게 다가가, 도로 중앙에 멈추라고 명령했다. 놀란 여행객들의 태도로 미루어 보아 그 결과는 충분히 성공적이었다.

여행객들은 복면을 쓴 위협적인 모습의 운전자를 보고 경악을 감추지 못했다. 뒷자리에 앉은 젊은 여자 두 명이 궁금해 하는 표정으로 창문 밖으로 얼굴을 내밀었다가 한 사람이 겁에 질린 비명을 내질렀다. 다른 한 명은 차분하고 냉소적이었다.

"소리 지르지 마, 힐다." 그녀가 속삭였다. "입 다물고, 바보 같이 굴지 마. 누가 우리를 놀리고 있는 거야."

"아니, 아니야! 진짜야, 플로시. 저 사람은 강도야, 분명해. 우리 어쩌지?"

"여기서 기절하면 비용은 얼마나 나올까?"

플로시가 물었다.

"오, 플로시, 플로시, 난 정말 쓰러질 것 같아! 같이 소리를 지

---

[*] 옮긴이: 1252년 이탈리아 피렌체 지방의 금화에서 시작된 화폐.

르면 도움이 될까 생각해 보는 건 어때? 검은 복면 뒤에 숨은 저 사람이 너무 무섭지 않니?"

강도의 행동은 실제로 상당히 놀라웠다. 그는 차에서 내려와 운전자의 목덜미를 잡고 끌어냈다. 그의 모습을 보자 목젖까지 튀어나왔던 반항의 목소리는 감쪽같이 사라졌다. 남자는 보닛 덮개를 열어 엔진 플러그를 뽑았다.

그는 포로가 움직이지 못하도록 제압한 후, 차 쪽으로 걸어갔다. 그는 로널드 바커를 대하던 그런 단호함 대신 온순하면서도 결단력 있는 태도를 취했다. 심지어 그는 일종의 연설을 시작하기 전에 모자를 들어 올려 인사를 건넸다.

"숙녀분들을 불편하게 해드려서 죄송하다고 먼저 사과의 말을 전합니다."

그가 말했다. 이전 피해자를 대할 때보다 목소리가 몇 단계 높아졌다.

"여러분이 누구인지 물어봐도 될까요?"

힐다는 겁에 질려 말을 할 수 없었지만, 플로시는 강인한 성격이었다.

"참 당황스러운 상황이네요." 그녀가 말했다. "고속도로에서 우리를 멈추게 할 권한이 당신에게 있나요? 알고 싶네요."

"죄송하지만 시간이 얼마 없군요." 강도가 강압적인 목소리로 말했다. "제 질문에 먼저 답해 주시기 바랍니다."

"대답해 플로시! 착하게 말해."

힐다가 플로시에게 속삭였다.

"음, 우리는 런던의 가이어티 극장에서 왔어요." 플로시가 말했다. "아마 플로시 소튼과 힐다 만네링이라고 들어본 적이 있을 거예요. 우리는 일주일 동안 이스트본의 로얄에서 공연을 했고, 일요일에는 쉬죠. 대답이 됐나요?"

"당신들이 갖고 있는 보석과 지갑을 다 넘기시죠."

두 여성이 한꺼번에 비명을 지르기 시작했지만, 로널드 바커가 느낀 것과 같이, 이 남자의 방식에는 조용하고 강제적인 무언가가 있음을 발견했다. 몇 분이 채 지나기도 전에 그들은 지갑을 넘겨주었고, 빛나는 반지와 팔찌, 브로치, 그리고 목걸이 더미가 차의 앞좌석에 놓였다. 다이아몬드는 등불의 빛을 받아 작은 별처럼 빛나고 있었다. 그는 빛나는 뭉치를 집어 손바닥에 올려놓았다.

"특별히 소중하게 여기는 게 있나요?"

그가 여성들에게 물었다. 플로시는 그 무언가를 양보하고 싶어 하지 않았다.

"우리에게 선심 써 주는 척하려고 하지 마세요." 플로시가 말했다. "모든 걸 가져가거나 아니면 모두 남겨두세요. 우리는 우리 것 중 일부만 돌려받기를 원하지 않아요."

"빌리의 목걸이만 남겨 주세요!"

힐다가 소리치며 진주 목걸이를 잡아당겼다.

강도는 알겠다고 고개를 끄덕이고는 진주 목걸이를 놓았다.

"다른 건 없나요?"

강도의 말에 용감하던 플로시가 갑자기 눈물을 터트렸다. 힐다도 마찬가지였다. 강도에게 눈물의 효과는 놀라웠다. 그는 보석 더미 전체를 그녀들의 무릎 위로 던졌다.

"여기 있어요! 여기 있어요! 가져가세요!" 그가 말했다. "저에 겐 어차피 쓰레기나 마찬가지죠. 여러분에게는 가치가 있겠지만, 제게는 아무런 가치도 없습니다."

한 순간에 눈물은 웃음으로 바뀌었다.

"보석을 돌려준 건 고맙네요. 혹시 무슨 광고인가요? 광고는 돈의 10배 정도 가치가 있죠. 하지만 아니라면 요즘 사람들이 생 계를 유지하는 방법 치고는 웃긴 것 같네요! 잡힐까 봐 두렵지 않으 세요? 모든 게 너무나 기적적이에요, 마치 코미디의 한 장면처럼."

"비극일 수도 있습니다."

강도가 말했다.

"아, 아니에요, 아니었으면 좋겠어요!"

드라마의 주인공인 두 여성이 외쳤다. 그러나 강도는 더 이상 의 대화에 흥미를 잃었다. 멀리 떨어진 곳에 또 다른 작은 빛이 나 타났다. 새로운 손님이 찾아왔으므로, 그는 그 손님을 놓치고 싶 지 않았다.

그는 자신의 차로 돌아가 모자를 들어 올리고, 새로 도착하는 손님을 맞이하기 위해 멀어져 갔다. 그동안 플로시와 힐다는 아직 빠르게 뛰는 심장을 느끼며, 차에서 몸을 숙이고 빨갛게 빛나는 후미등이 어둠에 섞이기까지 조용히 지켜볼 뿐이었다.

이번에는 만족할 만한 것을 얻을 것 같은 기분이 들었다. 화려 한 황동 프레임에 세워진 네 개의 장엄한 램프 뒤에, 엄청난 잠재적인 힘을 숨기며 저음으로 고요하게 주행 중인 60마력의 다임러가 비탈길을 올라갔다. 리무진의 열린 창밖으로 붉고 얼룩진 얼굴이 나타났다.

강도는 머리가 벗겨진 이마, 부풀어 오른 볼, 그리고 은근하게 빛나는 두 개의 작은 교활한 눈을 바라보고 있었다.

"저리 비키세요! 당장 비키라고!"

거친 목소리가 외쳤다.

"허른, 어서 가서 그를 자동차에서 끌어내세요. 저 사람 술에 취했어요!"

이들은 순식간에 야만적으로 변했다. 운전자는 건장하고 능력 있는 사나이로, 뒤에서 들리는 날카로운 목소리에 자극받아 차에서 내려 다가오는 강도의 목덜미를 잡았다. 강도는 권총의 총구 끝으로 운전자를 힘껏 때렸고, 남자는 길에서 허우적대며 쓰러졌다.

쓰러진 남자를 밟고 강도는 차의 문을 열고, 뚱뚱한 승객의 귀를 잡아당겨 길가로 끌어냈다. 그리고 매우 신중하게, 얼굴에 주먹질을 시작했다. 그 타격 소리가 고요한 어둠 속에서 권총 소리처럼 울렸다.

뚱뚱한 남자는 일그러진 얼굴로 반쯤 의식을 잃은 채 리무진 옆으로 쓰러졌다. 강도는 그의 코트를 열어, 그가 가진 모든 것과 함께 무거운 시계를 빼앗아 찢어진 자신의 외투에 넣었다. 또한 남자의 진주 커프스와 그의 카라를 고정시키는 금핀을 챙기는 것도 잊지 않았다.

더 가져갈 게 없는지 확인한 후, 강도는 그의 손전등을 쓰러진 운전자에게 비추어 그가 기절한 것을 확인했다. 그런 다음 운전자의 모든 주머니를 뒤지며 금품을 빼앗았다.

강도의 의도가 무엇이었든, 그것은 실패하지 않았다. 어떤 소리에 그는 뒤를 돌아보았다. 그리 멀지 않은 곳에 빠르게 다가오는 차량의 불빛이 보였다. 그 차는 이미 강도가 남긴 잔해를 확인하고 왔을 것이다. 그것은 명백하게 그의 흔적을 따라오고 있었으며, 지역의 모든 경찰이 전부 모였을 수도 있었다.

강도는 시간을 낭비할 여유가 없었다. 그는 피로 더러워진 피해자를 떠나 자신의 차로 돌아가 운전석으로 뛰어들었고, 엑셀에 발을 올려 빠르게 질주했다. 얼마 되지 않아 좁은 측면 길이 나타났고, 강도는 그곳으로 방향을 틀어 추격자와 약간의 거리를 두고 나서야 멈추었다.

그는 시동을 끄고 이번에 획득한 전리품을 세어 보았다. 로널드 바커의 보잘것없는 노란색 물건, 네 개의 파운드를 포함한 여배우들의 제법 두툼한 지갑, 그리고 마지막으로 다임러의 화려한 보석과 지폐와 각종 문서로 가득 찬 지갑이었다.

50파운드짜리 지폐 다섯 장, 10파운드짜리 지폐 네 장, 15파운드짜리 지폐 열다섯 장, 그리고 가치 있는 여러 문서들이 가장 훌륭한 전리품을 이루고 있었다. 이것은 분명히 하루치 일당으로 충분했다. 그는 불법적으로 획득한 소득을 주머니에 다시 넣고, 담배를 피우며 더 이상 걱정할 게 없는 사람처럼 길을 나섰다.

월요일 아침, 월콧 올드 플레이스의 헨리 헤일워디 백작은 여유롭게 아침 식사를 마치고, 서재로 내려가 몇 통의 편지를 쓴 후 카운티 벤치에 앉을 생각으로 걸음을 옮겼다.

헨리 백작은 카운티의 부차관이었으며, 고대 혈통의 남작이자 10년 동안 치안 판사로 일했다. 또한 위드 지역에서 가장 좋은 말을 많이 사육하고 있어 기수로도 유명했다.

키가 크고 반듯한 체격에 깔끔하게 면도한 얼굴, 짙은 검은 눈썹, 네모나고 날렵한 턱을 가진 그는 적보다는 친구라고 부르는 것이 더 나은 사람이었다.

거의 50세에 이르렀지만, 노화를 나타내는 흔적은 없었다. 자연의 섭리로 오른쪽 귀 위에 흰머리 한 가닥이 있는 것을 제외하고는, 젊음이 지나갔다는 세월의 흔적은 찾아볼 수 없었다.

그런 그가 오늘 아침 생각에 잠겨 있었다. 파이프에 불을 붙인 후 고민이 가득한 표정으로 빈 메모지가 놓인 책상 앞에 앉아 있었다.

구불구불한 월계수 뒤에서 덜컹거리는 소리가 들려오자 그는 현실로 되돌아왔다. 그 소리는 오래된 자동차 소리로, 점점 크게 들려왔다. 구식 울슬리 자동차 한 대가 모퉁이를 돌아 헨리 백작 쪽으로 오고 있었다. 운전대를 잡은 남자는 노란 콧수염을 기른 앳된 얼굴의 젊은 남자였다. 헨리 백작은 그 모습을 보고 일어섰지만, 다시 앉았다.

잠시 후 차에서 내린 남자가 자신을 로널드 바커라고 소개하자 그는 다시 자리에서 일어섰다. 두 사람 모두 훌륭한 사격 선수이자 기수였고 당구 선수였기 때문에 두 사람 사이에는 많은 공통점이 있었다. 더 젊은(그리고 가난한) 바커는 윌콧 올드 플레이스에서 일주일에 적어도 이틀을 보내는 습관이 있었다. 따라서 헨리 백작은 손을 뻗어 진심을 다해 그를 반겼다.

"오늘은 일찍 일어나셨군요." 헨리 백작이 말했다. "어쩐 일이에요? 루이스로 가려는 거면 같이 갈까요?"

하지만 로널드 바커의 태도는 독특하고 무례했다. 그는 자신에게 내민 손을 무시하고 고민이 가득 찬 눈으로 카운티의 치안 판사인 헨리 백작을 쳐다보았다.

"음, 무슨 일 있나요?"

헨리 백작이 물었다.

로널드 바커는 대답하지 않았다. 그는 분명히 말을 꺼내기 어려운 듯 보였다. 헨리 백작은 점점 초조해졌다.

"오늘은 평소 같지 않으시네요. 대체 무슨 일인가요? 안 좋은 일이라도 있나요?"

"네."

로널드 바커가 입을 열었다.

"무슨 일이죠?"

"무슨 일이 있었죠, 분명."

헨리 백작이 웃었다.

"앉으시죠, 무슨 일인지 말씀해 주세요."

바커가 자리에 앉았다. 그는 헨리를 비난하기 위해 생각을 정리하는 것 같았다. 그러더니 총알처럼 충격적인 발언이 날아왔다.

"어젯밤 왜 나를 공격했죠?"

헨리는 철두철미한 사람이었다. 그는 놀라거나 분노의 감정을 잘 드러내지 않았다. 그의 차분하고 굳은 얼굴에는 근육 하나도 움직이지 않았다.

"어젯밤 제가 당신을 공격했다는 게 대체 무슨 말이죠?"

"메이필드 도로에서 키가 큰 남자가 내 차를 멈추게 했습니다. 그가 권총을 제 얼굴에 들이밀고 지갑과 시계를 가져갔죠. 헨리 경, 근데 그 남자가 당신이었어요."

헨리가 웃었다.

"이 지역에 덩치 크고 키 큰 남자가 저밖에 없나요? 저만 자동차를 가지고 있나요?"

"제가 롤스로이스를 보고 못 알아볼 거라 생각하십니까? 제가 차량 위에서 인생의 절반을, 나머지 반은 차 밑에서 보내는 사람인데. 여기 주변에 롤스로이스를 가진 사람이 누가 또 있냐고요."

"친애하는 바커 경, 당신이 묘사한 그런 현대적인 강도는 자신의 지역 외부에서 활동할 가능성이 더 높지 않을까요? 남부에는 롤스로이스가 몇 백 대나 있지 않나요?"

"아니요, 헨리 경—아니예요! 당신의 그 약간 낮은 목소리마저도 저에게는 익숙했습니다. 하지만 저는 이 상황이 이해되지 않아요, 진짜 왜 그런 거죠? 그저 제 가까운 친구 중 하나인 당신을, 당신이 지역 선거에 출마했을 때 뼈를 깎아가며 일했던 저를, 돈 몇 푼과 보잘 것 없는 시계를 위해 배신한 건가요? 정말 믿기 힘듭니다."

"정말 놀랍군요."

헨리가 웃으며 말했다.

"그리고 그 여배우들, 불쌍한 악마들, 그들에게 한 행동까지도 다 봤어요. 나는 당신을 따라갔어요. 근래 본 것 중에 가장 보기 힘든 일이었지요."

"그럼 왜 그걸 믿습니까?"

"왜냐하면 제가 봤기 때문이지요."

"음, 당신은 그렇게 스스로를 납득시키고 있는 것 같은데, 다른 사람들 앞에 제시할 만한 증거는 별로 없어 보입니다."

"나는 법정에서 당신을 보았다는 사실을 맹세할 수 있습니다. 당신이 내 차의 전선을 자르고 있을 때 당신의 복면 뒤에서 흰색 머리털이 튀어나온 걸 보았어요."

예리한 사람이라면 남자의 얼굴에서 처음으로 약간의 감정이 드러난 것을 보았을 것이다.

"당신의 상상력은 상당히 생생한 것 같군요."

그가 말했다. 그의 방문객은 분노로 얼굴이 빨개졌다.

"여기 봐요, 헤일워디." 그가 말했다. "이것을 보세요."

그는 작고 울퉁불퉁한 검은 천 조각을 보여 주었다.

"나에게 이 조각이 있습니다. 짝을 맞춰보고 싶으니 당신의 무거운 검은색 운전용 코트를 가져오세요. 만약 당신이 시종을 부르지 않는다면 제가 부르지요. 그리고 우리는 그것을 가지고 와서 맞춰봐야 합니다. 저는 이것을 끝까지 확인할 거예요. 그리고 그것에 대한 오해를 풀도록 하죠."

헨리는 대답 대신 자리에서 일어났다. 그리고는 바커의 의자를 지나 문 쪽으로 걸어갔고, 문을 잠그고는 열쇠를 주머니에 넣었다.

"당신은 이걸 끝까지 할 생각이군요." 그가 말했다. "대화가 끝날 때까지 제가 당신을 가두겠습니다. 이제 우리는 남자들끼리 진실한 대화를 나눌 것입니다. 그리고 이게 비극으로 끝날지 말지, 결론은 당신에게 달려 있습니다."

그는 말하는 동안 책상 서랍 중 하나를 열어 놓았다. 그의 방문객은 분노로 이마에 주름이 져 있었다.

"당신이 나를 협박한다고 해서 상황이 나아지지는 않을 거예요, 헤일워드. 나는 내 책임을 다할 거예요, 그리고 당신은 나를 협박하지 못할 겁니다."

"나는 당신을 협박하려고 하는 게 아닙니다. 제가 말한 비극은 당신의 비극을 의미하는 게 아닙니다. 제 말의 의미는 이 사건이 가서는 안 될 방향으로 가고 있다는 것입니다. 제게는 친척은 없지만 가문의 명예가 있습니다. 제가 가진 것 중 몇 가지는 분명 잃을 수 없는 것도 있죠."

"이제 그런 말을 하기엔 늦었습니다."

"음, 그럴 수도 있겠지만, 너무 늦진 않았습니다. 나는 당신에게 해야 할 말이 많습니다. 먼저, 어젯밤 메이필드 도로에서 당신을 붙잡은 사람은 제가 맞습니다."

"역시 맞군요. 그렇다면 왜 그랬지요?"

"좋아요. 일단 아무 말 말고 제 이야기를 들어 주세요. 먼저 이것들을 보세요."

그는 서랍을 열고 작은 두 개의 소포를 꺼냈다.

"이것들을 오늘 밤 런던에 우편으로 보내려고 했습니다. 여기에는 당신의 주소가 적혀 있고요, 당신의 시계와 지갑이 들어 있습니다. 그러니까 당신은 당신이 겪은 기이한 모험 후에도 어떠한 손해를 입지 않았다고 할 수 있을 것입니다. 이 다른 소포는 가이어티 극장의 여성들의 주소가 적힌 것이고, 그들의 물건이 들어 있습니다. 나는 당신이 나를 고발하기 전에 각 사건과 관련하여 완전한 보상을 할 의사가 있다는 것을 납득시키고 싶네요."

"도대체 이게 어떻게 된 거죠?"

바커가 물었다.

"음, 이야기를 조금 돌려 볼까요? 조금 전에는 말할 생각이 없었지만, 지금 이야기할 것은, 와일드와 구겐도르프의 창립자인 시르 조지 와일드에 관한 이야기입니다. 그는 악명 높은 럿게이트 은행의 주인입니다. 제 대단한 계획에 대해서 말한다면 믿지 않으실 수도 있겠지요. 하지만 제가 이야기하고 싶은 건 그 은행장에 관한 이야기입니다. 제가 부자가 아니라는 건 당신도 알고 있을 겁니다. 모든 카운티 사람들이 다 알고 있겠지요. 블랙튤립이 더비에서 졌을 때 큰 충격을 받았습니다. 그때 전 수천 달러의 유산을 받았는데, 이 저주받은 은행이 예금에 7%의 이자를 지급하고 있다는 걸 알게 되었습니다. 저는 와일드와 알고 지내는 사이였으므로 그를 만났고, 그에게 안전한지 물어봤습니다. 그는 그 은행이 안전하다고 확신했으므로 저는 그곳에 돈을 넣었고, 48시간 만에 모든 게 엉망이 됐어요. 와일드는 망해가는 자신을 구할 수 있는 것이 아무것도 없다는 걸 알고 있었다는 것이 밝혀졌습니다. 그런

데도 그는 자신의 가라앉는 배에 나의 전 재산을 올렸죠. 물론 그
는 괜찮았습니다─절망스럽게도 말이죠! 그는 이미 많은 재산을
가지고 있었으니까요. 하지만 나는 내 돈을 모두 잃었고 법도 나
를 도와줄 수 없었습니다. 그는 명백하게 내 재산을 강탈했고, 심
지어 내 앞에서 웃었어요. 나를 조롱하고 있었죠. 그래서 난 그에
게 어떤 방법으로든 복수할 것이라고 맹세했습니다. 나는 그의 습
관을 알고 있었지요. 왜냐하면 그것이 내 사업과 연관되어 있으니
까요. 나는 그가 일요일 밤에 이스트보스로부터 돌아온다는 것
을 알고 있었고, 그가 꽤 넉넉한 금액을 가지고 있다는 것도 알고
있었습니다. 그리고 그것은 이제 내 주머니에 있습니다. 자, 이래도
제가 한 일을 정당하지 않다고 말할 건가요?"

바커는 의자를 당기면서 물었다.
"앞으로 어떻게 하려는 거죠? 그리고 여자들은 어떻게 된 건
가요?"
"생각을 좀 해 봐요, 바커. 나는 그냥 우연히 그와 마주쳤다는
생각을 심어주려고 고속도로에 나왔습니다. 마치 그날 하루 악마
가 되려고 했었는데, 그 과정에서 가장 처음 만난 사람이 당신이
었던 거죠. 언덕을 오를 때 당신의 오래된 자동차를 알아볼 수 없
어서 바보짓을 했지만 말입니다. 당신을 보고 나는 웃을 수가 없
었습니다. 하지만 난 그것을 실현시켜야 했습니다. 배우들도 마찬
가지입니다. 나는 내 작은 특징들을 숨기는 것에 실패해서 자신을
드러냈을지도 모릅니다. 하지만 나는 쇼를 계속해야 했습니다. 그
후 내 목표물인 남자가 나타났습니다. 그에게는 망설임 없이 다가

갔죠. 나는 그의 피부까지 벗겨냈습니다. 이제, 바커 씨. 이 모든 것에 대해 어떻게 생각하십니까? 어젯밤에 당신의 머리에 권총을 들이댔지만, 믿든 안 믿든 오늘 아침에는 당신 앞에 지금의 내가 있지 않습니까!"

바커가 천천히 일어나서 활짝 웃으며 헨리의 손을 잡았다.

"다시는 그렇게 하지 마세요. 너무 위험합니다." 그가 말했다. "그 돼지는 당신이 잡히면 자신이 이겼다고 좋아할 테니까요."

"당신은 좋은 사람입니다, 바커." 헨리가 말했다. "물론, 다시는 그렇게 하지 않을 거예요. 하지만 어제 그 순간은 '영광스러운 삶의 한 순간'이었습니다. 내 인생에서 가장 즐거운 시간이었죠! 여우 사냥 이야기! 아니, 다시는 만나지 않을 거예요. 그것이 나를 어둠의 구렁텅이로 몰아넣을 수도 있으니까."

탁자 위에서 전화벨이 날카롭게 울렸고, 헨리 헤일워디 판사는 수화기를 귀에 대고 그의 동반자를 향해 미소 지었다.

"오늘 아침에는 좀 늦었네요." 그가 말했다. "몇 가지 도난 사건이 발생해서 말이죠."

EPISODE IV

THE CAPTAIN OF
THE "POLESTAR"

폴스타호의 선장

9월 11일. 북위 81° 40′, 동경 2°에 위치한 대형 얼음 벌판 위에 머물러 있다. 우리의 닻이 연결된 곳으로부터 북쪽으로 쭉 펼쳐진 얼음 구릉은 영국의 섬 하나와 비슷한 크기일 것이다. 양쪽으로는 수평선까지 이어지는 끝없는 얼음 벌판이 놓여 있다. 오늘 아침 1등 항해사가 남쪽으로 얼음이 쌓여 있을 수도 있는 징후가 있다고 보고했다. 만일 이것이 사실이고, 얼음이 상당한 두께로 쌓여 있어서 우리의 귀환을 막게 된다면 우리는 식량이 부족한 상황에 놓이게 될 것이다.

아침은 늦어지고 밤이 다시 빨라지기 시작했다. 오늘 아침에 난간 위에서 별이 깜박이는 것을 보았는데, 5월 초부터 지금까지 단 한 번도 본 적 없는 광경이었다.

스코틀랜드 해안의 청어 시즌에 맞춰서 집으로 돌아가고 싶어 하는 선원들 사이에서는 상당한 불만이 나오고 있다. 어두운 표정과 얼굴 위로 드리운 그늘만으로도 그들의 불만을 알 수 있지만, 오늘 오후 이등 항해사로부터 선원 대표단을 선장에게 보내기로 계획했다는 소문을 들었다.

그는 성질이 사납고 자기 권리를 침해하는 것에 대해 민감한 사람이라 그 상황을 어떻게 받아들일지는 모르겠다. 저녁 식사 후에, 그에게 이 문제에 대해 몇 마디 말을 해 볼 것이다. 다른 선원이었다면 참아주지 않았을 일을 나에게는 몇 번 참아준 적이 있기 때문이다.

갑판에서 스피츠베르겐의 북서쪽 코너에 위치한 암스테르담 섬이 보이기 시작했다. 화산 바위의 울퉁불퉁한 선이 빙하를 연상시키는 섬이다. 현재 우리보다 그 덴마크 정착지와 더 가까운 사람은 없을 것이다. 이러한 상황에서 선박을 위험에 빠트린다면 선장은 큰 책임을 져야 한다. 고래 사냥선마저도 이렇게 먼 곳에 머물렀던 적은 없었다.

오후 9시. 크레기 선장과 이야기했다. 결과는 만족스럽지 않았지만, 그가 매우 조용하고, 침착하게 앉아서 내 이야기를 들어줬다는 사실은 절대 부정할 수 없다. 내 말이 끝나자 그는 내가 종종 그의 얼굴에서 봐왔던 결연한 표정을 지은 채 몇 분 동안 좁은 선실을 왔다 갔다 했다. 처음에는 내가 한 말들이 그에게 심각한 불쾌감을 준 것일까 우려했지만, 그는 다시 앉아서 애정의 제스처로 내 팔에 손을 얹었다. 그의 야만스러운 검은 눈동자 속에는 놀라울 정도로 다정함이 묻어 있었다.

"이거 봐, 꼬마 의사 선생." 그가 말했다. "널 데리고 온 걸 유감이라고 생각해, 진심이야. 네가 지금 당장 던디 부두에 안전하게 서 있을 수만 있다면 당장이라도 50파운드를 줄 수 있어. 왜 내 말을 의심하는 것처럼 고개를 젓는 거지?"

나는 의심하는 듯한 제스처를 했다고 자각하지 못했다.

"의사 선생, 아직 챙기지 못한 재물과 나 사이에 얼음 하나밖에 없는데 내가 여길 떠날 거라고 생각해? 내일 북쪽에서 바람이 불면 우리는 선박을 가득 채우고 얼음이 우리를 따라잡기 전에 떠날 수 있어. 만약 남쪽에서 바람이 불면 사람들은 목숨을 걸고 일한 대가를 받을 거야. 내게는 목숨을 거는 게 어려운 일은 아니지만 말이야. 나는 이 세상보다는 저 세계에 더 많이 묶여 있으니까. 하지만 네가 안타까워서라도 집에 가려고 노력할 거야. 전에 자네가 약혼 중이라고 말한 적이 있지 않았나?"

"네." 나는 대답했다. 시계 사슬에 매달린 작은 장식을 열고, 플로라의 작은 초상화를 들어 보였다.

"빌어먹을 놈!" 그가 의자에서 뛰쳐나와 분노로 그의 수염이 바짝 곤두선 채로 외쳤다. "네 행복이 나와 무슨 상관이야? 내가 그녀와 무슨 상관이 있기에 나에게 그녀의 사진을 보여 주는 거지?"

그는 분노를 참지 못하고 내게 손을 댈 것 같았지만, 고함만 지른 후 선실 문을 열고 갑판으로 나갔다. 그의 엄청난 폭력성은 나를 깜짝 놀라게 했다. 그가 나에게 예의 바르고 친절하지 않은 모습을 보인 게 처음이었기 때문이다. 내가 이 글을 쓰고 있는 동안에도 그가 흥분하여 갑판 위를 뛰어다니는 소리가 들려온다.

이 사람의 성격을 대략적으로 설명하고 싶지만, 내 생각이 모호하고 불확실할 때 종이 위에 그런 흔적을 남기는 것은 주제넘은 것 같다. 몇 번이나 그의 행동을 설명할 단서를 잡은 듯한 생각이 들었지만, 항상 새로운 면을 보여 주면서 내가 내린 결론을 뒤엎기 때문에 더욱 종잡을 수 없다. 아마도 나만이 이 글을 읽게 될 것이지만, 심리학적 연구로 나는 선장 니콜라스 크레기에 대한 기록을 남기려고 한다.

사람의 외부 형태는 대개 내면의 영혼을 암시한다. 선장은 키가 크고 몸이 탄탄하며, 검고 잘생긴 얼굴을 가지고 있다. 그의 씰룩거리는 얼굴 근육은 신경과 관련한 것이거나 단순히 과도한 에너지의 결과일 수 있다. 그의 턱과 얼굴의 전체 형태는 남자답고 어딘가 결연하며 단호하다. 그의 눈은 그의 얼굴에서 가장 두드러진 특징이다. 매우 어두운 밤색으로 밝고 열정적이며, 여러 감정이 혼합되어 있는 것 같다. 그 눈빛에서 위험한 무엇인가를 느꼈던 것도 같다.

일반적으로 전자가 우세하지만, 때때로 특히 그가 사려 깊은 경향이 있을 때는 공포의 눈빛이 퍼지고 깊어져 그의 얼굴 전체에 새로운 캐릭터를 부여한다. 그럴 때 그는 가장 격렬한 분노에 빠지기 쉬우며, 그도 그것을 알고 있는 것 같다.

어둠이 도사리는 그 혼자만의 시간이 지날 때까지 아무도 그에게 접근하지 못하도록 자신을 가두기도 한다. 그가 잠을 잘 못자고, 밤에 비명을 지르는 소리가 종종 들려오는데, 그의 선실은 내 선실에서 조금 떨어져 있어서 그가 한 말을 정확하게 구별할 수는 없었다.

다른 하나는 그의 성격 중 가장 불쾌한 부분이기도 하다. 나는 그와 매일 함께 지내다 보니 그런 부분도 관찰할 수 있었다. 그렇지 않았다면, 그는 유쾌한 동행자이자 즐겁고 좋은 사람으로,

배 위를 걷는 당당한 선장이라고 생각했을 것이다.

4월 초에 우리가 해빙 사이에서 폭풍에 갇혔을 때 그가 배를 다루던 방식은 잊지 못할 것이다. 그 밤 그는 번쩍이는 번개와 바람이 울리는 소리 속에서 다리 위를 오가며 전혀 기분이 나쁘지 않아 보였다. 그는 여러 차례, 죽음에 대해 생각하는 게 기쁘다고 말했다. 젊은 남자가 이런 말을 하는 것은 슬픈 일이다.

아마 그는 서른을 좀 넘긴 것 같다. 그의 머리카락과 수염은 이미 약간 회색빛이 돌고 있다. 어떤 큰 슬픔이 그를 둘러쌌고, 그의 인생을 망치게 했을 것이라는 생각이 들었다. 내가 플로라를 잃으면 나도 그와 같아질지도 모른다. 플로라가 없다면 나는 내일 바람이 북쪽에서 불건, 남쪽에서 불건 별로 신경 쓰지 않을 것 같다.

아, 그가 갑판에서 내려오는 소리가 들린다. 그는 자신의 방문을 걸어 잠갔다. 여전히 기분이 안 좋다는 것을 보여 주는 것이다. 그럼 이만 잠자리에 들어야겠다. 마치 옛날 페피스처럼 말이야. 어둠이 오는 밤이라 양초를 켜야만 하는데, 스튜어드는 이미 침대로 들어갔으니까, 다른 양초를 받을 수 없다는 뜻이기도 하다.

⚓

9월 12일. 평온하고 맑은 날씨다. 나는 여전히 같은 자세로 누워 있다. 바람이 남동쪽에서 불어오고 있지만 매우 약하다. 선장은 기분이 나아졌는지, 아침 식사 때 나에게 그의 무례함에 대해 사과했다. 그러나 그는 완벽하게 흥분을 가라앉히지는 않은 듯 보였으며, 눈 속에 그 야생적인 모습을 여전히 유지하고 있다. 여전히 엽기적인 눈빛을 띠고 있는 것처럼 느껴진다—우리의 수석 엔지니어가 나에게 그렇게 말했다. 그는 우리 선원 중 셸틱인들 사이에서 예언자이자 전조의 해석가로 약간의 명성을 지니고 있는 사람이었다.

이 현실적인 사람들에게 이러한 미신이 그렇게까지 지배력을 행사한다는 사실이 놀라웠다. 내가 직접 관찰하지 않았다면 미신이 이렇게까지 퍼져 있다는 것을 믿을 수 없었을 것이다. 미신은 전염병처럼 돌아서 토요일에는 사람들에게 진정제와 신경 강장제를 배급하고 싶다는 생각까지 들었다.

그 첫 번째 증상은 셰틀랜드를 떠난 직후에 선박 헬름을 조종하는 사람들이 선박 뒤를 따라오는 슬픈 울음소리와 비명 소리를 들었다고 불평하기 시작했다는 것이었다. 이 이야기는 항해 내내 계속되었고, 점점 심해져서 어두운 밤에는 물개 낚시를 해야 되는데도 사람들에게 그 일을 시키기가 매우 어려웠다. 분명 그들이 들었던 것은 체인의 삐걱거림이나 지나가는 해양 생물의 울음소리였을 것이다.

나는 그 소리를 듣기 위해 몇 번이나 침대에서 깨어나야 했지만, 확실히 나는 부자연스러운 것을 구별할 수 있었다. 그러나 사람들은 그 소리에 대해 너무나도 확신하고 있었기 때문에 논쟁할 가치가 없었다. 한 번 선장에게 그 문제를 언급했지만, 놀랍게도 그는 그 미신을 매우 심각하게 받아들이고 있어서 내가 한 말로 인해 혼란스러워했다. 나는 그 또한 그런 저속한 미신을 믿는다고 생각했다.

이 모든 이야기는 결국 어젯밤에 이등 항해사 맨슨 씨가 유령을 보았다는 사실로 이어졌다. 적어도 그의 말을 대부분 믿는 것 같았다. 여러 달 동안 곰과 고래라는 일상적인 이야기 뒤에 새로운 대화 주제가 생겨서 상쾌하다는 반응도 있었다.

맨슨은 배가 유령에 시달리고 있다고 맹세하며, 다른 갈 곳이 있었다면 하루도 더 머물지 않을 거라고 말했다. 실제로 그 녀석은 정말 무서워했고, 나는 그를 안정시키기 위해 오늘 아침 몇 가지 안정제와 진정제를 주어야 했다.

어젯밤에 한 잔을 더 마셔서 그가 환청을 들었을 지도 모른다고 내가 말했을 때 그는 상당히 화를 냈는데, 그래서 나는 가능한 한 엄숙한 얼굴로 그의 이야기를 들어 주어야 했다. 실제로 그는 매우 단호하고 사실적인 방식으로 이야기했다.

"저는 함교에 있었습니다." 그가 말했다. "밤이 가장 어두울 때였습니다. 당직이 네 번 정도 종을 쳤습니다. 달이 떠 있긴 했지만, 구름이 달을 가리고 있어서 앞이 잘 보이지 않았죠. 존 맥클라우드가 선박 앞쪽에서 뒤로 왔고 뱃머리에서 이상한 소리가 들렸다고 보고했습니다. 저는 맥클라우드를 따라 배의 앞쪽으로 나갔고, 우리 둘 다 그 소리를 들었습니다. 때로는 아기가 우는 것처럼 들리고 때로는 여자가 아픔을 호소하는 것처럼 들렸습니다. 저는 그 나라에 17년 동안 갔었고, 그런 소리를 내는 바다표범을 본 적이 없습니다. 우리가 선박의 앞쪽에 서 있을 때 달이 구름 뒤에서 나왔고 우리는 얼음덩어리 위를 움직이는 하얀 물체를 보았습니다. 우리는 그것을 잠깐 시야에서 놓쳤지만, 그것은 좌측 뱃머리 쪽으로 돌아왔고 얼음 위에 그림자가 보였습니다. 저는 혹시 곰일지도 모른다는 생각에 총을 가지고 맥클라우드와 함께 선박으로 내려갔습니다. 얼음 위에 올라갔을 때 우리는 서로를 놓쳤지만 저는 여전히 소리가 나는 방향으로 나아갔습니다. 그 소리를 1마일 이상 따라가다가 언덕을 돌았는데, 곰 같은 게 저를 기다리고 있는 것 같았습니다. 그것이 무엇인지 모르겠습니다. 어쨌든 절대 곰은 아니었습니다. 그것은 크고 흰색이었고 곧게 뻗어 있었는데 그것이 사람이 아니라면 더 나쁜 것일 거라고 장담할 수 있습니다. 저는 선박을 향해 최대한 빨리 달렸고 배를 타게 되어 정말 다행이었습니다. 저는 항해에 참여하겠다고 서명했기 때문에 선박에서 제 일을 할 것이며, 선박에서 머물겠지만, 해가 진 후에 얼음 위에 다시 올라가라고 한다면 올라가지 않을 겁니다."

그것이 그의 이야기였다. 그가 말로 표현할 수 있는 한 구체적으로 최대한 전달하려고 노력하는 것이 느껴졌다. 그가 본 것은 그가 아무리 부인하더라도 아마도 두 다리로 일어선 어린 곰이었을 것이다. 그 자세는 그들이 경계할 때 종종 취하는 자세. 불확실한 빛 속에서는 이것이 사람의 모습과 유사할 것이며, 특히 이미 어느 정도 정신이 혼란스러운 사람에게는 더욱 그렇게 보일 것이다.

그것이 무엇이었든, 그 사건은 매우 불쾌한 영향을 끼쳤다. 선원들의 표정은 이전보다 더 울적해 보였으며, 그들은 더 공개적으로 불만을 표출했다. 그들이 저주받은 배에 갇혀 있다고 말하는 것은 곧 어리석은 행동을 불러일으킬 수 있다는 뜻이기도 했다.

심지어 가장 나이가 많고 안정된 선원들조차도 별다를 바 없이 불안에 기여하고 있었다.

이 어리석은 집단적 발작을 제외하고는 상황이 다소 좋아지고 있었다. 남쪽에 있는 빙하가 부분적으로 사라졌고, 따뜻한 바닷물은 그린란드와 스피츠베르겐 사이를 오르내리는 북대서양 해류의 흐름에 올라탔음을 나타냈다. 배 주위에는 수많은 작은 해파리와 해달이 있어서 물고기들이 발견될 가능성도 꽤 있었다. 실제로 저녁 식사 시간에 물고기 한 마리를 발견했지만, 보트가 따라가기에는 불가능한 위치에 있었다.

9월 13일. 다리에서 주요 승무원인 밀른 씨와 흥미로운 대화를 나눴다. 선원들과 심지어 선박 소유주들에게도, 우리 선장은 내가 가지고 있는 의문처럼 큰 수수께끼 같은 존재인 것 같다. 밀른 씨는 배가 항해를 마치고 해산할 때쯤에 크레기 선장은 사라지고 다음 시즌이 다가올 때까지 보이지 않는다고 말했다. 그러다가도 다음 시즌이 다가올 때 회사 사무실로 조용히 들어가서 자신의 안내가 필요한지 묻는다고 한다.

배 안에 그의 친구는 없으며, 그의 과거를 아는 사람 역시 없다고 한다. 그의 현재 지위는 전적으로 선원으로서의 기술과 동료로서 얻은 용감함과 침착함에 의해 만들어져 있는 것이었다. 만장일치로 그가 스코틀랜드인이 아니며, 그의 이름이 가명일 것이라고 추정하고 있다고 한다. 밀른 씨는 그가 고래 낚시에 헌신한 이유가 오직 가장 위험한 직업이었기 때문이라고 생각하며, 그는 모든 가능한 방법으로 죽음을 자초하는 것 같다고 이야기했다.

그는 이에 대한 몇 가지 사례를 언급했는데, 그중 하나는 진실이라면 다소 흥미로운 것이었다. 한 번 그가 사무실에 나타나지 않은 적이 있는데, 대신 다른 사람이 그의 자리를 차지했다고 한다. 그것은 러시아와 터키의 마지막 전쟁 때였다. 다음 봄 다시 그가 나타났을 때 그의 목 옆에는 주름진 긴 상처가 있었는데, 그는 그것을 넥타이로 가리려 했다고 한다. 밀른 씨가 내린 결론에 의하면 그가 전쟁에 참여했다는 것인데, 사실인지 아닌지는 알 수 없다. 그것은 분명히 이상한 우연의 일치였다.

바람이 동쪽으로 방향을 틀고 있었지만, 여전히 바람의 세기는 약했다. 얼음이 어제보다 더 가까이 놓여 있는 것 같았다. 사방이 새하얀 눈으로 덮인 바다가 가끔씩 갈라졌고 그 위로는 어두운 그림자만 드리워져 있을 뿐이다. 남쪽에는 우리의 유일한 탈출구인 파란 바닷물 줄기가 있지만, 그 줄기는 시간이 지남에 따라 매일매일 좁아지고 있다.

선장은 그의 여정에 대해서 무거운 책임을 진다. 감자 탱크가 비어 버렸고, 비스킷마저도 부족한 듯했다. 그러나 그는 단호한 표정을 유지하며 대부분의 시간을 뱃머리 위에서 한가하게 보내고 있었다. 그의 태도는 매우 변덕스럽고, 나와의 만남을 피하는 것 같았지만, 그렇다고 그가 나에게 보인 폭력적인 행동은 반복되지 않았다.

오후 7시 30분. 고민 끝에 내가 내린 신중한 결론은 우리가 미친 사람의 지휘를 받고 있다는 것이다. 크레기 선장의 이상한 변덕을 설명할 수 있는 것은 아무것도 없었다. 이 항해의 일지를 보관해 둔 이유는 우리가 그에게 어떤 형태의 제약을 가하게 될 경우, 우리의 행동을 정당화할 수 있는 근거가 될 것이기 때문이다. 나는 그런 조치에 마지막 수단으로만 동의할 것이지만 말이다. 흥미롭게도 그는 자신의 이상한 행동의 비밀을 괴짜가 아니라 정신병으로 이야기했다.

한 시간 전쯤에도 그는 평소처럼 창밖을 내다보고 있었고, 나는 쿼터 데크를 오르내리고 있었다. 대부분의 선원들은 아래층에서 차를 마시고 있었다. 나는 걷는 데 지쳐서 난간에 기대어 우리를 둘러싼 거대한 빙하들을 비추는 태양의 은은한 빛을 감상했다. 그렇게 몽롱한 상태에 빠져 있었는데 갑자기 선장이 내 옆에서 허스키한 목소리로 나를 깨웠고, 나는 선장이 언제 내 옆에 내려왔는지 의아해하며 정신을 차렸다. 그는 공포, 놀람, 그리고 기쁨에 가까운 무언가와 겨루는 표정으로 얼음을 내려다보고 있었다. 추위에도 불구하고, 큰 땀방울이 그의 이마를 따라 흘러내리고, 그의 표정은 명백하게 두려움에 사로잡힌 것 같았다. 그의 팔과 다리는 미세하게 떨리는 듯 보였고, 그의 입 주변의 주름은 경직되어 있었다.

"저길 봐!"

그는 내 손목을 붙잡고, 그러면서도 머리를 천천히 수평적으로 움직여 시야가 이동하는 어떤 물체를 따라가는 것처럼, 멀리 있는 얼음의 뒤에서 나오고 있는 물체를 가리켰다.

"저기 보라고! 저 사이에! 저 얼음 뒤에서 나오고 있잖아! 보이냐고! 당신은 반드시 그녀를 봐야 해! 그곳에 여전히 있잖아! — 사라져 버렸다!"

그가 고통스러운 속삭임으로 마지막 두 단어를 말하던 그 순간은 영원히 내 기억에서 사라질 것 같지 않았다. 그는 밧줄에 매달리며 마지막으로 떠나는 물체를 한 번 더 바라보려는 듯이 외쳤다. 그러나 그의 힘은 그가 시도하는 행위에 비해서 너무 약했고, 그는 힘겹게 몸을 지탱하며 숨을 고르고 지친 몸을 다시 선실 창문에 기대어 서 있었다.

그의 얼굴은 너무나 창백해서 그가 의식을 잃을 것 같아 나는 바로 그를 아래로 데려가 선실의 소파 중 하나에 눕게 했다. 그런 다음 그에게 브랜디를 따라 주었고, 그의 입술에 대고 마시라고 했는데, 이것이 그에게 놀라운 효과를 가져다주었다. 창백한 얼굴에 피가 돌아오고 떨리던 다리는 안정되었다. 그는 팔꿈치로 몸을 일으켜 세웠고, 우리 둘만 있는지 확인하고 나서 나에게 옆에 앉으라고 손짓했다.

"봤지?"

그는 여전히 자신의 본성과는 다른, 차분하고 멋진 목소리로 물었다.

"아니요, 전 아무것도 못 봤어요."

그의 머리가 다시 쿠션 위로 내려앉았다.

"아니, 유리 없이는 볼 수 없었을 거야." 그가 중얼거렸다. "못 봤을 거야. 나에게 그녀를 보여준 건 유리와 사랑의 눈, 그래 사랑의 눈이었어. 의사 선생, 아무도 들여보내지 말아 줘! 그들은 내가 미쳤다고 생각하겠지. 문을 잠가 주게!"

나는 일어나 그의 명령을 따랐다. 그는 잠시 동안 조용히 누워 생각에 잠겨 있다가 다시 팔꿈치 위로 몸을 일으켰고 브랜디를 더 달라고 요구했다.

"당신도 날 미쳤다고 생각하는 건 아니겠지, 의사 선생?" 그가 병약한 자세로 물었다. "이제 남자 대 남자로서 이야기해 보지, 내가 미친 것 같아?"

"당신 마음에 뭔가 걸리는 게 있는 것 같아요. 그게 당신을 흥분시키고 많은 해를 끼치고 있는 것 같아요."

내가 대답했다.

"그런가 보지, 친구!" 그는 브랜디의 영향으로 눈을 반짝이며 말했다. "내 마음에는 많은 것이 있어—아주 많이! 하지만 난 위도와 경도를 계산할 수 있고, 나의 쌍안경을 다루고 로그를 관리할 수 있지. 당신은 법정에서 내가 미쳤다는 걸 증명하기는 무리겠지?"

그가 침착하게 자신의 정신 상태에 대해 논하는 것을 듣는 것은 한편으로는 신기했다.

"아마도요." 내가 말했다. "하지만 여전히 당신이 가능한 한 빨리 집에 돌아가서 한동안 조용한 삶을 살아보는 게 현명할 것 같다고는 생각해요."

"집에 돌아가라고, 응?" 그가 중얼거렸다. 얼굴에 비웃음을 띠고 있었다. "플로라를 생각한다면 가만히 있어, 예쁜 당신의 약혼

녀. 나쁜 꿈은 광기의 징후인가?"

"가끔은요." 내가 대답했다.

"그 외에는 뭐가 있지? 첫 증상이 뭘까?"

"머리 아픔, 귀에서 소리, 눈앞에 번쩍임, 망상—"

"아! 그건 뭐지?" 그가 말을 가로막았다. "망상이란?"

"거기에 없는 것을 보는 걸 망상이라고 합니다."

"하지만 그녀가 거기에 있었어!" 그는 자기 자신에게 토로했다. "그녀가 거기에 있었어!"

그리고 그는 일어나서 문을 열고 서투른 발걸음으로 자기 선실로 돌아갔다. 그가 내일 아침까지 그곳에서 머물 것이라고 나는 확신한다. 그는 어떤 충격을 받은 듯하다. 그가 자신이 보았다고 생각했던 것이 무엇이든 간에 이 사람은 매일 더 큰 미스터리가 되어가고 있었는데, 나는 그가 제시한 해법이 스스로 옳은 것이라고 믿고 그의 이성이 영향을 받을까 두렵다.

나는 죄책감이 그의 행동과 무관하다고 생각하지 않는다. 아마 다른 선원들도 이 생각에 동의할 듯하지만, 나는 이를 뒷받침할 만한 어떤 것도 보지 못했다. 그는 죄책감을 가진 사람의 모습이 아니라, 운명의 손에 끔찍하게 휘둘리고 있는 사람, 그리고 범죄자보다는 순교자로 취급되어야 할 사람이었다.

오늘 밤바람이 남쪽으로 방향을 틀고 있다. 신이 우리가 하나뿐인 그 좁은 길로 돌아가는 것을 도와주길! 우리는 북극의 가장자리에 위치해 있으므로 북풍은 우리 주위의 얼음을 잘게 부수고 집으로 돌아갈 수 있게 하지만, 남풍은 우리 뒤에 있는 모든 느슨한 얼음을 날려버리고 우리를 두 개의 얼음조각 사이에 가두어

버린다. 다시 한번, 주여 우리를 도와주소서!

9월 14일. 일요일, 휴식의 날이다. 내 두려움이 실현되었고, 남쪽에서 얇은 파란 물줄기가 사라졌다. 우리 주변에는 이제 거대하고 움직이지 않는 얼음 대지만 있고, 그 위에는 기묘한 얼음들과 거대한 빙원만 있다. 그 넓은 빙원에는 죽음의 침묵이 퍼져 있어 끔찍하다.

이제 물결의 흔들림도 없고, 갈매기의 울음소리도 들리지 않으며, 돛이 펼쳐져 바람에 날리는 소리도 없다. 대신 선원들의 웅얼거림과 하얗게 빛나는 갑판 위의 부츠 소리만 불협화음처럼 들린다.

유일한 방문자는 북극여우였다. 빙하 위에서는 드물지만 육지에는 흔한 동물이다. 그러나 그는 배 근처로 오지 않고 멀리서 우리를 살펴보고는 얼음 위로 빠르게 달아났다. 이것은 흥미로운 행동이었다. 보통 그들은 인간에 대해 아무것도 알지 못하며, 탐구적인 성격 때문에 쉽게 가까이 다가온다. 믿기 어려운 일이지만, 심지어 이 작은 사건조차 선원들에게 나쁜 영향을 미쳤다.

"저기 저 작고 가녀린 짐승이 더 많이 알고, 더 많이 보는군. 너나 나나 똑같다!"

누군가 말했고 다른 사람들은 머리를 끄덕였다. 그들의 이런 어리석은 미신에 대항하려는 것은 헛된 일이라고 느꼈다. 그들은 배에 저주가 있다고 결론을 내렸고 아무것도 그들을 바꿀 수 없을 것이었다.

선장은 하루 종일 독방에 머물면서 오후에만 뱃머리에 나왔다. 그는 어제의 환영이 나타났던 곳을 응시하고 있었는데, 또 다른 사건이 일어날 준비를 하고 있던 것 같았지만, 다행스럽게도 그런 일은 일어나지 않았다. 나는 그의 옆에 가까이 서 있었지만 그는 나를 보지 못하는 것 같았다.

주일 예배는 예전과 같이 기관장이 낭독했다. 고래 사냥선에서 특이한 점은 항상 영국 교회 기도서가 사용된다는 것인데, 정작 선원 중에는 영국 교회 신자가 아무도 없었다. 우리 선원은 모두 로마 가톨릭교도나 장로교도로, 보통의 경우 전자가 우세하다. 하지만 양측 모두에 이국적인 의식이 사용되므로 한쪽이 다른 쪽을 선호한다고 불평할 수 없으며, 그들은 모두 주의를 기울이고 헌신적으로 듣기 때문에 이 시스템은 어느 정도 권장할 만했다.

그날 저녁의 일몰은 거대한 얼음 벌판을 피의 바다처럼 보이게 했다. 나는 그런 풍경을 이렇게 아름답고, 동시에 기이하게 본 적이 없었다. 바람이 바뀌고 있다. 북쪽에서 이십사 시간 동안 바람이 불면 아직은 모든 것이 괜찮을 것이다.

9월 15일. 오늘은 플로라의 생일이다. 사랑하는 나의 소녀! 그녀가 나를 소년이라고 부르던 목소리를 한 번만 더 들을 수 있다면 좋겠다. 얼음덩어리 사이에 미쳐버린 선장과 몇 주치 식량만이 남아 있는 것을 그녀가 볼 수 없다는 것이 차라리 잘된 일이다. 분명히 그녀는 매일 아침 스코틀랜드 사람에게 우리가 실종 신고되었는지 확인하기 위해 배 정보를 살펴볼 것이다. 나는 승무원들에게 모범을 보여 주어야 하며 쾌활하고 걱정 없는 척해야 하지만, 하늘이여, 때로는 내 마음이 매우 무거워진다.

오늘 온도는 화씨 19도다. 바람은 거의 없고, 여전히 우리에게 불리한 방향에서 불어온다. 선장은 웬일로 매우 기분이 좋아 보인다. 아마도 어젯밤에 다른 희망의 전조나 환영 같은 것을 보았다고 상상하는 것 같다. 불쌍한 사람, 아침 일찍 내 방에 들어와 내 침대에 기대어 "환상이 아니야, 의사 선생. 다 잘 될 거야!"라고 속삭였다.

아침 식사 후에는 우리에게 남은 식량이 얼마나 되는지 알아보라고 나에게 부탁했다. 나는 이등 항해사와 함께 그것을 조사하기 시작했다. 예상했던 것보다 더 적었다. 앞으로는 비스킷 반 탱크, 소금에 절인 고기 세 통, 커피콩과 설탕의 매우 제한된 공급이 남아 있었다. 후방에는 통조림 연어, 수프, 하리코 양고기 등과 같은 여러 가지 사치품이 많이 있었지만, 이것들은 50명의 인원이 먹기에는 매우 한정된 양이었다.

창고에는 밀가루 두 통이 있고 담금질한 담배만 많았다. 모두 합쳐서 18일이나 20일 동안 절반의 배급으로 선원들을 지탱할 수 있는 양이었다. 선장에게 상황을 보고하자, 그는 모든 사람에게 배관을 설치하라고 명령을 내렸고, 뱃머리에서 그들에게 연설했다.

그의 모습은 내가 봤던 것 중에서 가장 위엄 있어 보였다. 키가 크고 탄탄한 몸매와 구릿빛 피부의 생기 넘치는 그는 태어날 때부터 누군가를 지휘하기 위해 존재하는 사람처럼 보였다. 그는 위험을 인식하면서도 탈출할 모든 방안을 파악한 눈빛으로 우리의 상황을 이야기했다.

"제군들." 그가 말했다. "아마도 너희들은 나 때문에 이 궁지에 처했다고 생각할 거야. 만약 이게 궁지라면 말이지. 그리고 아마도 너희 중 몇몇은 그에 대해 쓴소리를 할지도 모르겠다. 하지만 너희는 기억해야 해. 여러 시즌 동안 우리나라에 온 배 중에는 오래된 폴스타호 만큼 많은 석유 돈을 벌어들인 것이 없었고, 너희 모두가 그 돈을 나눠가졌지. 다른 불우한 녀석들이 와이프를 편안하게 남겨두고 돌아오지 못하는 동안 너희들은 그 여유를 누렸다. 너희가 그것을 얻은 것에 대해 내게 감사해야 하며, 우리가 실패한 것에 대해 불평할 이유는 없다. 우리는 이전에 대담한 모험을 시도했고 성공했으니, 이제 우리가 한 번 더 시도했고 실패했다고 해서 우리가 그것에 대해 낙담할 필요는 없다. 만일 최악의 상황이 닥치더라도, 우리는 얼음을 통과하여 땅에 닿을 수 있고, 봄까지 우리를 살려줄 식량을 얼마든지 먹을 수 있어. 그렇게 될 일은 없겠지만, 늦어도 3주 안에는 스코틀랜드 해안을 다시 볼 수 있을 거야. 다만 현재로서는 모든 사람이 평소의 절반씩 배급을 받아야 하고, 누구에게도 호의를 베풀지 말고 똑같이 나눠야 해. 우리가 마음을 다잡고 이 여정을 매듭지으면 너희는 이전에 겪었던 많은 위험과 마찬가지로 이것도 극복할 거다."

그의 간단한 이 몇 마디 말은 승무원들에게 놀라운 영향을 미쳤다. 그를 향한 이전의 안 좋은 감정들은 잊었고, 모든 사람이 박수와 찬사를 보냈다.

9월 16일. 밤사이에 바람이 북쪽으로 방향을 틀어 얼음이 갈라질 조짐이 보였다. 선원들은 배급을 줄여 놓은 상황에도 불구하고 기분이 꽤 좋아 보인다. 탈출 기회가 나타날 경우를 대비하여 엔진룸에는 계속 증기가 유지되고 있다. 선장은 매우 즐거워 보이지만 여전히 우울한 모습도 보였다. 이번에 나타난 그의 쾌활한 모습은 이전의 우울함보다 나를 더 혼란스럽게 만든다. 이해가 안 된다.

이 일지의 초기 부분에서 그가 자신의 선실에 아무도 들어오지 못하게 하고 자신이 침대를 정리하고 기타 모든 일을 스스로 처리하도록 요구한다는 이상한 점을 언급한 적이 있는데, 놀랍게도 오늘 그가 나에게 열쇠를 건네주고 정오에 태양의 고도를 측정하면서 그의 해시계로 시간을 재달라고 요청했다.

그곳은 세탁대와 몇 권의 책이 있는 조금 허름한 방으로 저렴한 오르골과 벽에 걸린 몇 개의 그림만 있었다. 그림 대부분은 작고 저렴한 인화지 그림이지만, 내 주의를 끄는 것이 하나 있었다. 그것은 분명 초상화로, 선원들이 특히 좋아하는 그런 아름답고 환상적인 여성이 아닌 현실적인 여성의 그림이었다.

무기력하고 몽환적인 눈과 깊은 눈썹, 그리고 생각이나 걱정에 흔들리지 않는 넓고 낮은 이마는 깨끗하게 조각된 돌출된 턱과 단호한 아랫입술과 강한 대조를 이루고 있었다. 그 아래 한구석에 'M. B., 19세'라고 적혀 있었다. 19살이라는 어린 나이임에도 불구하고 그녀의 얼굴에서는 어떤 강력한 의지를 품은 힘을 발견할 수 있었는데, 이는 거의 믿을 수 없는 일이었다. 그녀는 놀라운 여성이었을 것이다. 그녀의 얼굴은 나를 매혹시켰고, 나는 그것을 잠깐 보았을 뿐이지만, 내가 그것을 이 일지의 한 페이지에 그림으로 그릴 수 있었다면 좋았을 것이라는 생각이 들 정도로 인상적이었다.

나는 그녀가 선장의 삶에서 어떤 역할을 했는지 궁금해졌다. 그는 그녀의 그림을 침대 끝에 걸어두어 자신의 눈이 끊임없이 그것에 머무를 수 있도록 했다. 그가 덜 신중한 사람이었다면 이에 대해 언급할지도 모르겠다. 그의 선실에 있는 다른 물건들은 언급할 가치가 없었다. 규칙적으로 개어져 있는 코트, 캠프 의자, 작은 거울, 담배통 그리고 오리엔탈 후카를 포함한 다양한 파이프가 있었는데, 이것은 곧 밀른 씨가 말했던 전쟁에 참여한 이야기와 어느 정도 연관이 있을 수 있지만, 그 접점은 다소 먼 것처럼 보였다.

저녁 11시 20분. 그는 나와 일반적인 주제로 길고 흥미로운 대화를 나눈 후 방금 잠자리에 들었다. 그는 선택적으로 매우 매력적인 동행자가 될 수 있었는데, 놀랍게도 그는 독단적으로 보이지 않으면서도 강력하게 자신의 의견을 표현할 수 있는 능력을 가지고 있었다. 그는 영혼의 본질에 대해 이야기했고, 아리스토텔레스와 플라톤의 의견을 능숙하게 요약하여 설명했다. 그는 메테바이

코시스와 피타고라스의 교리에 동화된 것처럼 보였다. 우리는 현대 영적주의에 대해 논의하며, 나는 슬레이드의 사기에 대해 조금 장난스럽게 언급했고, 놀랍게도 그는 나에게 그냥 나쁜 사람과 선량한 사람을 혼동하지 말라고 경고했다. 그리고 유대교를 그의 종교로 고백한 유다 때문에 그 종교를 잘못된 것으로 규정하는 것이 논리적이라면, 기독교를 오해하고 있는 것과 같다고 주장했다. 그는 그 후 곧 내게 저녁 인사를 전하고 자신의 방으로 돌아갔다. 점차 바람은 강해지고 북쪽으로 계속 불고 있다. 지금은 영국처럼 밤이 어둡다. 내일은 부디 얼어붙은 빙하 감옥 속에서 해방되기를 희망한다.

9월 17일. 다행히도 내 정신은 강했다! 이 불운한 녀석들의 이상한 미신과 그들의 자기 확신에 가득 찬 구체적인 설명은 그들의 방식에 익숙하지 않은 사람들에게는 소름 끼칠 것이다. 미신은 여러 가지 버전이 있지만, 그 모든 것의 요약은 밤새 배 주위에 뭔가 기묘한 것이 돌아다녔다는 것이며, 피터헤드의 샌디 맥도날드와 셰틀랜드의 피터 윌리엄슨, 그리고 다리 위에 있는 밀른 씨도 그것을 보았다고 한다—따라서 세 명의 증인이 있으니 두 번째 항해사보다 더 나은 사례를 쌓았다고 볼 수 있다. 나는 아침 식사 후에 밀른 씨와 이 일에 대해 이야기하며, 그가 이러한 헛소리를 피해야 한다고 말했고, 그가 부하들에게 더 나은 모범을 보여야 한다고 말했다. 그는 머리를 절레절레 저으며, 특유의 신중함으로

답했다.

"아마, 아마도 말이야, 의사 선생" 그가 말했다. "나는 그것을 유령이라고 하지 않았어. 하지만 그런 것을 본다고 주장하는 사람들이 많아. 나는 쉽게 두려워하지 않지만, 당신도 그걸 보게 된다면 당신의 피가 차가워질지도 몰라. 만약 당신이 어젯밤 나와 같이 있다가 그 무서운 무언가를 보았다면, 흰색의 그 끔찍한 무언가를 보았다면, 그리고 그 무언가가 어둠 속에서 어미를 잃은 양처럼 소름 끼치게 울부짖는 소리를 들었다면, 당신은 그런 것을 고래나 곰이라고 간주하기에는 그다지 신빙성이 없다고 생각할 거야. 내가 보장하지."

나는 그와 논리적으로 이야기하는 것이 희망이 없다는 것을 알았으므로, 그에게 다음에 유령이 나타날 때 나를 깨워 달라는 개인적인 부탁으로 만족해야 했다. 그는 그러한 기회가 절대로 오지 않기를 간절히 소망했다.

내가 희망했던 대로, 우리 뒤의 하얀 사막은 모든 방향으로 교차하는 물줄기에 의해 부서졌다. 오늘 우리의 위도는 $80° \ 40' \ N$ 이었으며, 이는 얼음벽들 사이에 강력한 남풍이 있다는 것을 보여준다. 우리에게 유리한 방향으로 바람이 계속 분다면 얼음이 형성되는 것만큼 조각들이 빨리 해체될 것이다. 현재 우리는 아무것도 할 수 없고, 담배나 피우며 기다리는 것이 최선이다. 나는 빠르게 운명론자가 되어 가고 있다. 바람과 얼음과 같은 불확실한 요소들과 함께 일할 때 사람은 다른 무엇이 될 수 없다. 아마도 이것이 사막의 바람과 모래가 마호메트 추종자들의 마음에 그들의 운명에 굴복하는 심리를 부여한 것과 같은 원리일 것이다.

이 유령의 출현과 같은 경고들은 선장에게 매우 나쁜 영향을 미친다. 나는 그의 민감한 마음이 자극받을 것을 우려했고, 이 터무니없는 이야기를 그에게 숨기려고 노력했지만, 불행히도 그는 선원 하나가 이와 관련한 이야기를 하는 것을 듣고, 자신에게도 그이야기를 알려 달라고 요구했다. 내가 우려한 대로, 그것은 그의 잠재적인 정신병을 과장된 형태로 드러냈다.

나는 이런 그가 어젯밤에 철학을 논했던 그와 같은 사람인지믿을 수 없었다. 그는 감옥에 갇힌 호랑이처럼 후미진 구석으로 뒷걸음질 쳤고 때때로 손을 내저으며 얼음 위를 참을성 없이 바라보고 있었다. 그는 계속해서 중얼거리며, 어느 때는 "그리고 조금만 시간이 걸릴 것 같아, 내 사랑—암, 조금은 시간이 걸리지!"라고 외쳤다.

용감한 선원이자 뛰어난 남자가 그런 걸로 무너지는 것을 보고, 상상과 망상이 삶을 무너뜨릴 수 있다고 생각하니 꽤 슬프다. 배 안에서 유일하게 정상인 사람은 나뿐인 것 같다는 생각이 들었다—아마도 이등 항해사를 제외하고 말이다. 그는 일종의 생각하는 동물이고, 그를 방해하지 않는 한 붉은 바다의 악마들이 무엇이든 상관하지 않을 것 같았다.

빙판은 여전히 빠르게 열리고 있으며, 우리가 내일 아침 출발할 수 있을 가능성이 매우 높아졌다. 집에 돌아가서 내가 겪은 이상한 일들을 모두 말한다면 사람들은 나를 괴짜 발명가 정도로 생각할 것이다.

　자정이 넘었다. 꽤 놀랐는데, 지금은 조금 더 안정된 것 같다. 강한 브랜디 한 잔 덕분에 말이다. 하지만 여전히 스스로가 나 자신이 아닌 것처럼 느껴진다. 이 손글씨를 보는 지금까지도 그렇다.

　사실은 매우 이상한 경험을 했고, 이전에 이해하기 힘들다고 생각하여 배 위 모든 사람을 미친 사람들로 규정한 것이 옳은 일이었는지 의심하기 시작했다. 하긴, 희한한 소리가 들리기 시작했을 때 나를 놀라게 하는 것은 사소한 일이었다. 나머지 사람들은 나의 감정에 공감하거나 그 소리가 어떤 영향을 미쳤는지 이해하기 어려울 것이다.

　저녁 식사가 끝나고 조용히 파이프를 피우러 갑판으로 나갔다. 밤이 매우 어두웠다. 너무 어두워서 쿼터 보트 아래에 서 있는 장교를 볼 수 없었다. 이 얼어붙은 바다는 다른 곳과는 달리 가장 극적인 침묵이 펼쳐지는 공간이었다. 어떤 곳이든 조금은 공허한 공기 진동이 있다. 먼 곳의 사람들이 내는 소리, 나뭇잎이나 새의 날개, 심지어 땅을 덮는 풀의 살결 속에서 드러나는 속삭임 등, 그 소리를 명확하게 인식하지 못할지라도 그것을 느낄 수 있었다.

　여기 북극해에서는 형태를 알 수 없는 고요함이 다가오는데, 이 극심한 고요함은 고막을 긴장시켜 작은 소리에 집중하게 한다. 그런 상태에서 나는 배 안쪽에서 울려 퍼지는 날카로운 비명 소리를 들었다. 처음에는 소프라노도 도달하지 못할 노트로 시작하여 점점 높아지고 높아져서 마침내 잃어버린 영혼의 마지막 외침

같은 고통스러운 비명으로 이어졌다. 그 무시무시한 비명은 아직도 내 귀에 울려 퍼지고 있다. 비명 속에는 막연한 비통함과 큰 그리움이 담겨 있었고, 그럼에도 불구하고 가끔은 환희의 외침처럼 들리기도 했다. 그 비명은 내 옆에서 울려 퍼졌지만, 어둠 속에서 나는 아무것도 알아볼 수 없었다.

잠시 기다렸지만, 그 소리가 다시 들리지 않았기 때문에, 나는 내려와서 지금까지 살면서 느껴본 적 없는 떨림을 느꼈다. 내려오면서 밀른 씨를 만났다.

"자, 의사 선생." 그가 말했다. "혹시 비명 소리를 듣지 않았나? 어쩌면 그건 미신일지도 모르지, 여전히 당신은 그렇게 생각하는가?"

나는 그 성실한 사람에게 사과하고 나도 그와 같이 헷갈리고 있다고 인정했다. 내일은 상황이 달라 보일 수 있다. 하지만 현재로서는 내가 생각하는 모든 것을 쓰기에는 겁이 난다. 나중에 다시 읽을 때, 나 자신이 너무 약하다고 자책할지도 모른다.

9월 18일. 계속 그 이상한 소리에 시달리며 불안한 밤을 보냈다. 선장도 휴식을 많이 취하지 못한 것 같다. 얼굴은 초췌하고 눈이 충혈된 걸 보면. 나는 어젯밤의 기이한 일에 대해 그에게 말하지 않았고, 말하지도 않을 것이다. 그는 이미 안절부절못하고 흥분한 상태로 앉았다 일어섰다 하며, 가만히 있지 못하는 것 같다.

아침에는 예상대로 얼음조각들 속에 물길이 나타났고, 우리는 닻을 올려 서남쪽으로 약 12마일을 항해했다. 그러나 우리는 거대한 빙산에 의해 다시 멈추어야 했다. 빙원이 우리의 진행을 완전히 막고 있었지만, 바람이 계속된다면 아마도 24시간 내에 깨질 것이긴 했다.

기다리는 동안 수많은 생물들이 물속에서 수영하는 것을 볼 수 있었다. 우리는 바다표범 한 마리를 잡았는데, 그것은 11피트가 넘을 만큼 엄청나게 거대했다. 그들은 사나운 동물로 알려져 있으며, 곰의 천적이라고 알려져 있기도 했다. 다행히도 그들은 움직임이 느리고 서투르기 때문에 얼음 위에서 공격 당할 위험은 거의 없었다. 선장은 우리가 마지막 고비를 넘겼다고 생각하지 않는 것 같았지만, 선원 모두는 우리가 기적적으로 탈출했고 이제 집으로 돌아갈 수 있다고 생각했다. 나는 그가 왜 상황을 우울하게 바라보는지 이해할 수 없었다. 내 궁금증을 알기라도 한 듯 그는 식사 후 이렇게 말했다.

"의사 선생, 당신은 이제 괜찮다고 생각하는 거지?"

"그러길 바랍니다." 나는 대답했다.

"너무 확신해서는 안 되지만 당신이 옳은 것 같아. 우리 모두 머지않아 사랑하는 사람들의 품으로 돌아가겠지. 하지만 너무 확신해서는 안 돼." 그는 조용히 앉아 다리를 앞뒤로 흔들며 말했다. "이 나라에 살면서 유언장을 남길 생각은 한 번도 해본 적이 없어. 특별히 남길 게 있는 것도 아니지만, 그래도 사람이 위험에 노출되면 모든 것을 준비하고 가야 하지 않겠어?"

"물론이죠."

나는 그가 무슨 생각으로 말을 하는 건지 궁금해하며 대답했다.

"모든 것이 해결되었다는 것을 알게 되어 기분이 좋아 보이네." 그가 계속 말했다. "만약 내게 무슨 일이 생긴다면, 당신에게 일을 처리해 줄 것을 부탁하지. 선실 안에 별 건 없지만, 그것도 함께 선원들끼리 각자 같은 비율로 나눠 팔았으면 좋겠어. 크로노미터는 우리 항해의 작은 추억으로 당신이 가지고 있길 바라. 물론 이 모든 것은 순전히 예방책에 불과하지만, 이에 대해 자네와 이야기하고 싶다는 생각을 늘 하고 있었어. 만약 필요한 일이 있을 때 자네에게 의지해도 되겠지?"

"물론이지요. 그리고 당신이 조치를 취하고 있다면, 저도 똑같이..."라고 대답하던 중 "너! 너!"라며 그는 말을 가로챘다. "너는 괜찮아. 당신은 뭐가 문제야? 나는 예민하게 굴고 싶지 않지만, 젊은 친구가 죽음에 대해 이야기하는 걸 듣긴 싫어. 선실에서 헛소리하지 말고 밖으로 나가서 신선한 공기를 마시도록 하지."

우리 둘의 대화를 생각할수록 나는 이 대화가 마음에 들지 않았다. 우리가 모든 위험에서 벗어날 수 있을 것으로 보이는 때에, 왜 그 사람은 자신의 죽음에 대비하라는 부탁을 하는 걸까? 그의 미친 행동에는 어떠한 이유가 있을 것이다. 그가 자살을 계획하고 있는 것일까? 한 번 그가 자살이 범죄라는 이야기를 심각하게 언급한 적이 있다는 것을 기억한다. 나는 그를 계속 주시할 것이며, 그의 사생활을 침해하지는 않겠지만 적어도 그가 깨어 있는 한 그 옆에 남아 있을 것이다.

밀른 씨는 내 불안을 가볍게 웃어넘기며, 그것은 그저 "선장의 작은 버릇일 뿐"이라고 말했다. 그는 상황을 매우 낙관적으로 보고 있었다. 그에 따르면, 우리는 모레에는 얼음에서 벗어나고, 그 후 2일 뒤에 얀 메이엔을 지날 것이며, 일주일이 조금 지나면 셰틀랜드를 바라보게 될 것이다. 그가 너무 낙관적이지 않기를 바란다. 그의 의견은 선장의 침울한 조치와 상당히 대응하고 있었다. 왜냐하면 그는 나이도 경험도 많은 선원이고, 행동하기 전에 선장의 말을 다시 한번 생각해 보기 때문이다.

오랜 기다림 끝에, 마침내 재앙이 찾아왔다. 나는 아직도 이 사건에 대해서 무엇을 적어야 할지 모르겠다. 선장이 사라졌다. 그가 다시 살아 돌아올 수도 있겠지만, 나는 두렵다―나는 두렵다.

지금은 9월 19일 아침 7시다. 우리 앞에 있는 거대한 얼음판을 가로질러 선원 일행과 그의 흔적을 찾아보려 노력했지만 헛수고였다. 그의 실종과 관련된 상황을 어느 정도 설명해 보려고 한다. 만약 내가 적은 말을 누군가 우연히 읽게 된다면, 나는 추측이나 풍문으로부터 쓰는 것이 아니라, 분명히 내 눈앞에서 실제로 일어난 일을 정확하게 기술하고 있다는 것을 기억해 주기를 바란다. 내 추론은 내 것이지만, 사실만을 기술하고 있다.

선장은 내가 기록한 대화 이후에도 계속 기분이 좋아 보였다. 그러나 그는 자주 자세를 바꾸고, 팔다리를 목적 없이 흔들며 가끔씩 신경질적이고 조바심을 내는 듯했다. 15분 동안 7번이나 갑판에 올라갔다가 내려오길 반복했다. 나는 매번 그를 따라갔는데, 그의 얼굴에서 느껴지는 무언가가 꼭 그를 지켜봐야 한다는 확신을 내게 주었기 때문이다. 그는 자신의 움직임이 일으킨 효과를 관찰하는 것 같았다. 그는 아주 작은 농담에도 크게 웃고 지나치게 유쾌해하며 나의 불안을 가라앉히려고 노력했다.

저녁 식사 뒤에 그는 다시 배의 꼭대기로 올라갔고, 나도 그와 함께했다. 밤은 어두웠고 매우 고요했는데, 돛대 사이에서 우울한 바람 소리만 들렸다. 북서쪽에서는 짙은 구름이 다가오고, 그 구름이 내뿜는 불규칙한 촉수들이 달의 앞을 가로막고 있었다. 달은 가끔씩만 구름 사이로 비쳤다. 선장은 빠르게 왕복하며 걸어 다니다가 아직도 그를 따라오는 나를 보고 다가와서는 내가 밑에 있는 게 나을 거 같다는 듯한 말을 흘렸다. 그 말은 내가 갑판에 남겠다는 결심을 굳히게 했다.

이후 그는 내 존재를 잊은 것 같았다. 그는 배에 기대어 조용히 서 있었고, 큰 눈사태를 바라보고 있었다. 그중 일부는 그림자 속에 가려져 있었고, 일부는 달빛 속에서 희미하게 반짝이고 있었다. 그는 반복해서 시계를 확인했고, 한 번은 "준비됐어"라는 말을 중얼거렸다. 나는 어둠 속에서 그의 큰 키를 지켜보면서 섬뜩한 느낌을 받았고, 그의 행동이 약속을 기다리는 사람의 모습과 완벽히 일치한다는 것을 깨달았다. 누구와의 약속이지? 어떤 암시가 어렴풋이 떠오르긴 했지만, 앞으로 일어날 일에 대해서는 전혀 예상하지 못했다.

갑자기 강렬해진 그의 태도를 보니 그가 뭔가를 보는 것 같았다. 나는 그의 뒤로 다가갔다. 그는 배와 일직선으로 빠르게 불어오는 안개 덩어리를 유심히 바라보고 있었다. 그것은 모양이 없는 희미한 안개였는데, 빛에 따라 때로는 더 뚜렷하게 보였고, 때로는 희미하게 보였다. 그때 달이 가장 얇은 구름에 가려졌다.

"오고 있어, 소녀가 오고 있어."

선장이 부드러움과 연민의 목소리로 외쳤다. 그는 오랜 기다림
에 답례를 주는, 사랑하는 이를 달래는 사람처럼 외쳤다. 받는 것
만큼이나 주는 것도 즐거워 보이는 얼굴이었다.

바로 그 뒤에 일어난 일은 순식간에 벌어졌다. 나는 막을 수
없었다. 그는 한 발은 배 꼭대기로, 다른 한 발은 안개가 자욱한
얼음 위로 내디뎠다. 그리고 그는 마치 그것을 꼭 껴안으려는 듯
이 손을 내밀었고, 그렇게 어둠 속으로 달려가 애정 어린 말을 건
냈다. 그의 목소리가 저 멀리 사라질 때까지 나는 몸이 굳은 채
가만히 서서 그의 뒷모습만 바라보며 눈을 질끈 감아버렸다. 다시
는 그를 못 볼 거라고 생각했는데, 그 순간 흐린 하늘의 틈새로 달
이 찬란하게 빛나며 넓은 얼음 대지를 비추었다. 그때 나는 이미
아주 멀리 떨어진 곳에서 얼어붙은 평원을 엄청난 속도로 달리고
있는 그의 모습을 보았다.

그것이 우리가 그를 마지막으로 본 장면이었고―아마도 우리
가 그를 볼 수 있었던 마지막 순간이었는지도 모른다. 그를 찾기
위한 팀이 결성되었다. 나는 그들과 함께 갔지만, 선원들은 그 일
에 집중하지 못했고 결국 아무것도 찾지 못했다. 몇 시간 안에 또
다른 수색 팀이 구성될 것이다. 나는 이런 일들을 기록하는 동안
내가 혹시 어떤 끔찍한 악몽에 시달리고 있는 건 아닌지 자신할
수가 없었다.

오후 7시 30분. 두 번째 수색 팀이 선장을 찾는 것에 실패하고

완전히 지친 채로 돌아왔다. 얼음 평원은 범위가 너무 넓어서 우리가 적어도 스무 마일 이상 횡단했음에도 불구하고 끝날 기미가 보이지 않았다. 다행히도 최근에 서리가 심했기 때문에 지면 위의 눈이 화강암처럼 굳게 얼어붙어 그 위의 발자국을 따라 탐색을 시도할 수 있었던 것일지도 몰랐다. 선원들은 밤새 얼음이 녹아 수평선 너머로 바다가 보이는 걸 보니, 선장 크레기는 분명히 죽었으며, 우리는 탈출할 기회가 있는 데도 그 때문에 머물러 있는 것이라고 주장했다. 밀른 씨와 나는 내일 밤까지 기다리도록 그들을 설득하는 데 큰 어려움을 겪었으며, 내일이 지나면 어떠한 경우에도 우리의 출발을 더 이상 미루지 않겠다고 약속했다. 따라서 우리는 몇 시간 자고 나서 최종 탐색을 시작하기로 계획하고 있다.

9월 20일 저녁. 오늘 아침 일행들과 함께 빙원의 남쪽을 탐험하기 위해 얼음 위로 올라섰다. 동시에 밀른 씨는 북쪽으로 떠났다. 우리는 살아 있는 생명의 흔적을 보지 못하고 10에서 12마일을 나아갔다. 하늘 위로 멀리 날아가는 새 한 마리만 보였는데, 비행 모습으로 보아 '매'일 것 같다. 빙원의 남쪽 끝은 길고 좁은 산림으로 이어져 있었다. 우리가 그 기슭에 이르렀을 때, 선원들은 멈추었지만 나는 아무런 가능성도 놓치지 않기 위해서 최대한 끝까지 가자고 간청했다.

우리가 100야드도 채 가지 않았을 때, 피터헤드 맥도날드가 앞에 무언가를 보았다고 외쳤고, 뛰기 시작했다. 우리도 모두 함께 달려갔다. 처음에는 하얀 얼음 위에 어렴풋한 어둠만 보였지만, 달리다 보니 어느새 사람의 형상이 보였고, 결국 우리가 찾고 있던 그 남자의 모습도 보였다. 그는 얼굴을 아래로 향한 채 얼어붙은 땅 위에 누워 있었다. 얼음 결정과 눈송이의 작은 깃털이 그의 몸 위에 쌓였고, 그의 어두운 선원 재킷은 반짝이고 있었다.

우리가 다가가자 어떤 바람의 소용돌이가 이 작은 눈송이들을 공중으로 소용돌이치게 했고, 눈송이들은 바다 쪽으로 빠르게 날아가 버렸다. 내 눈에는 그저 눈보라 같았지만, 나의 동료들 중 많은 사람들이 그것이 여자의 모습으로 일어나서는 시체에 몸을 굽혀 키스를 한 뒤 빙판을 횡단해 갔다고 주장했다.

나는 더 이상 다른 사람의 의견을 비웃지 않기로 했다. 그러나 확실한 것은 니콜라스 크레기 선장이 고통스러운 최후를 맞이하지 않았다는 것이다. 그의 푸르지만 상기된 얼굴은 밝은 미소를 띠고 있었고, 그의 손은 아직도 자신이 기다리던 누군가를 붙잡고 있는 듯했다. 그 자신을 무덤 너머 어둠 속 세계로 불렀던 누군가를.

우리는 같은 날 오후에 그를 배에 태웠다. 깃발을 그의 몸 주위에 감았고, 발밑에는 32파운드의 포탄을 놓았다. 나는 장례사를 읽었는데, 거의 대부분의 선원들이 아이처럼 울었다. 그의 참된 마음에 많은 빚을 졌고, 그가 살아 있을 때 거부했던 그의 이상한 행동들에 이제는 애정을 보였다. 그는 음침한 물보라를 일으키며 바다로 내려갔고, 나는 그 녹색 물속으로 그가 내려가는 걸 지켜보았다. 그가 영원한 어둠의 외곽에 매달린 작고 깜빡이는 흰색 조각이 될 때까지 아래로, 아래로, 아래로 내려가는 것을. 그곳에서 그는 그의 비밀과 고통, 그리고 신비를 가슴에 묻은 채로 누워 있을 것이다. 바다가 죽은 자를 돌려보내는 그 위대한 날까지, 니콜라스 크레기가 얼음 사이에서 미소를 지으며 그의 팔을 벌려 인사를 할 때까지. 나는 그의 저승길이 이 세계에서보다 더 행복하길 기도한다.

나는 일지를 계속 쓰지 않을 것이다. 이제 집으로 향하는 길은 명확하고 분명하며, 거대한 얼음 구덩이는 곧 과거의 기억이 될 것이다. 최근 사건으로 인해 겪은 충격을 극복하는 데 시간이 걸릴 것이다. 항해 일지를 시작할 때는 이렇게 끝낼 줄 몰랐다. 나는 이 외로운 선실에서 이 마지막 말들을 쓰고 있다. 나는 죽은 사람의 빠르고 신경질적인 발소리가 내 위에 있는 갑판에서 들리는 듯한 상상을 하고 있다.

나는 오늘 밤 그의 선실에 들어가서 그가 나에게 맡긴 의무를 행하기 위해 그가 남긴 유품의 목록을 작성했다. 이전 방문 때와 같이 모든 게 그대로였는데, 그의 침대 머리맡에 걸려 있던 그림은 칼로 잘라낸 듯이 프레임에서 빠져나가 있었다. 이 이상한 증거의 마지막 연결고리를 끝으로, 나는 폴스타호의 항해 일지를 마친다.

EPISODE V

THE FIEND OF
THE COOPERAGE

협력의 끝

게임콕—긴 경주용 배—을 섬에 끌어올리는 것은 쉬운 일이
아니었다. 강을 타고 모래들이 잔뜩 쓸려 내려와 강둑이 대서양으
로 몇 마일 더 이어졌기 때문이었다.

　첫 번째 흰 파도가 우리에게 위험을 알릴 때까지 해안은 거의
보이지 않았고, 거기부터는 차트에 표시된 대로 파도가 부서지는
물을 왼쪽에 두고 그 상태를 잘 유지하면서 주의 깊게 운전했다.

　여러 차례 배의 바닥이 모래에 닿았지만—그때 우리는 약 6피
트 이하로 물에 잠겼다—운이 좋게도 항상 우리가 통과할 수 있을
만큼의 충분한 길이 나타났다. 마지막으로 물이 매우 빨리 얕아졌
지만 공장에서 배를 보냈고, 그 배가 우리를 섬에서 반경 200야드
안에 있는 계류장으로 데려다주었다. 여기서 우리는 닻을 내렸다.

　그 배에서 내린 선원의 몸짓을 보니 더 이상 멀리 갈 수 없다
는 것을 알 수 있었다. 바다의 푸른빛이 어느 순간부터 강의 갈색
빛으로 변했고, 섬의 계류장 아래에서는 해류가 노래하며 우리 근
처를 소용돌이치고 있었다. 강물은 야자수 뿌리 위로 빠르게 흐
르고 있었고, 진흙투성이의 기름기 많은 표면에는 홍수로 떠내려
온 온갖 종류의 나무 잔해들이 사방에 널려 있었다.

계류장을 둘러보고 안전하게 도착했다고 확신한 후에 그곳을 둘러보니 그곳은 마치 열병에 걸린 것 같았고, 나는 즉시 물을 확보하는 것이 가장 중요한 일이라고 생각했다. 무거운 강물, 진흙으로 빛나는 강둑, 정글의 유독성 녹색 빛깔의 풍경, 습한 공기까지 이 모든 것은 강력한 위험 신호처럼 느껴졌다. 그래서 나는 물을 가져오기 위해 긴 경주용 배를 내렸다. 나는 아미티지와 윌슨의 교역소 위치를 알려 주기 위해 흔들리는 손을 보았으므로 섬을 향해 노를 저었다.

숲을 지나자 길고 낮은 하얀색 건물이 보였다. 건물에는 베란다가 있었고 양옆에는 거대한 팜유 통이 쌓여 있었다. 해변에는 서핑 보트와 카누가 일렬로 줄지어 있었으며, 작은 부두 하나가 강으로 돌출되어 있었다.

그 끝에 허리에 빨간 줄을 두른 흰색 정장 차림의 두 남자가 나를 맞이하기 위해 기다리고 있었다. 한 명은 회색 수염을 기른 덩치 큰 남자였고, 다른 한 명은 날씬하고 키가 크고 창백한 얼굴을 한 사람이었다. 그 얼굴은 큰 버섯 모양의 모자로 반쯤 가려져 있었다.

"반가워요." 모자를 쓴 사람이 진심을 담아 말했다. "저는 아미티지와 윌슨의 대리인인 워커입니다. 같은 회사의 세베랄 박사를 소개할게요. 이런 곳에서 개인 요트를 보는 일은 드문데요."

"이 배는 경주용 배, 게임콕입니다." 내가 설명했다. "이 배의 소유주이자 선장입니다. 제 이름은 멜드럼이에요."

"탐험 중이신가요?" 그가 물었다.

"저는 레피도프테리스트라는 나비를 잡는 사람이에요. 세네 갈에서부터 서해안 쪽으로 내려왔습니다."

"좋은 스포츠라고 생각하나요?"

박사가 노란 눈을 천천히 뜨며 물었다.

"저는 40개의 상자를 채웠어요. 우리는 여기에 물을 구하러 들어왔고, 또한 제 전문 분야를 자세히 살펴보려고요."

내가 하는 일과 나에 대해 소개하는 동안 두 선원은 작은 보트를 고정했다. 그런 다음 나는 새롭게 알게 된 두 사람을 각각 양쪽에 두고 걸어갔다. 그들은 몇 달 동안 백인을 본 적이 없었는지 질문을 쏟아냈다.

"우리는 이제 무엇을 해야 하죠?"

내 차례가 되어 질문을 하자 박사가 답했다.

"저희는 사업 때문에 꽤 바쁜데, 여가 시간에는 정치 이야기를 하지요."

"네, 저와 세베랄은 서로 다른 주제로 항상 토론하죠. 매일 저녁 두 시간 동안 '가정 규칙'에 대해 이야기합니다."

"그리고 퀴닌 칵테일을 마셔요." 박사가 말했다. "이제 면역이 되긴 했지만, 작년 이곳의 평균 기온은 약 39도였습니다. 객관적인 조언자로서, 여러분이 나비뿐만 아니라 바실리박테리아를 채집하지 않는 한, 저는 여러분에게 이곳에 오래 머무르라고 권하고 싶지 않군요. 오고와이강 하구는 결코 건강한 휴양지로 발전하지 않을 것입니다."

이 문명의 변방에 사는 사람들이 자신들의 쓸쓸한 처지에서 유머를 찾아내고, 그들의 삶에 종종 찾아오는 우발적인 사건들에 대해 이야기하면서 미소를 짓는 것보다 더 멋진 것은 없었다. 시에라리온에서 내려오는 곳마다 악취나는 습지, 고립된 열병자들, 그리고 질 나쁜 농담들을 발견할 수 있었다. 인간이 자신의 처지를 뛰어넘고 몸의 고통을 해학적으로 조롱하기 위한 목적으로 마음을 사용하는 능력은 하나의 신성처럼 느껴졌다.

"저녁 식사는 대략 30분 후에 준비될 겁니다, 멜드럼 선장님." 박사가 말했다. "워커가 식사 준비를 도우러 들어갔어요. 이번 주에는 집안일을 맡았죠. 만약 괜찮으시다면, 제가 섬의 관광 명소들을 안내할게요."

태양은 이미 야자수 나무 라인 아래로 가라앉았고, 섬세한 분홍색과 무지개색으로 반짝이고 있는 하늘의 커다란 아치는 우리가 거대한 조개 내부에 있는 듯한 느낌을 주었다.

열기가 주는 불쾌함이 가득한 곳에서 살아본 적이 없는 사람은, 저녁의 시원함이 가져다주는 축복받은 그 느낌을 상상할 수 없을 것이다. 이 달콤하고 깨끗한 공기 속에서 박사와 나는 작은 섬 주변을 걸었는데, 그는 상점들을 가리키며 그의 일상을 설명했다.

"이곳에는 어떤 낭만이 있어요." 그는 그들의 삶이 지루해 보인다는 내 말에 이렇게 답했다. "우리는 큰 미지의 가장자리에 살고 있어요. 저기," 그가 북동쪽을 가리키며 계속 말했다. "뒤 샤이유*

---

* 옮긴이: 프랑스 태생 미국인 아프리카 탐험가이자 여행가, 저술가다(1835~1903).

가 고릴라의 고향을 발견했어요. 그곳은 유인원의 땅입니다." 이번에는 남동쪽을 가리키며 말했다. "아무도 멀리 가본 적이 없어요. 이 강에 의해 배수되는 땅은 유럽인들에게 사실상 알려지지 않았어요. 해류에 의해 우리 앞을 지나가는 모든 나무 잔해들은 미지의 나라에서 온 것입니다. 섬의 동쪽 끝에서 자라는 낯설고 화려한 꽃과 신기한 식물들을 보았을 때 나는 항상 내가 더 뛰어난 식물학자였으면 좋겠다고 생각해 왔습니다."

박사가 가리킨 곳은 경사진 갈색 해변이었고, 강에서 떠내려 온 잔여물이 자유롭게 흩어져 있었다. 양쪽 끝에는 자연 방파제처럼 구부러진 지점이 있었고, 그 사이엔 작고 얕은 만이 있었다. 이곳은 떠다니는 식물로 가득 차 있었고, 한가운데에는 거대한 나무 한 그루가 부러진 채로 누워 있었는데, 검게 일렁이는 물결이 그 나무를 덮고 있었다.

"이것들은 모두 산간 지방에서 왔습니다." 박사가 말했다. "이들은 주로 작은 만에서 볼 수 있고, 그런 다음에 연이어서 홍수가 오면 다시 흘러나가 바다로 향합니다."

"나무의 종류는 무엇인가요?" 내가 물었다.

"음, 티크 종류라고 생각하는데, 보기에는 상당히 썩은 것처럼 보입니다. 야자수는 말할 것도 없고 온갖 종류의 활엽수들이 이곳을 지나갑니다. 이리 들어와 보시겠어요?"

그의 안내를 따라 긴 건물로 들어갔는데, 거기에는 엄청난 양의 배럴 목재와 철제 후판이 흩어져 있었다.

"저희가 술통을 놓는 장소입니다." 그가 말했다. "우리는 목재를 묶음으로 받아서 직접 조립합니다. 혹시 여기서 특별히 이상하다 싶은 게 있나요?"

나는 높은 원형 철제 지붕, 하얀 나무 벽, 그리고 흙바닥을 둘러보았다. 한쪽 모퉁이에는 매트리스와 담요가 놓여 있었다.

"그다지 놀랄 만한 것은 없네요." 내가 말했다.

"하지만 무언가는 일반적인 것과 조금 다르기도 하죠." 그가 말했다. "그 침대가 보이시나요? 음, 오늘 밤 저는 거기에서 잘 생각입니다. 자고 싶은 건 아니지만, 담력 테스트를 좀 해보려고요."

"왜요?"

"아, 좀 이상한 일들이 있었거든요. 당신은 우리 삶의 단조로움에 대해 이야기했지만, 제가 보증하겠습니다. 때로는 우리가 원하는 만큼 화끈한 일들이 벌어집니다. 이제 집으로 돌아가야 할 것 같아요. 일몰 후에는 습지에서 안개와 열기가 올라오기 시작해요. 보세요, 강 건너로부터 올라오고 있습니다."

나는 박사가 말한 곳을 바라보았다. 짙은 녹색의 수풀 사이로 하얀 증기가 긴 촉수처럼 꿈틀거리며 우리를 향해 기어 오는 것이 보였다. 동시에 공기가 갑자기 축축하고 차가워졌다.

"저녁 식사 시간이네요." 그가 말했다. "만약 당신이 이 일에 대해서 흥미를 갖고 있다면 나중에 이어서 설명해 드릴게요."

박사가 그곳에 서 있을 때 그의 태도에는 진지함과 억제된 무언가가 있었고, 그것은 내 상상력을 자극해 매우 흥미로웠다. 이 박사는 허풍이 심하면서도 다정한 사람이었지만, 그가 주위를 둘러볼 때면 눈에는 어떤 의심이 있었다. 그것은 공포나 두려움이라기보다는 경계하는 사람의 표정이었다.

"그런데" 나는 집으로 돌아가면서 말했다. "당신은 나에게 원주민의 오두막을 많이 보여줬지만, 나는 원주민은 보지 못했어요."

"그들은 저쪽의 선체에서 자고 있지요."

그가 한쪽 둑을 가리키며 말했다.

"정말인가요? 그렇다면 그들은 오두막이 필요하지 않을 텐데."

"아, 그들은 최근까지 오두막을 사용했어요. 우리는 그들이 자신감을 회복할 때까지 선체에서 지내게 했어요. 모두 겁에 질려서 반쯤 미쳐 있었기 때문에 우리는 그들을 선체에 머물게 하는 게 낫겠다고 생각했죠. 워커와 저를 제외하고는 아무도 그 섬에서 잠을 자지 않아요."

"무엇 때문에 그렇게 무서워했나요?" 내가 물었다.

"음, 그것에 대해 설명하려면 다시 아까 했던 이야기로 돌아가야 합니다. 당신에게 이 이야기를 해준다고 해도 워커가 어떤 이의도 제기하지 않을 거라고 생각합니다. 우리가 비밀을 만들 이유는 딱히 없어요. 하지만 이야기하기 좋은 일은 아니죠."

그는 나를 위해 준비된 훌륭한 저녁 식사 동안, 그것에 대해 더 이상 언급하지 않았다. 경주용 배의 작은 흰 돛이 로페즈 곶에 나타나자마자, 이 친절한 사람들은 유명한 페퍼포트(서부 해안 특유의 매운 요리)를 준비하기 시작했다.

우리는 영리한 시에라리온 보조가 서빙해 주는 현지식 식사를 하기 위해 앉았다. 그가 디저트와 와인을 테이블 위에 올려 놓고 터번을 향해 손을 들었을 때, 나는 그가 적어도 일반적인 두려움에 대해 공유하지는 않았다는 생각이 들었다.

"워커, 뭔가 더 해드릴 일 있나요?" 보조가 물었다.

"아니, 괜찮아, 무사." 워커가 대답했다. "오늘 밤 몸이 좋지 않아서, 섬에 머물러 주면 정말로 고맙겠어."

나는 아프리카인의 얼굴에서 공포와 의무 사이의 갈등을 보았다. 그의 얼굴은 거뭇거뭇한 자주색 빛이 되었고, 그의 눈은 그를 조심스럽게 바라보고 있었다.

"아니요, 아니요, 워커." 그가 마침내 외쳤다. "저와 함께 선체로 가요. 선체에서 훨씬 더 잘 챙겨드릴 수 있어요, 선생님!"

"그건 안 돼, 무사. 백인들은 자기가 배치된 장소를 떠나지 않아."

다시 무사의 얼굴에는 격렬한 갈등이 떠올랐고, 다시 그의 두려움이 승리했다.

"안 돼요. 돌아가는 건 소용없어요, 워커 선생님!" 그가 외쳤다. "부탁드려요, 할 수 없는 일이에요. 어제였거나, 둘째 날 밤이었으면 가능했겠지만 이제 셋째 날 밤이에요!"

워커는 어깨를 으쓱했다.

"그럼 당신은 가!" 그가 말했다. "우체국 배가 오면 당신은 시에라리온으로 돌아가. 내가 필요로 할 때 내 말을 듣지 않는 하인은 필요 없어. 당신에게는 이 모든 게 의미 없겠지만 말이야. 멜드럼 선장님은 이 모든 게 미스터리하다고 생각하나요?"

"나는 멜드럼 선장님에게 협조를 요청했지만, 아직 아무것도 말하지는 않았어요." 세베랄 박사가 말했다. "워커, 상태가 좋지 않아 보여요. 곧 강한 고열이 닥칠 거고요."

"그래, 나는 하루 종일 머리가 너무 아팠어. 퀴닌을 10그램씩 먹었는데, 귀가 주전자처럼 뜨겁고 후끈거리는군. 하지만 오늘 밤에는 당신과 함께 커퍼리지에서 잠을 자고 싶군요."

"아니, 아니, 내 친애하는 친구여. 그렇게 무리하는 건 안 돼. 넌 곧 침대에 누워야 해, 멜드럼 선장님은 이해해 주실 거야. 나는 커퍼리지에서 잘 거야, 그리고 아침 식사 전에 네게 약을 줄 거야. 약속해."

워커가 서부 아프리카의 저주인 그 급격하고 강렬한 발작 중 하나를 겪고 있는 것은 분명해 보였다. 그의 창백한 뺨은 붉게 달아오르고, 눈은 열로 빛나더니 갑자기 그는 환각을 보는 듯한 높은 음성으로 노래를 부르기 시작했다.

"자, 자, 우리는 너를 침대로 데려가려 하네, 친구여."

박사가 말했다. 나는 박사를 도와 그를 침실로 데려다 주었다. 거기서 우리는 그의 옷을 벗기고, 강력한 진정제를 먹였고, 그는 깊은 잠에 빠져들었다.

"그는 일단 오늘 밤에는 안정이 되었어요." 박사가 말했다. "우리도 다시 앉아서 한 잔씩 따릅시다. 가끔은 그가 이렇게 침실에 들고 또 가끔은 내가 이렇게 침실에 들지만, 다행히도 우리는 둘이 동시에 쓰러진 적이 없죠. 오늘 밤에는 제가 아닌 그의 차례가 오길 바랐어요. 왜냐하면 해결해야 할 작은 수수께끼가 있거든요. 숙소에서 잠을 자겠다고 했었던 걸 기억할 거요."

"네, 그렇게 말했죠.

"제가 '자다'라고 말하는 건 보통 지켜보는 것을 의미합니다. 제게는 자는 시간이 없을 거예요. 이곳에서 크게 놀라운 사건을 겪었기 때문에 일몰 이후에 현지인들은 이곳에 머물지 않아요. 오늘 밤에 이 모든 일의 원인을 알아내려고 합니다. 보통은 도둑을 방지하기 위해 현지인 경비원이 술 제조 공장에서 자는 게 관행이었어요. 하지만 6일 전에 거기에서 자던 사람이 사라졌고, 그 이후로는 그의 흔적조차 보이지 않았죠. 정말 이상했어요. 카누도 가져가지 않았고, 이 물에는 사람이 바다로 헤엄쳐 나가지도 못할 만큼 악어가 많아요. 그 사람이 어디로 갔는지, 어떻게 섬을 떠날 수 있었는지는 완전히 미스터리예요. 워커와 저는 그냥 놀랐을 뿐이었지만, 현지인들은 심하게 겁에 질려 떠들썩해졌고 이상한 부두 귀신 이야기가 돌기 시작했습니다. 하지만 진짜 소동은 3일 전 술 제조 공장에서 새로운 경비원도 사라졌을 때 일어났습니다."

"그 사람은 어떻게 됐나요?"

내가 물었다.

"음, 우리는 알지 못할 뿐만 아니라 사실에 부합하는 추측조차 할 수가 없어요. 현지인들은 술 제조 공장에 악마가 있어서 매번 세 번째 밤마다 사람을 한 명씩 데려간다고 이야기하고 있어요. 그들은 섬에 머물지 않으려고 했어요. 무사도 충실한 아이이지만, 당신이 보신 대로 밤에 주인을 떠나고 싶어 할 정도로 고통스러워해요. 우리가 이곳을 계속 운영하려면 현지인들을 안심시켜야 하고, 제가 직접 하룻밤을 보내는 것보다 더 좋은 방법은 없는 것 같습니다. 이제 세 번째 밤이니까, 무슨 일이든 벌어질 거라고 예상되네요."

"어떤 단서도 없나요? 폭력적인 흔적이나 피 흔적이나 발자국이나, 위험에 대한 힌트를 주는 것은 없었나요?"

"전혀 없어요. 그 사람은 사라졌고 그것이 전부였어요. 마지막으로 사라진 사람은 이곳이 문을 연 이래로 계속해서 일을 했던 노인이었어요. 그는 항상 바위처럼 굳건했고, 어떤 것도 그를 그의 일에서 멀어지게 할 순 없었어요."

"음, 그렇군요." 내가 말했다. "이건 정말 한 사람만의 일이 아닌 것 같네요. 당신의 친구는 이미 고통으로 가득 차서 당신에게 도움이 되지 않을 거예요. 제가 당신과 함께 술 제조 공장에서 밤을 지내도록 하죠."

"정말 감사한 말씀이에요, 멜드럼." 그는 마음을 다해 말하며 테이블을 위로 내 손을 잡았다. "잠시 방문하신 건데 제가 너무 큰 부탁을 하는 것 같아 말씀드릴 수 없었는데, 만약 정말로 그런 생각을 하고 계시다면..."

"물론 그렇게 생각하고 있습니다. 잠시만 기다려 주시면, 배에 가서 제 선원들에게 오늘 밤에는 저를 기다리지 않아도 된다고 알려 주고 오도록 할게요."

작은 부두의 반대편 끝에서 돌아왔을 때 그와 나는 밤의 풍경에 충격을 받았다. 육지 쪽에 거대한 검푸른 구름 더미가 쌓여 있었고, 그 구름에서 불어오는 바람은 용광로에서 나오는 외풍처럼 우리의 얼굴을 때렸다. 부두 아래에서는 강물이 소용돌이치며 흥분하고, 판자 위로 하얀 물줄기를 뿜어내고 있었다.

"빌어먹을!" 박사가 말했다. "우리의 문제를 해결하는 것을 뒤

로 미뤄야 할 것 같아요. 곧 폭풍이 올 거예요. 강물이 높아진다
는 것은 곧 폭우를 의미하고, 한 번 시작되면 그것이 어디까지 갈
지 알 수 없어요. 지금까지는 섬을 거의 물에 잠기게 했어요. 그래
요, 일단 워커가 편안하게 있는지 확인하고, 원한다면 우리 숙소
에서 묵으십시오."

워커는 깊은 잠에 빠져 있었고, 그가 열 때문에 잠에서 깨 목
마름을 느낄 경우를 대비해 우리는 그에게 열매를 으깨어 놓은
작은 잔을 남겨두고 떠났다. 그런 다음에는 그 위협적인 구름이
만들어낸 비정상적인 어둠을 헤치고 우리의 길을 나아갔다. 강물
이 너무 높아져서 섬의 끝에 있던 작은 만이 거의 사라져 버렸다.
가운데 있던 거대한 뗏목은 불어 난 물살 때문에 위아래로 흔들
리고 있었다.

"폭풍이 왔을 때 좋은 점 중 하나는" 박사가 말했다. "강으로
쓸려왔던 모든 식물 잔재를 가지고 가 버린다는 점입니다. 며칠
전에 급격히 불어난 강물과 함께 잔재들이 내려왔고, 폭풍이 그것
을 본류로 쓸어버릴 때까지 여기에 남아 있을 거예요. 그래요, 여
기가 우리 방이고, 여기엔 몇 권의 책이 있고, 담배 파우치도 있으
니 우리는 이 밤을 최대한 무사히 보낼 수 있도록 노력해야 할 것
같네요."

우리는 등불 아래에 앉아 있었다. 커다랗고 고독한 방은 매우
음침하고 음산해 보였다. 투구와 군데군데 쌓인 나뭇조각 이외에
는 아무것도 없었고, 박사를 위한 매트리스만이 모서리에 놓여

있었다. 우리는 나무로 몇 개의 의자와 탁자를 만들고 긴 철야를 시작했다.

박사가 나를 위해 리볼버를 가져왔고, 그는 더블 배럴 샷건으로 무장했다. 우리는 무기를 장전하고 방 안에 손이 닿을 수 있는 곳에 걸쳐 놓았다. 작은 빛과 우리 위를 덮은 검은 그림자가 너무 우울해 보여서 그는 촛불 두 개를 가져왔다. 그러나 한쪽 벽은 여전히 여러 개의 창문으로 뚫려 있었고, 우리가 불을 가림으로써 촛불이 꺼지는 것을 방지할 수 있었다.

박사는 책을 보다가 가끔 책을 무릎 위에 놓고 주변을 주의 깊게 살펴보곤 했다. 나도 한두 번 책을 읽으려고 시도했지만 책에 집중하기란 불가능했다. 내 생각은 항상 이 커다란 침묵의 방과 그것을 뒤덮고 있는 불길한 기운으로 돌아갔다.

나는 두 사람의 실종을 설명할 수 있는 이론을 찾기 위해 머리를 쥐어짰다. 그들이 사라졌다는 사실만 존재할 뿐 그 이유나 그들이 어디로 갔는지에 대한 자세한 증거는 전혀 없었기 때문이다. 여기서 우리는 무엇을 기다리고 있는지에 대한 것도 알지 못한 채 기다리고 있었다.

그것은 혼자 할 수 있는 일이 아니라는 박사의 말 그대로, 충분히 고된 일이었고, 동료가 없었다면 절대 여기서 묵을 수 없었을 것이다.

끝도 없이 지루하고 지루한 밤이었다! 바깥에서는 강물의 파도 소리와 거친 바람 소리가 들렸다. 방 안에서는 우리의 숨소리,

박사가 책을 넘기는 소리, 가끔씩 나오는 모기의 쨍한 소리를 제외하고는 무거운 침묵만 흘렀다. 갑자기 박사가 읽던 책이 땅에 떨어지고 그가 창 밖으로 눈을 돌렸을 때 내 가슴은 뛰기 시작했다.

"뭔가 봤어요? 멜드럼?"

"아니요. 당신은 봤나요?"

"음, 창문 밖에서 어렴풋이 움직임이 느껴졌어요." 그는 총을 집어 들고 창으로 다가갔다. "아무것도 보이지 않지만, 무언가가 창문 너머로 천천히 지나가는 게 분명했어요."

"아마 야자수 잎일 거예요."

내가 말했다. 바람이 점점 세지고 있었다.

"아마 그렇겠죠."

그는 다시 책에 몰두하는 듯했지만 그의 눈은 항상 창문을 의심스럽게 살피고 있었다. 나도 창문을 지켜보았지만, 밖은 조용했다.

그러다가 갑자기 폭풍우가 불어닥치면서 우리의 생각은 새로운 방향으로 바뀌었다. 화려한 섬광과 함께 건물이 흔들리기 시작했다. 그 순간 번개가 몰아치고, 괴물 같은 천둥소리가 커져갔다. 그리고 열대성 비가 쏟아져 공장 건물의 코르게이트 철재 지붕에 부딪히며 덜컹거렸다. 크고 공허한 방은 북처럼 울렸다.

흐르고 터지고 누비고 거품을 일으키고 씻고 떨어뜨리는, 모든 물소리가 들려왔다. 비 내리는 소리부터 강물의 깊고 안정된 소리까지 말이다. 시간이 지날수록 소란은 더욱 커져갔다.

"저런." 세베랄 박사가 말했다. "우리는 이번에 정말 대홍수를 겨게 될 것 같아요. 그래도 이제 아침이 오고 있다는 것은 축복이에요. 우리는 그동안의 근심을 해결했어요."

회색빛이 방안을 스며들고 한순간에 날이 밝았다. 빗줄기가 줄어들었지만, 커피색 강물은 폭포처럼 흐르고 있었다. 그 위력에 나는 정박되어 있는 배가 걱정됐다.

"배에 가봐야겠어요." 내가 말했다. "배가 이리저리 끌려다니면 다시 강을 거슬러 오르지 못할 거예요."

"섬은 방파제와 다름없어요. 괜찮을 거예요." 세베랄이 말했다. "집으로 가서 커피 한 잔 드릴게요."

마침 춥고 기분이 안 좋던 차에 반가운 제안이었다. 우리는 수수께끼가 풀리지 않은 채로 불길한 공장을 떠났고, 집까지 거칠게 발을 디뎠다.

"스피릿 램프가 있어요." 세베랄이 말했다. "불을 켜주시면 워커가 오늘 아침에 기분이 어떤지 확인해 볼게요."

그는 나를 떠났다가, 곧 무서운 얼굴로 돌아왔다.

"그가 죽었어요!"

그가 창백해진 얼굴로 외쳤다. 그 말은 나를 오싹하게 만들었다. 나는 손에 램프를 들고 그를 노려보았다.

"죽었다고요!" 그가 반복했다. "와서 봐요!"

나는 말없이 그를 따라갔고, 침실에 들어서자마자 가장 먼저 눈에 들어온 것은 어젯밤 침대에 누워서 잠을 청한 워커였다.

"정말 죽은 건 아니겠죠!" 내가 말했다.

박사는 몹시 흥분해 있었다. 그의 손은 바람에 흔들리는 나뭇

잎처럼 흔들거렸다.

"죽은 지 몇 시간이 지난 거 같아요."

"열로 죽은 건 아닌가요?"

"열이라니요! 그의 발을 보세요!"

나는 그의 발을 응시한 다음, 입술에서부터 타오르는 공포로 크게 탄식을 내뱉었다. 발 한쪽이 단순히 탈구된 게 아니라 완전히 돌아간 상태로 괴상하게 비틀려 있었다.

"오 신이시여!" 내가 외쳤다. "누가 이런 짓을 한 거죠?"

세베랄이 죽은 사람의 가슴에 손을 얹었다.

"여기 만져보세요." 그가 속삭였다.

나는 같은 곳에 손을 올렸다. 저항이 없었다. 그 몸은 완전히 부드러웠고, 나뭇가지 인형을 누르는 것 같았다.

"흉골이 없어졌어요." 세베랄이 속삭였다. "그는 완전히 부서졌어요. 자는 동안 죽은 것 같으니 오히려 감사할 따름이에요."

"하지만 누가 이런 짓을 한 건가요?"

"나는 이런 일을 견딜 수 있을 만큼 겪었어요."

박사가 이마를 닦으며 말했다.

"내가 이웃들보다 더 겁쟁이일 필요는 없겠지만, 이건 내가 견딜 수 있는 수준을 넘어섰어요. 만약 당신이 배로 돌아가려 한다면..."

"같이 가요!"

내가 말했고, 우리는 떠났다. 우리는 뛰지 않았지만, 그것은 우리가 유지할 수 있는 마지막 자존심일 뿐 발을 절대 멈추지 않았다. 홍수로 부풀어 오른 강 위의 가벼운 카누는 위험했지만, 우리는 그런 것을 따질 겨를조차 없었다. 그는 물을 퍼내고 나는 저으면서, 마침내 우리는 요트의 갑판에 올랐다. 거기에서 우리는 저주받은 섬과 200야드의 물길을 사이에 두고 자유롭다고 느꼈다.

"한 시간 정도 후에 돌아갈 거예요." 그가 말했다. "하지만 우리에게는 조금의 시간이 필요해요. 스스로를 다잡기 위해. 1년 치 월급을 받고 이러고 있는 내 모습을 사람들에게 보일 순 없어요."

"스튜어드에게 아침 식사를 준비하라고 했어요. 그리고 우리는 돌아갈 거예요." 내가 말했다. "그러나 신의 명예를 걸고요, 세베랄 박사, 이 모든 것을 어떻게 생각하나요?"

"그건 난해하군요—완전히 난해합니다. 나는 부두 귀신에 대해 들어봤고, 다른 사람들과 함께 그걸 비웃었어요. 그런데 이렇게도 몸이 완전히 부서진 상태로 사람이 죽어버리다니—그것은 놀라지 않을 수 없어요. 하지만 멜드럼, 그 손은 미친 건가요? 아님 술에 취한 건가요, 아니면 무엇입니까?"

우리 선원 중 가장 나이가 많고 안정된 선원인 올드 패터슨은 벌떡 일어나 보트 후크로 밀려오는 통나무를 막고 있었다. 이제 그는 무릎을 굽힌 채 서 있었고, 한 손가락으로 그것을 가리키고 있었다.

"보세요!" 그가 외쳤다. "보세요!"

그리고 동시에 우리도 보았다.

거대한 검은 줄기가 강을 내려오고 있었고, 넓고 윤기나는 등이 물살을 가르고 있었다. 그 앞에—약 세 피트 앞에—배의 머리처럼 공중에 매달린 무시무시한 얼굴이 천천히 좌우로 흔들거렸다. 그것은 납작하고 적대적이었고, 작은 맥주통만한 크기였으며, 그것을 지탱하는 목은 칙칙한 노란색과 검은색으로 얼룩져 있었다. 그것이 우리의 배를 따라 흐르는 물속에서 돌진할 때, 멀리 있는 거대한 동굴에서 두 개의 통나무가 튀어나왔고, 사악한 머리가 갑자기 8피트가량을 높이 치솟았다. 잠시 후 나무는 우리를 스쳐 지나갔고, 끔찍한 승객—뱀—과 함께 대서양을 향해 곤두박질쳤다.

"방금 그게 뭐죠?" 내가 외쳤다.

"저 놈이 악마입니다."

세베랄 박사가 말했다. 순식간에 그는 전과 같은 거침없고 자신감 넘쳐 보였다.

"맞아요. 저게 우리의 섬을 괴롭혀 오던 악마인 것 같네요. 가봉에만 사는 비단뱀입니다."

나는 내륙의 괴물 같은 뱀에 대해 들었던 이야기, 엄청난 식욕과 치명적이며 살인적인 힘에 대해 생각했다. 그리고 모든 것이 내 머릿속에서 구체화되었다.

그 전 주에 큰 홍수가 왔다. 그것은 비어 있는 이 거대한 나무 안으로 끔찍한 불청객을 초대한 것이다. 그것은 섬의 작은 동쪽 만에 표류했다. 술 제조 공장이 가장 가까웠다. 그 뱀이 배고픔을 참다가 두 번이나 사람을 잡아먹은 것이다.

어젯밤 세베랄이 창문에서 어떤 움직임을 본 것 같다고 생각했을 때 그 뱀이 식욕을 채우러 다시 온 것이다. 그러나 우리의 불빛이 뱀을 멀리 쫓아냈고 그러자 뱀은 다른 곳으로 움직였다. 뱀이 자고 있던 워커를 죽인 것이다.

"왜 뱀이 그를 끌고 가지 않았을까요?" 내가 물었다.

"천둥과 번개가 그 비단뱀을 놀라게 했을 것입니다. 여기 스튜어드가 있어요, 멜드럼. 우리는 아침 식사를 하고 섬으로 돌아가는 게 좋을 겁니다. 그렇지 않으면 그 근무자들 중 어떤 사람들은 우리가 겁을 먹었다고 생각할 수도 있으니까요."

EPISODE VI

**THE STRIPED
CHEST**

줄무늬 상자

"앨런다이스, 저 배를 어떻게 생각하나?" 내가 물었다.

나의 이등 항해사는 나와 함께 배의 꼭대기에 서 있었다. 바람이 강하게 불었던 탓에 파도가 상당히 크게 치고 있었고, 배 옆에 달려 있는 작은 보트는 매번 파도를 따라 흔들리며 물을 튀겼다.

그는 망원경으로 배가 파도의 정점에 오를 때마다 그 절망적인 상태의 함선을 빈번히 쳐다보았고, 몇 초 동안 멈춰서 균형을 잡다가 다른 쪽으로 내려갔다. 배가 너무 낮아서 나는 녹색의 배 가장자리를 가끔씩만 볼 수 있었다.

그 배는 함선이었지만, 갑판에서부터 10피트 높이에서 짧게 부러진 돛대는 부상당한 갈매기의 날개 같았다. 누구도 잔해를 치울 생각은 하지 않았다. 나는 한 번도 그렇게 거칠게 다뤄진 배를 본 적이 없었다.

우리는 36시간 동안 돌풍에 휩쓸렸고, 우리의 배 상태가 조금만 더 좋지 않았어도 이 돌풍을 통과할 수 없었을 것이다. 이러한 고난을 겪었음에도 우리의 배는 오른쪽 벽 일부가 부서진 것 외에는 큰 문제가 없었다. 그러나 돌풍이 사라지고 나서도 바다 위에는 잔잔한 공포가 남아 있었다. 그 배가 그 공포의 흔적처럼 보였다.

앨런다이스는 느리지만 꼼꼼하고, 체계적인 스코틀랜드인이었다. 그는 선원들이 저 멀리서 등장한 낯선 배를 모여서 바라보는 동안, 뒤에서 작은 선박을 오래오래 쳐다보았다.

현재 우리의 위치인 위도 20°와 경도 10°는 북쪽의 대서양 교역로를 지나는 위치였기 때문에 누구를 만날지 더욱 흥미가 생겼다. 우리가 지난 10일 동안 고독한 항해를 하고 있었기 때문이었다.

"저 배는 버려진 것 같군요."

앨런다이스가 말했다. 나도 그와 같은 결론에 도달했다. 그 배의 갑판에는 그 어떠한 생명의 징표도 없었으며, 우리 선원들의 친근한 손짓에 대한 대답도 없었다. 그 배에 탑승했던 선원들은 아마 배가 침몰할 것이라 예상하고 탈출한 것으로 추정되었다.

"오래 버티진 못 할 겁니다." 앨런다이스가 차분하게 말을 이었다. "저 배는 언제든 전복될 가능성이 있습니다. 물이 곧 배 안으로 들어찰 것 같아요."

"깃발은 무슨 깃발이지?"

내가 물었다.

"알아내려고 노력 중입니다. 밧줄이 뒤엉켜 있어요, 브라질 국기가 걸려 있긴 한데, 뒤집혀 있네요."

선원들이 배를 버리기 전에 구조 신호를 보냈을 수도 있었다. 그들은 방금 전에 배를 버리고 떠났을지도 모른다. 나는 항해사의 망원경을 가져다가 여전히 흔들리고 있는, 푸른 대서양 파도 속에 격동하고 있는 배를 살펴보았다. 하지만 이 바다에는 우리를 제외한 어떠한 인기척도 느낄 수 없었다.

"배에 살아 있는 사람들이 있을 수도 있겠군."

내가 말했다.

"구조할 가치가 있을지도 모릅니다."

앨런다이스가 중얼거렸다.

"그럼 일단 옆으로 가서 살펴보도록 하지."

우리는 그 배에서 백 미터 정도 떨어진 곳에 배를 살펴볼 수 있도록 정박했다.

"보트를 하나 내려." 내가 말했다. "4명 정도 데리고 가서, 배에 대해 무엇을 알아낼 수 있는지 살펴보고 와. 앨런다이스."

그 순간 당직이 끝난지 얼마 지나지 않은 일등 항해사인 암스트롱이 갑판으로 올라왔다. 나는 이 버려진 선박으로 가서 그 안에 무엇이 있는지 직접 보고 싶었다. 그래서 암스트롱에게 간단하게 설명을 하고 배를 잠시 맡긴 후에 풀려 있는 줄을 따라 내려가서 보트의 시트에 자리를 잡았다.

짧은 거리였지만 배를 옮겨타는 데는 시간이 생각보다 많이 걸렸고, 파도가 너무 세서 우리 배도, 우리가 접근하고 있는 배도 보지 못했다. 해가 바다의 깊은 곳까지 비추지 않아 물속은 차갑고 어둡지만, 지나가는 파도마다 우리를 다시 따뜻한 햇볕 속으로 끌어올렸다.

이럴 때마다 우리가 급류에 휩쓸릴 수도 있다는 우려가 들어, 그 배에 어떻게 접근할지 결정하기 위해서 배의 꼬리 쪽으로 돌아가기로 했다. 그 배를 지나칠 때, '노사 센호라 다 빅토리아'라고 쓰여 있는 것을 볼 수 있었다.

"날씨가 좋네요 선장님."

앨런다이스가 말했다.

"목수, 보트 후크를 챙기고 따라오게!"

우리는 순식간에 우리가 남겨두고 온 배보다도 한참 낮은 벽을 뛰어넘었고, 버려진 선박의 갑판에 발을 디뎠다. 우리가 가장 중요하게 생각한 것은—충분히 가능한 일이니까—선박이 발밑에서 무너질 경우를 대비해 안전을 보장하는 것이었다. 그러기 위해 두 명이 보트의 꼬리를 잡고, 우리가 급하게 철수해야 할 때를 대비했다. 목수는 물이 얼마나 많이 들어찼는지 확인하러 갔고, 앨런다이스와 나, 그리고 다른 선원 한 명이 배의 화물을 신속히 검사했다.

갑판에는 파손된 화물과 닭장이 흩어져 있었고, 그 안에는 죽은 새들이 둥둥 떠 있었다. 보트는 모두 사라졌는데, 한 척을 제외하고는 모두 밑바닥이 부서졌으며, 선원들이 배를 버리고 탈출했음은 틀림없는 사실 같았다. 선실은 갑판 하우스 안에 있었는데, 그곳은 거센 파도에 의해 한쪽이 무너져 있었다. 앨런다이스와 나는 선실 안으로 들어갔다. 선실에는 책상이 그대로 있었고, 스페인어와 포르투갈어로 된 책과 서류가 사방에 흩어져 있었다. 담뱃재도 여기저기 쌓여 있었다. 나는 일지를 찾아다녔지만 결국 찾지 못했다.

"아마도 선장은 일지를 남겨 두지 않았을 것 같습니다." 앨런다이스가 말했다. "남미 상선은 분위기가 꽤 엄격하고, 그들은 남들에게 도움이 되는 일은 절대 하지 않습니다. 만약 기록이 있었다면 보트와 함께 가져갔을 거예요."

"나는 이 책과 문서를 모두 가져가고 싶어." 내가 말했다. "목수에게 시간이 얼마나 있는지 물어봐."

그의 보고는 나를 안심시켰다. 배는 물로 가득 차 있었지만, 일부 화물은 멀쩡했고, 배가 바로 가라앉을 위기는 없어 보였다. 아마도 배는 가라앉지는 않겠지만, 수많은 선박을 해저로 끌어들인 끔찍한 암초처럼 표식도 없이 표류하게 될 것이었다.

"그렇다면 자네가 내려가 봐도 아무 문제가 없겠군, 앨런다이스." 내가 말했다. "배를 살펴보고, 얼마나 많은 화물을 구할 수 있는지 알아보게. 자네가 없는 동안 나는 이 문서들을 살펴보고 있을 테니."

화물 수리 자료와 책상 위에 놓여 있는 일부 메모와 편지들은 나에게 정보를 제공하기에 충분했다. 브라질의 함선인 '나사 세노라 다 빅토리아'가 한 달 전에 바히아를 출발했다는 것을 알 수 있었다. 선장의 이름은 '테셰이'라고 했지만 선원의 수에 대한 기록은 없었고, 런던을 향하고 있었다.

화물 수리 자료를 훑어보는 것만으로도 알 수 있는 것은 꽤 많았다. 화물은 견과류, 생강, 그리고 귀중한 열대성 식물의 통나무였다. 아마도 이 통나무들이 불운한 배가 가라앉지 않게 막았을 것이다. 하지만 그것들은 너무나 거대해서 우리가 들고 갈 수 없었다. 이 외에도 몇 개의 장식용 조류와 밀리터리 용도의 예쁜 상자가 100개 정도 있었다. 그리고 그 문서들을 넘겨보던 중에, 영어로 된 짧은 노트가 내 관심을 끌었다.

노트에는 다음과 같이 적혀 있었다.

"다음과 같이 요청합니다. 산타렘 컬렉션에서 나온 스페인과 인도의 오래된 고가의 다양한 고미술품들은 런던 옥스퍼드 스트리트의 프론프트 앤 뉴먼에게 위탁되어 있으며, 매우 가치 있는 이 독특한 품목들을 손상되거나 훼손될 위험이 없는 곳에 보관할 것을 요청합니다. 이는 특히 돈 라미레즈 디 레이라의 보물 상자에 적용되며, 아무도 접근할 수 없는 곳에 보관해야합니다."

돈 라미레즈의 보물 상자! 독특하고 가치 있는 품목들! 결국에는 엄청난 보물들을 가질 기회가 있었던 것이다! 내가 종이를 손에 쥐고 일어섰을 때, 스코틀랜드 출신의 동료가 문 앞에 나타났다.

"선장님, 이 배 안에는 무언가 석연치 않은 것들이 있는 듯합니다."

그가 말했다. 그는 얼굴 표정이 다양하지는 않았지만, 나는 그가 놀란 것을 알아차릴 수 있었다.

"무슨 일이지?"

"살인입니다, 선장님. 한 사람이 머리를 맞아 죽었습니다."

"폭풍 때문인가?"

"그럴 수도 있겠지만, 그를 보시면 다른 이유가 있을 거 같다고 생각하실 수도 있을 듯합니다."

"그가 어디에 있나?"

"이쪽입니다, 선장님. 메인 갑판 선실 안에 있습니다."

이 함선 아래에는 별도의 숙박 시설은 없는 것처럼 보였다. 선장을 위한 방이 하나 있었고, 그의 선실 옆에는 주방이 붙어 있는 다른 방들이 있었으며, 선원들을 위한 침대라고 추정되는 곳이 있었다. 배의 가운데에 있는 곳이 사건이 벌어진 곳이었다.

조리실에 들어가자 뒤죽박죽인 냄비와 접시가 보였다. 오른쪽과 왼쪽에는 선원을 위한 이층 침대가 있는 작은 방이 있었다. 그리고 그 너머에는 12피트 정도의 방이 있었고, 거기에는 깃발과 캔버스들이 흩어져 있었다. 벽면에는 거친 천으로 포장된 여러 개의 소포가 목재 구조물에 단단히 묶여 있었다. 다른 쪽에는 큰 상자가 있었다. 빨간색과 흰색으로 줄무늬가 그어져 있었는데, 빨간색은 색이 거의 바래 있었고 흰색은 너무 더러워서 빛을 직접 비출 때만 색깔을 볼 수 있었다. 이 상자는 나중에 측정한 바에 따르면 길이 4피트 3인치, 높이 3피트 2인치, 폭 3피트로 선원의 상자보다 훨씬 거대했다.

그러나 내가 창고에 들어섰을 때 내 눈이 향한 곳은 상자가 아니었다. 바닥에는 물건 사이에 누워 있는 작고 까만 남자가 있었다. 그는 상자에서 조금 떨어진 곳에 누워 있었는데, 그의 발은 상자 쪽으로 뻗어 있고, 고개는 옆으로 돌아간 채 누워 있었다. 그의 머리가 놓인 하얀 캔버스 위에 붉은 자국이 있었고, 거무스름한 그의 목에는 빨간 리본이 휘감겨 바닥에 떨어져 있었지만, 눈에 띄는 상처는 없었고, 그의 얼굴은 잠든 아이처럼 평온했다. 몸을 구부려 그를 보고나서야 나는 그의 상처를 알아챌 수 있었고, 그것을 본 후에는 새어나오는 비명을 가까스로 참으며 돌아섰다. 아마 그의 뒤에 서 있던 누군가가 망치로 그의 머리를 가격한 것 같았다. 머리를 너무 강하게 맞은 나머지 두개골이 박살나고 뇌까지 으깨져 있었다.

그의 얼굴이 평온해 보인 것은 아마도 죽음이 순식간에 그를 덮쳤기 때문일 것이다. 또 상처의 위치로 보아 그는 자신을 망치로 내려친 사람을 볼 수 없었을 것이다

"앨런다이스 이 상황이 범죄 같은가, 우연 같은가?"

내가 물었다. 이등 항해사가 꼿꼿이 서서 대답했다.

"아무리 봐도 범죄 같습니다. 이 사람은 살해되었고, 뒤에서 날카롭고 무거운 무기로 누군가 그를 가격했습니다. 하지만 그가 누구이고, 그들이 그를 왜 죽였는지는 알 수 없습니다. 또 하나 알 수 있는 건 그는 일반 선원이었습니다. 그의 손가락을 보면 알 수 있어요."

그가 이야기하며 시체의 주머니를 털었다. 그러고는 카드 뭉치, 끈, 그리고 브라질 담배 묶음을 꺼냈다.

"여기, 이거 봐요!"

그는 바닥에 떨어진 큰 칼을 주워 올렸다. 딱딱한 칼날이 달려 있었다. 반짝이는 칼날은 깨끗했기 때문에 우리는 그것을 범죄와 연관 짓지 못했지만, 죽은 남자의 손에 칼이 쥐어져 있었기 때문에 그가 쓰러지던 순간 손에 들고 있었던 것이 분명했다.

"제 생각에는, 선장님. 그는 자신이 위험에 노출되었음을 알고 칼을 손에 쥐고 있었던 것 같습니다." 앨런다이스가 말했다. "하지만 어쩔 수 없죠. 우리는 이 불쌍한 시신을 도울 수 없어요. 벽에

묶여 있는 이 물건들이 뭔지 알 수가 없어요. 그것들은 모두 허름한 포장지에 싸인 무기와 여러 가지 기물 같아요."

"맞네." 내가 말했다. "그것들은 화물선에서 가져갈 만한 가치 있는 물건들이다. 배를 불러서 물건을 실을 보트를 보내달라고 해."

그가 떠나자마자 나는 우리가 훔쳐온 것들 중 특이한 것들을 조사했다. 기묘한 물건들은 여러 겹으로 포장되어 있어서 그것들이 무엇인지 대략적인 유추만 할 수 있었지만, 줄무늬 상자는 제대로 조사할 수 있게끔 빛이 비치는 곳에 있었다.

금속 세공으로 모서리가 고정된 뚜껑에는 복잡한 문장이 새겨져 있었고 그 아래에는 '세인트 제임스 기사, 본토 통치자 및 베라크아스 주지사의 보물 상자'라는 스페인어 문구가 있었다. 한쪽에는 1606년이라는 연도가 새겨져 있었고 다른 한쪽에는 '이 상자를 절대로 열지 마십시오.'라는 영어로 적힌 큰 흰색 라벨이 있었다. 아래에는 같은 경고가 스페인어로 반복되어 있었다. 자물쇠는 라틴어로 된 모토가 새겨진, 매우 복잡하고 무거운 강철 자물쇠였으며, 이는 선원들이 알고 있는 상식의 범위를 넘어섰다.

특이한 상자에 대한 조사를 마쳤을 때쯤, 일등 항해사인 암스트롱과 함께 다른 간이 보트가 왔고, 우리는 곧 침몰할 것 같은 이 선박에서 가치가 있어 보이는 다양한 기물을 배에 싣기 시작했다. 물건으로 가득 찬 보트는 배로 다시 돌아갔고, 나와 앨런다이스, 목수, 선원 한 명은 함께 줄무늬 상자를 옮겼다. 우리는 그 상자를 배의 중앙에 놓아야 했는데, 배의 한쪽 끝에 두면 배가 기울 정도로 무거웠기 때문이다. 죽은 사람은 발견한 곳에 그대로 남겨 두기로 했다.

나는 저 배가 더 이상 운행할 수 없는 상황에 놓여 배의 선장과 선원들이 배를 버리기로 결정했을 때 죽은 남자가 약탈을 감행했고, 선장은 아무리 침몰하는 배라도 약탈당하는 것을 두고볼 수는 없었기에 그를 망치나 다른 무거운 무기로 공격했을 것이라고 추측하고 있었다. 다른 설명보다는 더 그럴듯하게 보였지만, 나도 내 추측을 완전히 납득하지는 못했다. 하지만 바다는 미스터리로 가득 차 있고, 우리는 브라질 함선의 죽은 선원의 운명을 모든 선원의 기억 속에 두는 것으로 만족해야 했다.

줄무늬 상자는 4명의 선원들이 선실로 옮겼고, 그 때문에 테이블과 후미 락커 사이에는 서 있을 공간만 남았다. 저녁 식사 동안 상자는 그곳에 그대로 놓여 있었고, 식사 후에도 선원들은 나와 함께 남아서 그날의 사건에 대해 이야기를 나누었다. 암스트롱은 길고 얇은 사다리처럼 깡마른 사람으로, 훌륭한 선원이지만탐욕스러운 사람이었다. 우리의 보물은 그를 크게 흥분시켰고, 이미 각각의 보물이 얼마나 가치 있는지 계산하기 시작했다.

"신문에서 이 물품들이 독특하다고 했다면, 그것들은 우리가 생각하고 있는 것 이상으로 가치가 있을 수 있습니다. 부유한 수집가들은 우리에게 믿을 수 없는 금액을 제시할 거예요. 천 파운드는 그들에게 아무것도 아니에요. 우리의 항해에 대해 무언가를보상해 줄 거예요, 내가 잘못 알고 있지 않는 이상 말이죠."

"그렇게 생각하지 않네." 내가 말했다. "내가 아는 한 그것들은 다른 남미 기물들과 크게 다르지는 않아."

"음, 선장님, 전 그 지반에서 14번의 항해를 했고, 그 상자처럼 생긴 것을 한 번도 보지 못했습니다. 분명 금화 한 무더기 정도의 값어치가 있어요. 그리고 그게 너무 무겁다면 분명 내부에 가치 있는 것이 있을 거예요. 그것을 열어보고 싶지 않나요?"

"만약 그것을 부순다면, 안에 있는 것이 손상될 겁니다. 그게 그리 좋은 생각은 아닌 거 같군요." 앨런다이스가 말했다.

암스트롱은 그 앞에 앉아서 머리를 한쪽으로 기울인 채 길고 가는 코를 자물쇠 가까이 댔다.

"나무는 참나무입니다." 그가 말했다. "그리고 시간이 지나면서 약간 크기가 줄어든 것 같아요. 만일 저에게 끌이나 튼튼한 칼이 있다면 어떤 손상도 없이 자물쇠를 강제로 열 수 있을 겁니다."

그가 이야기한 튼튼한 칼은 나에게 그 죽은 선원을 생각나게 했다.

"어떤 사람이 그를 죽이러 왔을 때 그는 어떤 일에 열중하고 있었던 거 아닐까?" 내가 말했다.

"그것에 대해서는 잘 모르겠지만, 저는 이 상자를 열 수 있을 것이라고 확신합니다. 여기 로커에 스크류 드라이버가 있습니다. 램프를 들어주세요, 앨런다이스. 얼마 안 걸릴 겁니다."

"잠깐만." 내가 말했다. 이미 호기심과 탐욕으로 빛나는 눈으로 상자에 몸을 밀착하고 있던 그에게, "이 일에 대해 서두를 필요는 없어 보여. 열지 말라는 문구를 봤잖아. 그것이 무엇을 의미하는지는 모르겠지만, 왠지 나는 그것을 따르는 것이 좋을 것 같다는 느낌이 들어. 결국 그 안에 들어 있는 게 무엇이든, 그게 값비싼 물건이라면 그것은 메리 싱클레어 선실에서 여는 것보다 상자 주인의 선실에서 여는 게 가치가 있을 거라는 말이지."

암스트롱은 내 결정에 심하게 실망하는 듯 보였다.

"선장님, 진심이세요? 설마 이거랑 관련된 미신을 믿는 건 아니겠죠?" 그가 얇은 입술에 약간의 비웃음을 띄우며 말했다. "만약 이 상자가 우리 손에서 벗어나, 우리가 직접 안에 무엇이 있는지 보지 못한다면, 우리는 이 상자에 대한 권리를 잃을 수도 있을 거예요, 게다가..."

"아무것도 필요하지 않네, 암스트롱." 나는 다급히 말했다. "자네에게는 그 상자에 대한 권리를 가질 수 있을 거라는 확신이 있겠지만, 나는 그 상자를 오늘 밤에 열지 않을 거야."

"맞아요. 상자 라벨 자체가 유럽인들에 의해 조사되었다는 것을 보여주고 있어요." 앨런다이스가 덧붙였다. "상자가 보물 상자라고 해서 현재 보물이 있는 것은 아닙니다. 옛날 테라 피르마 주지의 시절 이후로 많은 사람들이 그 안을 엿보았을 겁니다."

암스트롱은 드라이버를 탁자 위에 내팽개치고 어깨를 으쓱했다.

"마음대로 하세요."

그가 말했다. 하지만 남은 저녁 시간 동안, 우리가 어떤 이야기를 하더라도, 그의 눈은 계속해서 호기심과 욕망을 가득 담은 채 오래된 줄무늬 상자를 바라보고 있었다.

그리고 이제 이 이야기의 가장 중요한 부분에 이르렀다. 지금 생각해도 소름이 끼친다. 선실 주위에는 선원들의 방이 있었지만, 내 방은 그 중심에서 가장 멀리 떨어져 있었다. 나는 항상 가장 깊게 잠들어 있는 사람 중 하나였고, 내 어깨 위에 손을 누가 올리지 않는 이상 내가 깨는 것은 드문 일이었다.

그런데 나는 그날 밤, 아니 이른 새벽에 깨어났다. 나는 지금까지도 그날의 기억을 피부에 소름이 돋을 정도로 정확히 기억하고 있다. 나를 깨운 것은 어떤 소리였다. 그것은 무엇인가 충돌하는 소리였고, 그 뒤엔 사람의 비명소리가 들렸다. 나는 가만히 듣고 있었다. 그러자 다시 조용해졌다. 하지만 그 끔찍한 외침은 절대 상상일 수 없었다. 그 공포스러운 외침, 그 소리는 여전히 내 머릿속에서 울리고 있었고, 그것은 심지어 나에게서 매우 가까운 곳에서 들려오는 것 같았다. 나는 벙커에서 뛰쳐나와 옷을 대충 걸치고 선실로 갔다.

처음에는 특이한 점을 찾을 수 없었다. 차가운 회색빛 속 빨간색 테이블, 돌아가는 여섯 개의 의자, 호두나무로 만든 사물함, 흔들리는 기압계, 그리고 거기, 그 끝에서 큰 줄무늬 상자가 보였다. 나는 갑판으로 가서 앨런다이스에게 무슨 소리를 듣지 못했는지 물어 볼 생각을 하고 있었는데, 갑자기 탁자 아래에 있는 무언가가 눈에 들어왔다. 그것은 한 남자의 다리, 긴 바다 부츠가 신겨져 있던 다리였다.

몸을 숙여서 확인해 보니, 거기에는 누군가가 엎드려 있었다. 그 사람의 팔은 앞으로 던져져 있었고, 그의 몸은 비틀어져 있었다. 한눈에 나는 그가 암스트롱임을 알았고, 그다음에 바로 그가 죽었다는 것을 알았다. 몇 분 동안 숨을 죽이고 서서 그 장면을 바라보았다. 그런 다음 나는 갑판으로 달려가, 앨런다이스에게 도와달라고 소리치고 다시 선실로 돌아왔다.

우리는 그 불운한 사람을 탁자 아래에서 끌어냈다. 곧 그의 머리를 보고 우리는 시선을 교환했다. 우리 둘 다 창백하게 질려 있었다.

"그 죽은 선원과 똑같아."

내가 말했다.

"맞아요. 신이시여, 우리를 지켜주소서! 저 지옥 같은 상자가 문제인 것 같습니다! 암스트롱의 손을 봐요!"

그는 시신의 오른손을 들어올렸고, 어젯밤에 사용하려고 했던 드라이버가 보였다.

"그는 상자를 연 것 같아요, 선장님. 저는 갑판에 있었고 당신은 잠들었기 때문에 알 수 없었을 겁니다. 그는 손에 쥔 도구로 자물쇠를 밀어서 열었겠죠. 그러다 그에게 무슨 일이 일어나서 그는 소리쳤고, 당신은 그 소리를 들었던 겁니다."

"앨런다이스." 나는 속삭였다. "그에게 무슨 일이 일어났던 걸까?"

앨런다이스는 내 소매를 잡고 나를 자신의 선실로 데려갔다.

"여기서 이야기해야 할 것 같습니다, 선장님. 주위에서 누가 엿듣고 있는지 알 수 없으니까요. 바클레이 선장님, 그 상자 안에 무엇이 들어 있을 것 같나요?"

"맹세컨대, 나는 전혀 모르겠어, 앨런다이스."

"음, 이 상황을 설명할 수 있는 건 하나뿐입니다. 상자의 크기를 보세요. 만약 어떤 사람이나 동물이 들어간다 해도 숨쉴 수 있는 수많은 구멍이 있는 조각들과 금속 모양을 보세요. 그것의 무게를 보세요. 그것을 들어 올리는 데 남자 네 명이 필요했습니다. 또한, 두 명의 남자가 그것을 열려고 시도했고, 그러자 그들은 모두 목숨을 잃었습니다. 선장님, 그것이 하나의 것을 의미하고 있는데, 그게 무엇일까요?"

"그 상자 안에 사람이 있다고 말하고 싶은 건가?"

"물론입니다. 남미 국가들에서는 이런 식의 일이 벌어지곤 하죠, 선장님. 한 주는 대통령이었다가 그다음 주에는 사냥을 당할 수도 있어요. 그들은 계속해서 목숨을 위해 도망다녀요. 제 생각에는 거기에 누군가가 숨어서, 무장하고 기다리며 잡히기 전까지 다른 사람들의 죽음을 제물로 삼기로 결심한 것 같습니다."

"하지만 그의 음식과 음료는?"

"그것은 엄청 큰 상자입니다. 그래서 그가 몇 가지 양식을 숨겨두었을 수도 있다고 생각합니다. 음료 같은 경우는, 배 선원 중에 그 상자 속 사람을 도와주는 누군가가 있었다면 설명이 됩니다."

"그럼, 상자를 열지 말라는 라벨이 단순히 그의 신변을 위해 써진 거라는 말이지?"

"네, 선장님. 그게 제 생각입니다. 사실을 설명할 다른 방법이 있나요?"

나는 없다고 인정했다.

"문제는 우리가 이 상황을 어떻게 해결해야 하는가 일세."

"그 사람은 아무것도 두려워하지 않는 위험한 괴물입니다. 상자 주위에 밧줄을 매서 30분 동안 물속에서 끌고 다니면 어떨까요? 그러면 우리는 그 상자를 편안히 열 수 있겠죠. 또는 우리가 그 상자를 묶어서 그가 음료나 물을 얻지 못하도록 하거나 모든 숨구멍을 막는 것도 좋은 방법일 수 있습니다."

"와, 앨런다이스." 나는 화내며 말했다. "상자 안에 숨어 있는 한 사람 때문에 배 전체가 테러를 당할 거라고 말하는 건 아니지? 그가 거기에 있다면 나는 그를 끌어낼 걸세!"

나는 내 방으로 가서 권총을 들고 나왔다.

"이제, 앨런다이스 자네가 자물쇠를 열어. 내가 엄호를 할 테니."

"하느님의 이름으로, 선장님이 지금 무엇을 하려고 하는지 생각해 보세요." 앨런다이스가 외쳤다. "이 일로 인해 이미 두 남자가 목숨을 잃었고, 한 사람의 피는 아직 카펫 위에서 마르지도 않았어요."

"그런 이유라면 우리가 더더욱 복수해야겠지."

"음, 그러면 적어도 목수를 불러주세요. 세 명이 두 명보다 나아요. 그리고 그는 강한 사람이니까요."

그는 목수를 찾아갔고, 나는 선실에 줄무늬 상자와 혼자 남겨졌다. 나는 긴장을 늦추지 않기 위해, 이 스페인 해적의 오래된 상자와 나 사이에 테이블을 두고 있었다. 아침이 밝아오자, 빨간색과 흰색의 줄무늬가 드러나기 시작했고, 정성을 들인 장인들의 곡선과 금속 공예가 보였다. 곧 목수와 앨런다이스가 함께 돌아왔다. 목수는 손에 망치를 들고 있었다.

"이건 말도 안 되는 일이에요, 선장님." 목수가 말했다. 그가 동료의 시체를 바라보며 머리를 저었다. "정말 상자에 사람이 숨어 있다고 생각하나요?"

"거기에 사람이 숨어 있다는 것은 의심할 여지가 없어."

앨런다이스가 말했다. 그는 드라이버를 집어 들고 용기를 불어 넣고 있는 사람처럼 턱을 굳혔다.

"내가 자물쇠를 부수겠어요, 두 분 다 곁에 서 계세요. 그가 일어나면 목수가 직접 그를 후려치세요! 만약 그가 손을 들면 즉시 쏘세요, 선장님. 이제!"

그는 줄무늬 상자 앞에 무릎을 꿇고, 칼날을 뚜껑 아래로 집어넣었다. 날카로운 소리와 함께 자물쇠가 열렸다. "물러서!" 내가 외쳤고, 그는 큰 상자의 뚱뚱한 뚜껑을 힘껏 열었다. 그것이 올라갈 때, 우리 세 명은 모두 뒤로 물러나서, 나는 권총을 겨누고 있었고, 목수는 머리 위로 망치를 들고 있었다. 그런 다음, 아무 일도 일어나지 않았으므로 우리는 각각 한 발씩 앞으로 나아가서 안을 들여다봤다. 상자는 비어 있었다.

비어 있는 줄 알았던 상자에는 자세히 보니 한쪽 구석에는 상자만큼이나 오래되어 보이는 정교하게 만들어진 금빛 촛대가 있었다. 그 풍부한 노란색과 예술적인 모양은 그것이 가치 있는 물건임을 시사했다. 나머지는 먼지뿐이었다.

"음, 정말이지 충격이네요!" 앨런다이스가 말했다. "그럼 그 무게는 어디서 나온 거죠?"

"측면의 두께를 보게, 그리고 뚜껑을 봐. 그 두께만 해도 5인치 이상은 될 것 같네. 거기에 큰 금속 스프링도 있고."

"그건 뚜껑을 들어주기 위한 것입니다." 목수가 말했다. "보세요, 기울어지지 않아요. 안쪽에 그 독일어로 된 인쇄물은 뭔가요?"

"1606년 오그스부르그의 요한 로트슈타인이 만들었다고 쓰여 있군."

"그것도 단단한 물건이네요. 하지만 이 일의 원인을 알려주진 않네요, 바클레이 선장님? 그 촛대는 금처럼 보이네요. 결국 우리는 우리의 노력에 대한 보상을 받게 되긴 하겠군요."

그는 그것을 잡으려 앞으로 몸을 숙였고, 그 순간 나의 몸은 본능적으로 서늘함을 감지했다. 나는 그의 카라를 잡고 곧장 일으켰다. 중세 시대의 이야기가 떠올랐을 수도 있고, 자물쇠 상부에 녹이 아닌 빨간 무언가를 발견했기 때문일 수도 있었지만, 그에게나 나에게나 그 행동이 너무나 빠르고 갑작스러웠기 때문에 동물적인 감각이라고밖에 생각할 수 없었다.

"여기에는 악마가 있어." 내가 말했다. "모퉁이에 있는 굽은 지팡이 좀 줘보게나."

그것은 평범한 보행용 지팡이였고 윗부분이 굽어 있었다. 나는 그것을 촛대 위에 걸고 잡아당겼다. 번쩍하면서 상자 윗면 아래에서 광택이 나는 강철의 가시가 튀어나왔고, 커다란 줄무늬 가슴의 야생동물처럼 우리를 향해 달려들었다. 거대한 뚜껑이 원래 있던 자리에 강하게 떨어졌다. 책상에 놓여 있던 안경들이 충격으로 덜컹거렸다. 선원들은 탁자 모서리에 앉아서 겁에 질려 얼굴이 시퍼렇게 변했다.

"제 목숨을 살렸어요, 바클레이 선장님!" 그가 말했다.

결국 이것이 오래된 돈 라미레즈 디 레이라의 줄무늬 보물 상자의 비밀이었고, 이것이 그가 테라페리마와 베라쿠아스 지방에서 부당하게 얻은 이익을 어떻게 보존해 왔는지를 알려 주었다. 어떤 간사한 도둑이든지 그들은 금으로 만든 촛대를 보면 그 가치를 바로 알 수 있었다. 그들이 손을 올리면 즉시 스프링이 풀리며 무시무시한 강철 가시들이 머리 위로 쏟아졌고, 그 충격으로 도둑이 뒤로 물러나며 상자가 자동으로 닫히게 된 것이었다. 얼마나 많은 사람들이 오그스부르그 기술의 희생자가 되었는지 궁금해졌다. 그리고 그 음침한 줄무늬 상자의 역사를 생각하면서 나는 결심을 굳혔다.

"선원 세 명을 데려와서 이걸 갑판에 가져다 놓도록 해."

"바다에 던지려는 건가요, 선장님?"

"그래, 앨런다이스. 보통 나는 미신을 믿지 않지만, 가끔 이렇게 믿어야 할 때도 있지."

결국 우리는 세 명의 선원을 기다리지 않고, 직접 나무 상자를 들고 갑판으로 올라갔다. 나, 목수, 앨런다이스는 그 줄무늬 상자를 바닷속으로 밀어 넣었다. 하얀 물거품이 일었고, 그것은 금세 사라졌다.

만약 누군가 혹시라도 그 오래된 상자를 발견하고, 그 상자의 비밀을 파헤치려고 시도하는 사람이 있다면 나는 그를 위해 슬퍼할 것이다.

EPISODE VII

CAPTAIN SHARKEY:

HOW THE GOVERNOR OF
SAINT KITT'S CAME HOME

샤키 선장:

세인트키츠의 총독이
집으로 돌아온 방법

스페인 왕위 계승 전쟁이 위트레흐트 조약에 의해 마무리 되자, 대부분의 해적들은 더 이상 해적으로 활동할 수 없었다. 일부는 돈을 조금 덜 버는 대신 평화롭게 물품을 팔기 시작했고, 일부는 물고기를 잡는 어부가 되었다. 그리고 무모한 몇몇은 여전히 해적왕 졸리 로저가 그려진 깃발을 내세우며 민간인들과의 전쟁을 선포했다.

　그들은 전 세계에서 모인 해적들과 함께 바다를 누비고 다녔다. 때로는 외딴 섬으로 들어가 정비를 했고, 가끔은 항구에서 방탕한 생활을 즐겼다. 그들은 종종 재력을 과시해서 사람들에게 부러움을 사기도 했지만, 그들의 잔인한 행동은 언제나 사람들을 공포에 떨게 했다. 마다가스카르의 코로만델 해안과 아프리카 해역은 물론이고, 대서양 전역에서 해적들은 지속적인 위협을 가했다. 여름에는 뉴잉글랜드를 돌아다니며 사치품을 챙기고, 겨울에는 열대 섬으로 내려와서 약탈을 반복했다.

　강력한 규율을 만들고 따르며 해적을 존경할 만한 강인한 존재로 만들었던 기존의 해적들과 달리, 그들은 그 어떠한 규율도 가지고 있지 않았기 때문에 사람들에게 더욱 두려운 존재가 되었다. 그들은 내키는 대로 포로들을 다뤘다. 기분에 따라 관대하게 굴다가도 갑자기 잔인한 행동을 서슴지 않았고, 그들에게 배를 빼앗긴 선장은 길잡이 노릇을 하다가 짐과 함께 쫓겨나거나 자신의 배 갑판에서 시체로 발견되곤 했다. 그렇기 때문에 카리브해를 항해하는 사람들에게는 튼튼하고 힘 좋은 선원들이 필요했다.

그런 사람이 바로 '모닝 스타'호의 존 스카로우 선장이었다. 그가 바스테르 성채에서 100야드 거리에 있는 정박장을 향해 닻을 내렸을 때, 그는 그제야 비로소 안도의 한숨을 내쉴 수 있었다. 세인트키츠는 그의 최종 정박지였고, 다음 날 이른 아침에 그는 뱃머리를 올드 잉글랜드를 향해 돌려야 했다. 그는 강도가 들끓는 바다를 충분히 탐험해 보았지만, 여전히 보랏빛 열대 바다 위로 반짝이는 돛을 볼 때마다 긴장감을 감출 수 없었다. 그는 윈드워드 제도 이곳저곳을 탐방하며 해적들의 악행을 비난하고 분노를 퍼부었다.

해적들의 악행을 대표하는 '해피 딜리버리'호의 샤키 선장은 총을 들고 다니며, 사람들을 살해하는 악명 높은 선장이었다. 그의 잔인한 범죄와 무자비한 살인에 관련한 이야기들은 현재진행형이었다. 그 악명 높은 이름은 바하마에서부터 많은 사람들에게 죽음만큼이나 무서운 공포를 선사했다. 스카로우 선장 역시 값진 보물들로 꽉 채운 배를 타고 다니는 동안 그에 대한 긴장을 떨칠 수 없었다. 그래서 멀쩡한 상인들의 바닷길을 두고도 다른 길로 돌아갈 수밖에 없었다. 아무도 없는 고요한 바다에서조차 샤키 선장에 대한 긴장을 놓을 수는 없었다.

어느 날 아침, 모닝 스타호는 바다를 표류하고 있는 한 척의 배를 발견했다. 그 배의 유일한 탑승자는 이미 정신이 혼미해져 버린 선원이었다. 그는 구조를 요청하느라 목이 다 쉰 상태였고, 입가와 혀는 곰팡이가 핀 것처럼 검게 색이 바랬다. 선원들은 그에게 충분한 물을 제공하고 그를 돌보았다. 그러자 어느새 기력을 회복한 그는 그 배에서 가장 강하고 똑똑한 선원이 되었다. 그는 뉴잉글랜드의 마블헤드 지역 출신으로, 샤키 선장에 의해 좌초된 스쿠너선의 유일한 생존자 히람 에반슨이었다.

모닝 스타호에게 발견되기 전까지 그는 거대한 몸뚱이 하나에 의지하며 태양이 내리쬐는 바다 위에서 일주일간 표류했다. 뉴잉글랜드 출신의 덩치 크고 능력 좋은 선원을 얻게 된 것은 스카로우 선장에게 큰 이득이었다.

이제 바스테르*의 총구 아래 있으니, 해적으로부터의 위험은 사라진 것이 분명했다. 그러나 히람 에반슨은 부두에서 발사되는 총을 보며 여전히 샤키 선장에 대한 공포를 떨쳐내지 못하고 있었다. 그런 그를 보고 존 스카로우 선장이 일등 항해사에게 말했다.

"모건, 나와 내기를 하는 게 어떻소. 그 선원은 처음 입을 열자마자 샤키 선장에 대해서 최소 백 마디 이상 말할 거요."

"오 그러게요, 선장님. 제가 은화를 걸죠. 기회를 잡으세요."

---

* 옮긴이: 세인트키츠 네비스의 수도이자 가장 큰 도시.

옆에 앉아 있던 브리스톨 출신의 노인이 맞장구를 쳤다. 배를 나란히 정차시키자 어떤 한 요원이 사다리를 타고 성큼 배 위로 올라왔다.

"스카로우 선장님, 어서 오시지요!" 그가 큰소리로 외쳤다. "혹시 샤키 선장에 대해 아시나요?"

스카로우 선장은 요원을 보고 미소지었다.

"그가 이번에는 무슨 악행을 저질렀나요?"

"악행이라니요, 선장님. 아직 듣지 못하셨군요! 우린 그를 이곳 바스테르에서 구금하고 있습니다. 그는 지난 주 수요일에 재판을 받았죠. 내일 아침 교수형에 처해질 예정이고요."

스카로우 선장과 선원들은 기쁨의 환호성을 질렀다. 이 소식에 화장실에 있던 선원들마저 뛰어 올라왔다. 선원들은 규율을 잊은 듯했고, 그들 앞에 서 있던 뉴잉글랜드 선원은 밝은 얼굴로 하늘을 바라보았다.

모건이 말했다.

"스카로우 선장님, 지금껏 했던 내기 중 가장 즐거운 마음으로 돈을 낼 수 있겠군요. 그나저나 그 악당을 어떻게 잡았습니까?"

요원이 답했다.

"그 악당이 동료들도 감당할 수 없을 만큼 강해졌기 때문입니다. 그의 동료들이 그를 너무 두려워한 나머지 더 이상 그와 함께 배를 타고 갈 수 없었거든요. 그래서 그들은 그를 미스테리오사 항구 남쪽의 리틀 망글스섬에 조용히 유기했습니다. 그는 포르토벨로 출신의 무역업자에게 발견되었고, 그 무역업자가 샤키를 데리고 왔습니다. 그를 자메이카로 보내서 심문하려고도 했지만, 우리의 총독인 찰스 이완 경은 그 말을 절대 듣지 않았죠. '그는 내 먹잇감인 걸'이라고 말하며, '내가 요리할 거야'라고 했습니다. 내일 아침 10시까지 여기 정박한다면, 교수형도 볼 수 있을 겁니다."

"그럴 수 있다면 좋겠네요. 하지만 우리는 시간이 많이 없어요. 저녁 파도를 타고 다시 출항해야 합니다."

스카로우 선장이 말했다.

"아무래도 그러셔야 할 것 같습니다. 총독님이 당신과 함께 가실 거예요."

요원이 결정을 내리며 이야기했다.

"총독님이요?"

"네, 그는 정부로부터 지체 없이 돌아오기를 바란다는 명령을 받았습니다. 그가 타고 온 비행기가 버지니아로 돌아갔기 때문에, 총독님은 비가 오기 전에 당신과 돌아가려고 기다리고 계십니다."

선장은 약간 당황했다.

"저는 평범한 선장이고, 총독과 남작에 대해 잘 모릅니다. 그들과 대화를 나눈 기억이 전혀 없죠. 하지만 그것이 조지 왕을 섬기는 일이라면 저는 그를 위해 할 수 있는 일을 다 할 뿐입니다. 그가 쉴만한 선원실이 하나 있습니다. 요리는 주에 6일 정도 랍스터와 샐러드를 드셔야겠지만, 만약 그게 마음에 들지 않는다면 그의 개인 요리사를 데리고 가셔도 될 것 같습니다."

"걱정하실 필요 없습니다, 스카로우 선장님. 찰스 경은 최근 건강 상태가 악화되었습니다. 평소보다 컨디션이 많이 안 좋습니다.

그는 아마 여행 기간 동안 선원실에만 계실 것 같습니다. 라루스 박사가 말하길 그가 샤키의 교수형까지 보기에는 상당히 쇠약해진 상태라고 하더라고요. 그는 지금 정신이 멀쩡하긴 하지만, 그의 말주변이 다소 부족하더라도 비판하지 말길 바랍니다."

"그가 제 배 안에서 제 말을 거역하는 행동을 하지 않는 이상, 원하는 것을 마음대로 할 수 있습니다. 물론 그는 세인트키츠의 총독이지만, 저는 모닝 스타의 총독과 마찬가지이지요. 그가 조지 왕에게 충성하듯, 저도 제 고용주에게 충성합니다."

"찰스 경이 떠나기 전에 정리할 것이 많아서 오늘 밤에는 떠나지 못 할 것 같네요."

"그럼, 내일 아침 일찍 출발합시다."

"아주 좋습니다. 그의 짐들은 오늘 밤에 보내겠습니다. 그리고 그는 내일 아침 악당 샤키의 교수형이 있기 전에 합류할 것입니다. 명령이 즉시 처리되고 있으니, 바로 합류할 수 있을 것 같습니다. 라루스 씨도 가능하다면 여행에 합류하실 거예요."

선장과 항해사는 그들이 뜻밖에 맞이하게 된 고귀한 승객을 위해 최선의 준비를 했다. 가장 큰 선실은 그의 편안한 여정을 위해 꾸며졌고, 음식을 다양하게 준비하기 위해 과일통과 와인 상자를 급히 공수하라는 명령이 내려졌다. 저녁이 되자 총독의 짐이 도착하기 시작했다. 큰 철제로 묶인 트렁크와 공식 양철 포장 상자, 그리고 다른 이상한 모양의 포장 상자가 들어 있었다.

그는 듣던 대로 훌륭한 사람이었다. 총독은 갑판을 오를 때 사다리를 타느라 조금 힘겨워한 것 외에는 큰 문제가 없었다. 선장은 총독이 상당히 별난 사람이라는 이야기를 들은 것 외에는, 두꺼운 대나무 지팡이로 다리를 절며 호기심 많아 보이는 인물에 대해서는 아는 정보가 거의 없었다. 그는 푸들의 털처럼 작게 꼬인 가발을 쓰고 있었고, 이마는 너무 좁아서 큰 안경이 마치 매달려 있는 것처럼 보였다. 그는 높고 우렁찬 목소리로 선장을 불렀다.

"내 짐은 다 실었습니까?

그가 물었다.

"네, 찰스 경."

"배 안에 와인도 있습니까?"

"다섯 박스 정도 있습니다, 총독님."

"그리고 담배도 있나요?"

"트리니다드 산 담배가 있습니다."

"피켓 카드놀이도 할 줄 아십니까?"

"아마도 꽤 합니다."

"그렇다면 좋습니다. 바로 출발합시다!"

서풍이 선선하게 불어오기 시작했고, 아침 해가 서서히 떠올라 수평선 위로 넘어올 때쯤, 배가 출항했다. 노쇠한 총독은 선원의 부축을 받으며 절뚝거리면서 갑판을 걸어 다니고 있었다.

"선장님, 당신은 이제 정부와 관련한 업무를 하는 사람이 된 겁니다. 그들은 아마 제가 웨스트민스터에 도착하는 날까지 고대하며 기다리고 있을 거라고 다짐하죠. 짐은 모두 챙겼습니까?"

"하나도 빠짐없이요."

"잃어버리지 않도록 조심해 주세요."

"총독님과 동행하게 되어 영광입니다." 선장이 말했다.

"그나저나 눈이 정말 아파 보이십니다. 유감이에요."

"그러게 말입니다. 바스테르 거리의 저주받은 태양광과 흰 건물들 때문에 눈이 잔뜩 상했습니다."

"나흘마다 고열에 시달릴 정도로 아프셨다고 들었습니다."

"맞아요. 발작도 일으키고, 그 덕에 지금 이렇게 쇠약해졌지요."

"총독님을 담당할 의사도 선실 옆에 바로 한 자리 마련해 두도록 하겠습니다."

그 순간, 저 멀리 하늘에서 대포 소리가 들려왔다.

"섬에서 들린 소리에요!" 선장이 놀라서 외쳤다. "우리보고 다시 돌아오라는 소리일까요?"

총독이 웃으며 말했다.

"샤키 선장이 오늘 아침 교수형에 처해질 것이라는 소식을 들었겠지요. 나는 그 악당이 교수형에 처해질 때쯤에, 포탄을 쏘아 소식을 전하라고 부두에 이야기해뒀습니다. 그가 죽었다는 사실을 바다에서도 알 수 있도록요. 지금쯤 샤키는 죽었겠네요!"

"악당 샤키의 종말이라니!"

선장이 외쳤다. 선원들은 갑판 위로 모여, 섬 뒤로 사라져가는 수평선의 일출을 바라보며 눈물을 흘렸다.

그 장면은 그들의 서부 대양 횡단을 위한 하나의 응원처럼 느껴졌다. 곧 선원들이 총독에게 감사와 호감을 표했다. 그가 즉각적인 재판과 사형을 고집하지 않았다면, 악당 샤키가 탈출할 수도 있었다고 생각했기 때문이었다.

그날 저녁 식사에서 총독은 죽은 해적에 대한 이야기를 잔뜩 늘어 놓았다. 그는 다정했고, 아랫사람들에게 이야기하는 것을 좋아했기 때문에 선장과 동료, 선원들 모두에게 사랑받았다.

"부두에서의 샤키 선장은 어떤 사람이었습니까?"

선장이 물었다.

"그는 존재감이 상당한 사람이었죠."

총독이 말했다.

"저는 그가 못생긴 악마와 같은 얼굴을 하고 있다고 들었습니다."

선원이 거들었다.

"글쎄요, 그가 때로는 추해 보일 수도 있었다는 사실은 인정합니다."

총독이 말했다.

"뉴베드퍼드의 고래잡이가 말하길 그는 샤키 선장의 눈을 잊을 수가 없다고 하더군요." 스카로우 선장이 이야기했다. "그의 눈동자는 파랗고 그 테두리는 빨갛게 물들어 있다고 하더라고요. 총독님, 그렇지 않던가요?"

"흠, 글쎄요. 내 눈이 지금 남의 눈을 관찰할 수 있을 정도로 상태가 좋지는 않군요! 그러나 당신들이 묘사한 것처럼 다른 사람들도 그의 눈에 대해 이야기했던 것은 기억나네요. 그가 죽은 것은 그들에게 다행인 것 같습니다. 그는 상처를 입으면 그걸 잊지 않는 사람이라고 하더군요. 그가 살아 있었다면 우리 모두를 거꾸로 매달아 죽였을 겁니다."

총독은 샤키 선장을 생각하며 즐거워 하는 것처럼 보였다. 그
는 갑자기 웃음을 터뜨렸고, 옆의 두 선원은 어색한 미소만 지을
뿐이었다. 그들은 샤키가 서해를 항해한 마지막 해적이 아니며, 끔
찍한 운명이 그들 앞에 놓일 수도 있다는 사실을 떠올렸기 때문
이었다. 총독은 새로운 술 병을 따고는 즐거운 항해를 기원하기
위해서 한 잔 더 마시겠다며 건배사를 외쳤다.

선원들은 술을 마시다 비틀거리며 다시 자신의 자리로 돌아
갔다. 4시간 동안 항해한 후에 다시 선원실로 내려왔을 때, 선장
은 깜짝 놀라지 않을 수 없었다. 가발과 안경, 가운을 입은 총독
이 여전히 혼자 테이블에 앉아 냄새 나는 파이프와 검은 병 6개
를 옆에 두고 있었기 때문이었다.

모닝 스타호의 항해는 성공적이었고, 약 삼 주 만에 그들은 영
국 해협 입구에 도착했다. 병약했던 총독은 기력을 회복하기 시작
했고, 대서양을 반도 건너기 전에 그는 눈을 제외하고는 배 위의
누구와도 견줄 수 있을 만큼 힘을 회복했다. 와인의 자양강장 효
과를 믿는 사람들이 그를 그 효과의 증거로 제시할 수 있을 정도
였다. 그가 첫날부터 하루도 쉬지 않고 와인을 마셨기 때문이었다.

그는 매일 아침, 그것도 아주 이른 아침에 활기찬 모습으로 갑
판 위에 나타났다. 그는 힘없는 눈으로 주위를 둘러보며, 돛과 돛
대에 대한 질문을 하고 선원들과 섞이기 위해 노력했다. 그는 표류
하던 뉴잉글랜드 출신 선원의 안내를 받으며 잘 보이지 않는 눈

으로 갑판 위를 돌아다녔고, 카드놀이를 즐겼다.

이 에반슨이라는 선원이 총독을 위해서 봉사하는 것은 당연한 일처럼 여겨졌다. 에반슨은 샤키 선장에게 당한 희생자였고, 총독은 그 해적의 목숨을 앗아가는 복수를 해줬기 때문이었다. 눈이 잘 보이지 않는 총독에게 팔을 빌려주는 것은 에반슨에게 기쁨이었고, 그는 밤마다 선실 뒤의 의자에서 총독을 경호하다가, 함께 카드놀이를 하곤 했다.

선원들은 얼마 지나지 않아 총독의 성미가 그들이 들은 것보다 훨씬 더 사납다는 것을 깨달았다. 반대 의견 한 마디에도 그의 턱은 분노로 튀어나오고, 코를 치켜든 채 대나무 지팡이를 휘두를 준비를 하곤 했다.

선박 위에서 목수와 언쟁이 벌어졌을 때도 그는 목수의 머리 위에 놓인 장식물을 부수고 말았다. 혼자서 총독의 분노를 감당하는 것은 힘든 일이었으므로 그를 말릴 때는 늘 여러 명의 선원이 동원되었다.

스카로우 선장은 세인트키츠에서는 총독에게 책임을 묻는 사람이 없었을지 몰라도, 배 위에서는 폭행이나 살인으로 처벌받을 수 있다는 사실을 지속적으로 그에게 상기시켜야 했다. 그러면 그는 공식적으로, 자신은 하노버 왕조의 지지자이고, 술에 취했을 때도 사람을 단 한명도 죽인 적이 없다고 맹세했다. 그는 폭력적이고 종종 허세를 부리곤 했지만 꽤나 훌륭한 사람이었고, 스카로우와 선원들 모두 그와의 여행이 상당히 즐겁게 흘러가고 있다는 사실을 부정할 수는 없었다.

마침내 다가온 항해의 마지막 날, 그들은 섬을 지나서 비치 헤드 만의 흰 절벽 앞에 배를 세웠다. 저녁이 되자 배는 윈첼시 앞의 고요한 바다에 조용히 떠 있었다. 다음 날 아침에는 조타수를 태우러 가야 했고, 총독은 저녁 전에 웨스트민스터에 가서 왕과 장교들을 만나기로 되어 있었다.

선원들은 마지막 밤을 카드놀이로 장식하기 위해서 모였고, 여기에는 총독도 껴 있었다. 선원들은 승객에게 잃은 돈을 만회하기 위해서 기회를 노리고 있었다. 게임이 무르익을 때쯤, 총독은 카드를 책상 위로 집어던졌다. 그리고 실크 코트의 허리 주머니 안으로 돈을 쓸어 담기 시작했다.

"게임의 승자는 나라네!"

총독이 말했다.

"찰스 경, 너무 이릅니다!"

스카로우 선장이 말했다.

"아직 손에 있는 패가 다 끝나지 않았어요, 그러니까 우리는 아직 패자가 아니랍니다."

"누굴 속이려고 하는가! 내가 말했지, 지금 게임이 끝났고, 너희는 패자가 되었다고 말이야."

그가 외치며 자리에서 일어나 안경과 가발을 벗었다. 그러자 그 아래에 벗겨진 이마와 불테리어를 닮은 파란 눈동자가 드러났다.

"신이시여!"

선원이 말했다.

"샤키 선장이에요!"

두 명의 선원이 자리에서 벌떡 일어났지만, 이미 덩치 큰 에반 슨이 선실 문에 기대고 서서 두 손에 권총을 들고 기다리고 있었 다. 샤키 역시 앞의 흩어진 카드 위에 권총을 얹어 놓고 있었다. 그는 찢어지는 목소리로 웃음을 터트렸다.

"나는 샤키 선장이고, 이쪽은 네드 갤러웨이, 해피 딜리버리 호의 부선장이다."

그가 에반슨을 가리키며 말했다.

"우리는 그들이 우리를 토르투가 만 위에 유기한 상황을 연출 했지. 그리고 마음씨 따뜻한 멍청한 너희가 우리의 총구 앞으로 걸어 들어온 거야!"

"이 자식들, 그래 어디 쏴봐!"

스카로우 선장이 소리 지르며 그의 가슴을 총구 앞으로 가져 갔다.

"이게 내 마지막 숨결이라면, 샤키. 나는 평생 너를 저주하고, 너 같은 피비린내 나는 악당의 결말에는 갈고리와 지옥불만이 있 다고 말해줄 테다!"

"영혼이 건강한 사나이군! 당신은 아름답게, 영광스럽게 죽을 거야!" 샤키 선장이 말했다. "조종실에 있던 남자를 구해줄 사람 은 아무도 없었으니, 당신도 곧 숨을 참아야 할 듯하군. 네드?"

"예, 예, 선장님!"

"다른 배들은 다 처리했나?"

"세 군데에 나눠서 정박해 뒀다고 하네요."

"그럼 스카로우 선장, 우린 이제 떠날 시간이 된 것 같군. 당신은 아직도 당신에게 벌어진 일들에 대해 감을 못 잡은 것 같지만. 나에게 물어볼 게 있나?"

"난 당신이 정말 악마라고 생각하네!" 스카로우 선장이 외쳤다. "세인트키츠 총독은 어디에 있나?"

"내가 그를 마지막으로 봤을 때, 그는 침대에 목이 베인 채로 누워 있었지. 마침 내가 탈옥했을 때, 그가 처음 보는 선장과 함께 유럽을 건너갈 것이라는 이야기를 들었어. (샤키 선장을 사랑하는 사람은 어느 항구에나 있으니까!) 나는 베란다를 통해 그의 방으로 들어가 그에게 진 약간의 빚을 갚았지. 그리고 필요한 물건들을 잔뜩 챙겼어. 물론 너희들의 눈을 속이기 위한 안경과 신발 한 켤레도 말이지. 그리고 배에 타서 총독인 척 행세를 한 거지. 자 네드, 이제 너 하고 싶은 대로 해."

"도와주세요! 도와주세요! 거기 아무도 없어요?"

선원이 소리를 지르자 해적이 권총으로 그의 머리를 내리쳤고, 그는 기절한 황소처럼 머리를 떨궜다.

스카로우 선장은 문을 향해 돌진했지만, 네드가 그의 입을 손으로 막고 팔을 휘감았다.

"소용없어, 스카로우 선장." 샤키가 말했다. "차라리 무릎을 꿇고 당신의 목숨을 구걸하는 게 나을걸."

"두고 보자!"

스카로우 선장이 울부짖었다.

"그의 팔을 비틀어, 네드. 네가 할래?"

"아니요. 선장님이 하라는 대로 하겠습니다."

"칼로 그를 한 뼘 정도 찌르자."

"6인치 정도 찌르면 될까요?"

"그것도 괜찮을 것 같긴 한데, 나는 그의 영혼이 좋아! 네드, 칼을 다시 주머니에 넣어. 스카로우 선장, 당신은 어쨌든 목숨을 구했어. 당신은 평범하게 죽을 사람은 아닌 것 같네. 어쨌든 당신은 살아서 내가 베푼 자비에 대해 이야기할 수 있겠군. 그를 묶어, 네드."

"난로 안으로 던져 넣을까요, 선장님?"

"하하! 난로 안에는 불이 있잖아. 네드 갤러웨이, 그의 목숨값을 결정하는 건 나야. 잔인한 고문을 할 생각은 없단 말이지. 그를 테이블 위에 단단히 묶어둬."

"아, 저는 당신이 그를 불태우고 싶어 하는 줄 알았어요!" 네드가 이야기했다. "정말 그를 죽이지 않을 생각이에요?"

"만약 너와 내가 바하마 만에 갇혀 있다고 할지라도, 명령을 할 수 있는 건 나뿐이야 네드. 감히 네가 내 명령을 거역하겠다는 건가?"

"아뇨, 아뇨, 샤키 선장님, 그럴 리가요!"

네드가 대답했다. 그리고 스카로우 선장을 어린애처럼 들어 올려, 식탁에 눕혔다. 그는 재빠른 손기술로, 그의 벌어진 손과 발을 밧줄로 묶고 총독의 턱을 장식하던 긴 넥타이로 재갈을 단단히 물렸다.

"이제 떠날 시간이 되었군." 해적 샤키가 말했다. "나에게 6명의 건장한 선원들이 있었다면, 나는 당신의 배를 통째로 들고 갔을 거야. 하지만 네드는 쥐새끼 같은 앞잡이를 이 배에서 찾는 데 실패했어. 작은 배들이 몇 척 있던데, 한 척만 쓰도록 하지."

스카로우 선장은 그들이 선실을 떠나며 자물쇠를 잠그는 소리를 들었다. 그리고 그들이 갑판을 지나는 소리를 들었다. 몸부림치던 그는 보트가 물 위로 떨어지는 소리를 들을 수 있었다. 갑판이 삐걱거리는 소리를 들으며, 그는 밧줄을 찢고 잡아당겼다. 마침내 손목과 발목의 밧줄을 풀어내고 테이블에서 내려왔다. 죽은 동료의 시체를 뛰어넘어 그는 모자도 쓰지 않은 채 갑판 위로 달려갔다.

"아호이, 피터슨, 알미티지, 윌슨!" 그는 소리를 질렀다. "도끼와 권총을 가져와! 롱보트를 준비해! 저기, 말뚝에 묶여 있는 작은 보트에 해적 샤키가 있다. 좌현 구성원을 소집하고, 모두 보트로 투입하라. 출항해!"

그러나 롱보트가 순식간에 물속으로 빨려 들어갔다. 일부 선원들은 작은 배로 뛰어들어서 살아남기 위해 몸부림치고 있었다.

"배가 산산조각이 났어요!" 그들이 외쳤다. "체에서 물 빠지듯 물이 새어 들어오고 있습니다."

선장은 나지막이 욕설을 내뱉었다. 그 해적들은 모든 부분에서 자신들보다 앞서 있었다. 구름 한 점 없는 하늘은 선장의 속도 모르고 밝았다. 돛이 밝은 달빛 아래에서 펄럭였다. 저 멀리 고기잡이 어선이 옹기종기 모여 있었다.

작은 배가 그들에게 둥실거리며 가까워질 때, 무언가 이상한 낌새가 느껴졌다.

"그들은 죽었다!" 선장이 소리쳤다. "제군들, 위험을 알리기 위해 모두 함께 외쳐라!"

하지만 이미 너무 늦었다.

선원들이 탄 작은 배는 순식간에 어선의 그물 속으로 빨려 들어갔다. 두 발의 빠른 총성 소리, 그리고 비명 소리, 그리고 다시 총소리가 반복해서 들린 뒤에 정적이 몰려왔다. 몰려 있던 어부들은 사라졌다. 그리고 갑자기, 서식스 해안에서 불어오는 바람 덕에 스카로우 선장이 탄 배의 돛이 활짝 펴졌다. 배는 다시 앞머리를 대서양으로 돌렸다. 여정이 다시 시작되고 있었다.

EPISODE VIII

THE DEALINGS OF CAPTAIN SHARKEY WITH STEPHEN CRADDOCK

샤키 선장과 스티븐 크래독의 거래

늙은 해적에게 '조심하기'는 매우 필요한 전략 중 하나였다. 그
는 신속한 속도로 배를 정비하고, 전쟁터에서 탈출했다. 그러나 그
가 주기적으로—적어도 일 년에 한 번씩은—배의 바닥에 달라붙
은 긴 해초들과 따개비들을 제거하지 않으면 그의 항해 실력을 유
지하는 것은 힘들었다.

　이를 위해 그는 그의 배를 가볍게 하고, 낮은 수심에 뱃머리를
밀어 넣어 배를 건조시키고, 돛대를 단단히 묶어 두고는 뱃머리에
서부터 방향타 부분까지 깨끗이 닦아 내곤 했다. 이 과정을 위해
서 묶여 있는 배는 보통 몇 주 동안 무방비하게 놓여 있었다. 하지
만 그 어떤 빈 선체보다도 무거운 배였고, 배가 건조되는 동안 배
를 묶어 둘 장소는 철저하게 비밀리에 선정되었기 때문에 위험할
만한 일은 없었다.

　선장들은 배가 절대적으로 안전하다고 느꼈기 때문에 경비 인
력들에게 배를 맡기고는, 보트를 타고 스포츠를 즐기거나 외곽 도
시를 방문해서 거만하고 남자다운 모습을 자랑하며 돌아다니곤
했다. 그들은 광장에서 와인을 마시고, 여자들에게 작업을 걸었
고, 자신과 어울리지 않으려고 하는 사람들에게는 총구를 겨누며
무법자처럼 굴기도 했다.

찰스턴 같은 큰 도시에서도 이런 모습은 예외가 아니었다. 그들은 총기를 들고 거리를 돌아다니곤 했는데 이는 법을 준수하는 도시 전체에 큰 소란을 일으켰다. 이런 행동에 늘 면죄부가 주어지는 건 아니었다. 그들 중 하나가 메이너드 중위를 자극했고, 그 중위가 블랙비어드의 머리를 베어 그것을 배의 선미 끝에 꿰어 넣은 사건이 벌어지기도 했다. 하지만 이것은 예외의 경우였고, 보통의 해적은 시끄럽고 위협적으로 돌아다녀도 그 어떤 방해나 훼방을 받지 않은 채로 유흥을 즐기곤 했다.

그러나 이들과 다르게 문명에 한 발짝도 다가서지 않은 해적이 한 명 있었는데, 그 사람이 바로 '해피 딜리버리'호의 선장인 해적 샤키였다. 자신의 등장이 모두를 두렵게 하며 분노를 자극한다는 것을 알았기 때문인지는 확실치 않지만, 그는 단 한 번도 근처 도시에 모습을 드러낸 적이 없었다.

배가 정착하면 그는 부선장인 네드 갤러웨이에게 배를 맡긴 채 긴 여행을 떠났는데, 그의 보물을 비밀 장소에 묻거나 때로는 그의 다음 항해의 양식이 되어줄 거대한 소를 사냥하기 위해서였다고 한다. 후자의 경우, 선박은 그가 사냥한 것을 챙기고 그를 태우기 위해서 미리 정해진 장소로 이동했다.

사람들은 그가 이러한 여정에 나서는 동안 이 악명 높은 샤키 선장을 붙잡을 절호의 기회라는 생각을 버리지 못했고, 마침내 킹스턴에게 그를 공격할 수 있을만한 소식이 도착했다.

그 소식을 전한 것은 해적에게 잡혔다가 돌아온 벌목꾼 노인이었다. 그는 술주정뱅이 해적 선원의 선의로 코에 상처가 난 것

외에는 무사히 탈출할 수 있었다. 그가 겪은 이야기는 일어난 지 얼마 되지 않은 일이었으며, 심지어 명확한 사실이었다. 해피 딜리 버리호는 서인도 제도의 남서쪽인 토르벡에서 수리 중이었고, 샤 키 선장은 네 명의 선원과 함께 '라 바쉬'라는 섬에 정박해 있었 다. 샤키에게 동료를 잃은 수많은 선원들이 복수심을 불태우고 있 었고, 마침내 헛되지 않은 복수의 순간이 다가올 것처럼 보였다.

콧대 높고 붉은 얼굴을 가진 에드워드 컴프턴 총독은 지휘관, 의회장과 함께 앉아 어떻게 기회를 이용해야 할지에 대한 회의를 시작했다. 제임스타운보다 가까운 전함은 없었지만, 이 배는 낡은 평저선(운하에서 쓰는 바닥이 판판한 배)이었기 때문에 바다에서 해 적을 추적할 만한 배가 아니었고, 동시에 얕은 만에 접근하는 것 도 힘들었다. 킹스턴과 포트 로얄에 요새와 대포가 있긴 했지만, 원정을 떠날 병사는 없었다.

물론 샤키에게 당한 전적이 많아 복수를 기대하고 있는 민간 인들도 있었지만, 그들이 무엇을 할 수 있을까? 해적들은 수가 많 고, 상황은 절망적이었다. 샤키와 그의 동료들을 포획하는 것이 가장 좋은 방법이었지만, 라 바쉬처럼 나무가 우거진 숲 안에 있 는 그들에게 접근할 수 있는 방법이 없었다. 결국 그들은 해결책 을 찾는 사람에게 현상금을 주기로 했고, 이를 실행할 독특한 계 획을 가지고 있는 한 남자가 나섰다.

스티븐 크래독은 권위 있는 인물로, 그는 잘못을 저지른 청교 도였다. 세일럼 가문이라는 명문가 출신의 그가 행하는 부도덕한 행동들은, 오히려 가문의 엄격한 종교 활동에서 갈라져 나온 돌

연변이처럼 느껴졌다. 그는 선조로부터 물려받은 건강한 신체와 에너지를 악행에 쓰고 있었다.

그는 기발한 상상력을 가진 사람임과 동시에, 마음먹은 행동을 끝까지 이루어내는 집요함 때문에 이미 미국 해안에 이름을 널리 알린 인물이었다. 버지니아에서 세미놀 족장을 살해한 혐의로 목숨을 위협받은 적도 있었지만, 탈출에 성공했다. 물론 그가 판사에게 뇌물을 주고 증인을 부정한 방식으로 매수했다는 사실도 유명했다.

이후에 베닌 만에서는 노예로, 심지어 해적 활동도 했던 그의 이름은 점차 악명이 높아졌다. 상당한 부를 축적한 그는 다시 자메이카로 돌아와 정착했다. 이는 초췌하고 위험한 그 남자가 샤키 선장을 잡을 계획을 세워 총독을 찾아가기까지의 과정을 압축한 이야기다.

에드워드 총독은 큰 기대 없이 그를 맞이했다. 그가 가지고 있는 변화와 개혁에 대한 아이디어에도 불구하고, 총독은 언제나 크래독을 양떼 전체에 영향을 미칠 수 있는 감염된 양 정도로 여겨 왔기 때문이다. 크래독은 형식적이고 절제된 예의를 갖춘 총독의 낯빛 속에서 그의 불신을 보았다.

"총독님, 저를 그렇게 두려워할 필요는 없습니다." 그가 말했다. "저는 여러분이 알던 그때의 저와는 완전히 다른 사람입니다. 최근에 다시 빛을 보게 되었죠. 아주 오랜 시간 동안 보지 못하고 살아왔던 빛을 말이죠. 우리 집안 교회에 있는 존 사이언스 목사님의 안내 덕분에요. 총독님, 만약 당신들의 영혼에도 빛이 비추기를 원한다면 그의 설교를 들어보시죠."

총독은 코를 찡긋하며 그에게 말했다.

"샤키에 대해서 이야기하러 온 거 아닌가, 크래독 경."

그러자 그가 말했다.

"샤키라는 사람은 진노의 그릇입니다. 그의 악한 뿌리는 너무 오랫동안 자라왔습니다. 제가 그를 처단하고 완전히 단죄할 수 있다면 그것은 저에게 지난 과오를 속죄할 수 있는 좋은 기회가 되겠죠. 저는 그를 파멸로 몰아갈 수 있는 좋은 계획을 준비했습니다."

총독은 주근깨 있는 남자의 얼굴에 진지하고 현실적인 분위기가 감도는 것을 보고 관심을 보였다. 결국 그는 선원이자 전투병이었기 때문에 만약 그가 지난 과거를 속죄하기 위해 이번 임무에 참여한다면, 이 일에는 이만한 적임자가 없을 것이었다.

"크래독 경, 이건 분명 위험한 임무가 될 겁니다."

총독이 말했다.

"제가 임무 도중에 죽게 된다고 해도, 그건 제가 속죄할 제 삶의 많은 나쁜 일들을 지워 주는 계기가 되겠지요."

총독은 그의 말에 딱히 반론할 거리를 찾지 못했다.

"그래, 그럼 당신의 계획은 무엇인가?"

총독이 물었다.

"샤키 선장의 배인 해피 딜리버리가 킹스턴 항구에서 왔다는 사실을 알고 계십니까?"

"그 배는 코드링턴 경의 소유였지 않나. 샤키가 그 배가 더 빠르다는 이유로 빼앗았다는 사실만 알고 있네."

"맞습니다. 하지만 코드링턴 경에게 '화이트 로즈'라는 쌍둥이 배가 있다는 사실은 알고 계셨나요? 그 배는 가운데 있는 흰색 줄만 빼면 구별하기가 힘들 정도로 해피 딜리버리와 비슷합니다. 지금 그 배가 항구에 정박되어 있습니다."

"그런데 그것이 어쨌다는 건가?"

총독이 이 아이디어를 전혀 이해하지 못한다는 듯이 물었다.

"코드링턴 경의 도움을 받아서 샤키를 우리 손에 넘겨받는 겁니다."

"어떻게 말인가?"

"저는 화이트 로즈호의 흰 줄무늬를 없앨 겁니다. 해피 딜리버리호와 완전히 똑같아지도록 말입니다. 그리고 저는 그들이 야생소를 사냥하고 있다고 하는 라 바쉬 섬으로 향할 것입니다. 그가 제가 몰고 간 배를 본다면 분명 그의 일행이 기다리고 있는 선박으로 착각해 파멸의 길로 스스로 걸어올 것입니다."

그것은 간단한 계획처럼 보였지만, 총독에게 이보다 효과적인 계획은 없어 보였다. 그는 주저하지 않고 크래독에게 이를 실행할 권한을 주었고, 이 목표를 달성하기 위해서라면 어떤 조치든 취할 수 있도록 허락했다.

에드워드 총독은 그리 낙관적이지 않았다. 지금까지 샤키 선장을 잡기 위해 수많은 시도를 했지만, 그 결과는 그의 잔혹함과 교활함을 알리는 것 이상이 되지 못했기 때문이다. 하지만 이 청교도는 샤키와 비슷하게 악명이 높기도 했고, 동시에 교활하고 무자비하기까지 했다.

샤키 선장과 크래독 간의 머리싸움은 총독의 감각을 자극했다. 총독은 내심 크래독이 불리한 상황이라고 확신하고 있었지만 그 사람을 지지하려고 노력했다. 일단 무엇보다 급했고, 해적들이 언제 정비를 마치고 다시 바다로 나올지 모르는 상황이었다. 할 일은 적었고, 참여하고 싶은 사람은 많았기 때문에 계획을 세우고 바로 다음 날에 곧바로 화이트 로즈호가 바다로 출항할 수 있었다.

항구에 있는 선원들 중에는 샤키 선장의 배를 알고 있는 선원들이 많았고 그들은 그 가짜 배에서 그 어떠한 미세한 차이도 알아차릴 수 없었다. 화이트 로즈호의 흰 선은 지워져 있었고, 연기를 피워 비바람을 맞은 낡은 배의 모습을 연출했으며 큰 다이아몬드 모양의 패치를 돛에 그렸다. 그 배의 선원들은 거의 자원자였는데, 대부분은 이미 크래독 경과 항해를 해 본 사람들이었다. 한때 노예였던 노인인 조슈아 허드 역시 선장의 소식을 듣고 합류했다.

카리브해를 지나던 선박들은 그 표시가 그려진 돛대를 보자마자 겁먹은 송어처럼 배를 피해 다녔다. 넷째 날 저녁, 그들은 목표에서 동북쪽으로 5마일 정도 떨어진 곳에 다다랐다.

5일째가 되던 날, 그들은 토토이스 만의 섬인 라 바쉬에 닻을 내렸다. 그곳은 샤키와 4명의 선원이 사냥을 위해 정착하는 곳으로, 야자수와 언더우드가 해안을 따라 은빛 모래밭으로 이어지는 아름다운 섬이었다. 그들은 검은 깃발과 붉은 현수막을 게양하고 기다렸지만, 해안에서는 어떠한 반응도 나타나지 않았다.

크래독 경은 눈을 감고 기다리며, 샤키가 자신이 앉아 있는 보트 위에 등장하는 장면을 기대했다. 하지만 며칠 밤이 지났는데도 사람이 있다는 흔적조차 보이지 않았다. 그들이 이미 사라진 것처럼 보였다.

이튿날 아침, 크래독 경은 샤키 선장 일당의 흔적을 발견하기 위해서 육지로 나갔다. 그가 발견한 것은 그를 매우 안심시켰다. 해안 근처에는 육류를 보존하는 데 사용하는 녹색 목재의 흔적과 소고기 조각을 걸어 놓은 거대한 창고가 있었다. 해적선은 그 어떤 식량도 아직 챙기지 못했고, 사냥꾼들은 여전히 섬에 남아 있다는 뜻이었다.

그들은 왜 나타나지 않는 거지? 자신의 선박이 아니라는 사실을 알아챈 건가? 아니면 섬의 안쪽에서 사냥하느라 아직 선박을 발견하지 못한 건가? 크래독 경이 여러 가지 가설 사이에서 망설이는 동안, 카리브해 인디언이 정보를 가지고 나타났다.

그는 해적들이 아직 섬에 있으며, 야영지는 해변에서 하루 정도 걸어가면 있는 거리에 있다고 이야기했다. 샤키 선장 일당이 아내를 납치했다고 말하는 그의 갈색 등에는 여전히 그들이 채찍질한 흔적이 붉게 남아 있었다.

크래독 경은 이보다 더 좋은 방법은 없다고 생각했고, 다음 날 이른 아침 소수의 무장한 선원들과 함께 카리브인의 안내를 받아 섬의 황량한 중심지로 향했다. 그들은 하루 종일 덤불을 헤치고, 바위를 기어오르며 섬의 심장부로 다가갔다. 여기저기에서 소의 뼈나 습지의 발자국을 발견했고, 저녁 무렵에는 멀리서 총소리가 들리는 것 같기도 했다.

그날 밤 그들은 나무 아래에서 시간을 보내고, 이른 새벽에 다시 길을 떠났다. 정오쯤 그들은 카리브인이 사냥꾼들의 야영지라고 말한 나무껍질의 오두막에 도착했지만, 그곳은 조용하고 적막했다. 사냥꾼들이 사냥을 나가 저녁에 돌아올 것이 분명해 보였으므로 크래독과 그의 사람들은 주변 덤불에 매복했다.

그러나 아무도 오지 않았고, 또 하루를 숲에서 보냈다. 더 이상 할 수 있는 일이 없었고, 더 이상 배를 비울 수도 없어 그들은 2일 만에 다시 배로 돌아가게 되었다.

어느새 섬도 익숙해져 돌아오는 길은 덜 힘들었다. 저녁 전에 그들은 자신들이 떠났던 곳에서 닻을 내린 선박을 보았다. 그들은 보트를 띄우고 선박으로 다가갔다.

"운이 없었군!"

항해사 조슈아 허드가 창백한 얼굴로 아래를 내려다보며 외쳤다.

"그들의 캠프는 비어 있었어. 하지만 그들이 곧 내려올지도 모르네."

크래독 경이 사다리에 손을 올리면서 말했다. 선박 위에 올라가 있는 몇몇 선원은 웃기 시작했다.

"제 생각에는요." 허드 항해사가 말했다. "다른 선원들은 그 보트에 그대로 있는 게 나을 거 같아요."

"왜 그러지?"

"선박 위로 올라와보시면 이해하시게 될 겁니다."

그가 의미심장하게 주저하며 말했다. 크래독 경의 얼굴이 붉어졌다.

"이게 지금 뭐 하는 거지, 허드 경?" 그가 외쳤다. "나의 승무원들에게 왜 그런 소리를 하는 건가?"

그가 한 다리를 갑판에, 무릎은 난간에 올렸을 때 처음 보는 수염을 기른 남자가 갑자기 그의 권총을 움켜쥐었다. 크래독은 그 사나이의 손목을 붙잡았지만 그와 동시에 그의 동료가 크래독의 옆주머니에서 단검을 낚아챘다.

"이게 무슨 비열한 짓이냐!"

크래독 경이 분노해 주위를 둘러보며 외쳤다. 그러나 선원들은 갑판 주위에 둥글게 서서 웃고 속삭이면서도 그를 도와주려는 기색은 전혀 보이지 않았다. 그제야 크래독 경은 배 위의 사람들이 선원이라기보다는 유행을 따르는 이상한 옷차림을 하고 있다는 사실을 알아챘다.

그들의 기괴한 모습을 바라보면서 크래독 경은 이게 현실인지 확인하고자 이마를 주먹으로 내리쳤다.

갑판은 그가 떠나기 전보다 훨씬 더러워 보였고, 사방에서 검게 그을린 낯선 얼굴들이 그를 노려보고 있었다. 그가 알고 있는 얼굴은 항해사 조슈아 허드 경 하나였다. 그가 없는 동안 배가 붙잡혀 포로가 된 건가? 나를 둘러싸고 있는 사람들이 샤키의 사람들일까? 그는 그런 생각이 들자 빠르게 일어나 보트로 돌아가려 했지만, 순식간에 수십 명의 손이 그를 붙잡았고, 그는 열린 선실 안으로 던져졌다.

그곳은 그가 있던 선실과는 달랐다. 바닥, 천장, 가구 등 모든 게 달랐다. 그의 선실은 평범하고 소박했지만, 이 선실은 호화롭지만 더러웠다. 와인 자국이 묻은 희귀한 벨벳 재질의 커튼이 걸려 있었고, 총알 자국이 난 비싼 나무 목재로 판넬을 덧대고 있었다. 탁자 위에는 카리브해의 거대한 지도가 있었고 그 옆에는 나침반을 손에 들고 있는, 창백한 얼굴의 남자가 있었다.

그의 길고, 얇고, 높은 콧대와 동시에 붉은 테두리가 둘러진 눈을 보자마자 크래독 경의 얼굴이 하얗게 질렸다.

"샤키?"

크래독 경이 외쳤다.

샤키의 얇은 입술이 벌어지고 높은 웃음소리가 울려 퍼졌다.

"이 멍청한 놈!"

그가 외쳤다. 그리고 나침반으로 크래독 경의 어깨를 찌르며 이야기했다.

"이 불쌍하고 눈치 없는 멍청아, 감히 나에게 맞설 수 있을 것이라고 생각했나?"

부상의 고통보다도, 악당 샤키의 멸시하는 목소리가 크래독 경의 정신을 혼미하게 만들었다. 그는 샤키에게 고함을 치며 달려들었다. 그가 발버둥치고 몸부림치며 침을 흘리며 소리를 지르는 바람에 탁자가 산산조각 났고, 여섯 명의 남자가 그를 강제로 끌어내렸다. 샤키는 여전히 경멸의 시선으로 그를 바라봤고, 바깥에서는 나무 부러지는 소리와 놀란 목소리가 들렸다.

"크래독 경, 이제 당신이 어디 있는지 알겠지. 이곳은 내 배인 해피 딜리버리호고, 당신은 내 손 안에 있지. 사실 당신이 이 무식한 작전을 시행하기 전까지만 해도 난 당신이 꽤 거칠고 유명한 사람이라는 이야기를 들은 적이 있어. 솔직히 당신의 손과 내 손은 비슷하게 더럽다고 생각해. 네 항해사가 한 것처럼 계약서에 서명하고 우리와 함께 하겠나, 아니면 네 선원들 뒤를 따라갈 건가?"

"내 배는 어디 있나?"

"배가 서 있던 곳에 그대로 있지. 그곳에 가라앉았어."

"선원들은?"

"그곳에 그대로 있지." 샤키 선장이 명령했다. "그냥 그를 묶어서 던져."

여러 명의 손이 달려들어서 크래독을 갑판 위로 끌고 나갔고, 부선장인 갤러웨이가 크래독을 베려고 칼을 뽑을 때, 샤키가 마음을 바꾼 듯 급하게 선실에서 뛰어나왔다.

"어딘가에 이놈을 써먹을 일이 있을 거야!" 그가 소리쳤다. "내 계획이 특별하지 않다면 나를 베어도 좋다! 그를 쇠사슬에 묶어서 기관실에 넣어 두고, 갤러웨이, 여기 와서 내 계획을 들어봐!"

그렇게 크래독 경은 영혼과 몸에 상처만 남은 채로 선실 안으로 던져졌다. 손과 발은 움직이지 못하도록 족쇄에 묶여 있었지만, 그의 암울한 영혼은 자신의 죄를 속죄할 수 있는 결말을 만들 수 있기를 열망했다. 그는 밤새도록 선박이 파도를 타는 소리를 들으며 배에 앉아 있었다. 이튿날, 어둠 속의 기관실 문을 열고 누군가 자세를 낮추고 나타났다.

"여기, 럼과 비스킷이에요." 그의 예전 동료의 목소리가 들렸다. "크래독 경, 당신에게 주려고 내 목숨을 걸고 왔다고요."

"네가 나를 함정에 빠트린 거지!" 크래독이 외쳤다. "네가 한 일은 어떻게 설명할 테야?"

"칼을 들고 나를 위협하는데, 제가 뭘 어쩌겠어요. 모두 어쩔 수 없이 한 거예요."

"하나님이 널 용서하길. 조슈아 허드, 어떻게 그들 손에 잡히게 된 건가?"

"음, 크래독 선장님. 해적선은 바로 당신이 우리를 떠난 그날 돌아왔어요. 우리는 당신도 없고 인원도 부족해 그들에게 제대로 맞설 수 없었죠. 그들에게는 행운이 따른 거죠. 몇몇은 죽이고, 나는 목숨을 대가로 그들과 계약했어요."

"그들이 내 선박을 침몰시켰다고?"

"침몰시켰죠. 그리고 샤키와 사람들이 선박으로 나왔어요. 그의 배는 사실 고장 나서 수리하기 위해서 정박해 있던 거였는데, 멀쩡한 우리 배를 보고 의심하지 않을 수 없었겠죠. 그래서 그는 당신이 설치한 것과 똑같은 덫을 놓기로 한 거예요."

"이런, 그 복구된 부분을 놓친 거군. 그럼 우리는 지금 어디로 가는 건가?"

"아마 북서쪽으로 갈걸요."

"그렇다면 자메이카 쪽으로 돌아가겠군."

"8마일의 바람과 함께요."

"그들이 나에게 뭘 하려는 건지 들었나?"

"아뇨, 아무것도 모르죠. 당신이 계약서에 서명하면 좋을 텐데."

"조슈아 허드! 난 이걸로 충분해. 나는 내 영혼을 너무 자주 더럽혔어."

"원하는 대로 하시죠! 제가 할 수 있는 건 다 했으니, 행운을 빌어요!"

그날 밤과 다음 날 내내, 해피 딜리버리호는 바다를 달렸다. 스티븐 크래독 경은 어둠 속에서 인내심 있게 손목의 족쇄를 풀고 있었다. 피부가 까지고 피를 흘리며 한 줄을 풀었지만, 다음 줄은 좀처럼 풀리지 않았고 발목의 족쇄도 단단했다.

그는 시시각각 출렁이는 물결 소리를 들으며 배가 바람을 따라 항해하고 있다는 사실을 느꼈다. 그렇다면 지금쯤 자메이카로 거의 돌아왔다는 뜻이었다.

샤키가 어떤 계획을 품고, 그를 어디에 이용하려는 것인지 고민했지만 답은 쉽게 떠오르지 않았다. 다만 그는 이를 악물고 누군가에 의해 다시 악당이 되는 것만은 절대 하지 않겠다고 다짐했다.

둘째 날 아침, 크래독은 돛이 줄어들고, 뱃머리에 가벼운 바람이 불면서 배가 천천히 기울고 있다는 것을 느꼈다. 그의 숙련된 감각에 따르면, 돛의 기울기 변화와 갑판에서 나는 소리가 정확히 무엇을 하고 있는지를 알려 주었다. 짧은 직선 구간은 그들이 해변 근처로 접근하고 있으며, 특정 지점을 향해 가고 있다는 것을 의미했다. 그렇다면 그들은 이미 자메이카에 도착했을 것이다. 그런데 뭘 하고 있는 걸까? 그는 알 수 없었다.

그때 갑자기 갑판에서 환호성이 터져 나왔고, 그의 머리 위에서 총소리가 울려 퍼졌다. 크래독은 일어나 귀를 기울였다. 전투 중인가? 총알이 한 발 발사되었지만 발사체에 명중되었음을 알리는 격파음은 없었다. 전투가 아니라면, 축하인 것이다. 그러나 누가 해적 샤키를 축하할까? 그것은 그에게 경의를 표할 수밖에 없는 다른 해적 선박뿐이다. 크래독은 다시 등을 기대고 한숨을 내쉬며 여전히 오른손에 채워져 있는 수갑을 풀려고 노력했다. 그러다가 밖에서 발소리가 들리고 느슨해진 족쇄를 다시 감을 시간도 없이 문이 열리고 해적 둘이 들어왔다.

"어이, 망치 있나?" 해적 하나가 물었다. "다리 족쇄를 풀어, 팔은 그대로 두자. 그게 더 안전할 테니."

선원이 바로 그의 족쇄를 풀기 시작했다.

"나를 어떻게 할 생각이지?"

크래독 경이 물었다.

"갑판으로 나오게, 그러면 알게 될 테니."

선원은 그를 붙잡아 거칠게 갑판으로 끌고 나갔다. 갑판 위에는 푸른 하늘과 깃발이 날리고 있었다. 크래독은 깃발을 보고 숨을 크게 들이마셨다. 깃발은 두 개였고, 영국 깃발이 졸리 로저 국기 위에서 펄럭이고 있었다. 크래독은 놀라서 잠시 주춤했지만, 금방 해적들에 의해 사다리 위로 올라가게 되었다. 그가 갑판으로 나서자 그의 눈에는 바로 주갑판이 들어왔다. 거기에는 영국 국기가 붉은 페넌트 위에서 펄럭이고 있었으며, 모든 로프와 조정 장비는 리본으로 꾸며져 있었다.

선박이 탈취당한 건가? 그럴 리는 없었다. 해적들이 항구 방파제를 따라 떼처럼 몰려와 즐겁게 모자를 흔들고 있었다. 그중에서 그의 변절자 동료가 가장 먼저 눈에 띄었다. 크래독은 그들이 무엇에 환호하는지 보려고 배를 내려다보았고, 순식간에 그 순간이 얼마나 위급한 상황인지 깨달았다.

왼쪽에 약 1마일 정도 떨어진 곳에는 포트로얄의 궁전과 요새들이 있었고, 지붕 위에는 곳곳에 깃발이 나부끼고 있었다. 정면에는 킹스턴 시로 이어지는 성벽이 있었다. 딱 0.25마일 정도 떨어진 곳에는 작은 배 한 척이 약한 바람을 맞으며 일렁이고 있었다.

갑판에서는 모자를 흔드는 사람들과 환호 소리가 들리고, 붉은 빛은 거기에 주둔지의 장교들이 함께 있다는 것을 알려 주었다.

크래독은 순식간에 모든 것을 이해했다. 샤키는 그 악마 같은 교활함과 대담함으로, 크래독이 승리했을 때 그가 했을 법한 행동을 흉내 내고 있었다. 환호가 터지고 깃발이 날아오르는 것은 크래독, 바로 그를 환영하기 위한 것이었다. 총독, 사령관, 그리고 섬의 지도자들을 태운 배가 다가오는 것을 환영하는 것이기도 했다. 십 분 후에는 그들이 모두 해피 딜리버리호의 총구 아래 있을 것이고, 샤키는 해적 역사상 가장 큰 수확을 거둘 것이다.

"그를 앞으로 데려와."

샤키가 말했다.

"그들이 물러나고 있어." 갑판장이 말했다. "낌새를 챈 거 같군."

샤키는 흐릿한 눈을 크래독에게 돌리고, "거기 서, 바로 거기에, 그들이 널 알아볼 수 있는 위치에 말이야. 그리고 손을 얹어서 모자를 그들에게 흔들어. 그렇게 하지 않으면 당신의 뇌가 옷에 뿌려지게 될 거야. 네드, 그의 등에 칼을 들이대도록 해. 이제 모자를 흔들어. 어이, 그를 쏴, 그를 멈추게 해!"

하지만 갑판장은 족쇄만 믿고 이미 크래독에게서 손을 뗀 상태였다. 그 순간, 그는 선원을 밀치고 총알을 피해 뛰어나가 갑판을 넘어 수영하기 시작했다. 그는 이미 여러 차례 총에 맞았지만, 무언가를 결심하고 죽기살기로 달려드는 그를 그 무엇도 막을 수 없었다.

그는 손을 흔들고 경고하며 사람들을 대피시켰다. 고위 관리자들이 타고 있는 배가 방향을 틀고, 해적들이 발사한 폭탄이 바다에 힘없이 떨어졌다. 스티븐 크래독은 고통 속에서 웃음을 지으며, 천천히 그리고 오랫동안 그의 죄를 속죄했다.

EPISODE IX

THE BLIGHTING
OF SHARKEY

샤키 선장의
몰락

샤키, 저주받은 그 이름 샤키가 다시 나타났다. 코로만델 해안에서 2년간 죽음의 그림자라고 불리는 '해피 딜리버리'호가 천천히 열대 바다를 배회하는 것을 보면서 어선의 어부들은 그 깃발을 피해 다녔다. 매의 그림자가 하늘에 드리울 때 새들이 움츠리고, 호랑이의 기침 소리에 소동물들이 몸을 웅크리고 있듯이, 사람들 역시 그 배를 피해 최대한 몸을 낮췄다. 스페인의 물자 공급선부터 카리브해의 설탕 상인까지, 그 저주받은 검은 그림자에 대한 소문이 널리 퍼졌다.

몇몇은 해안을 따라 가장 가까운 항구로 향하려고 했고, 다른 사람들은 알려진 해안로를 벗어나 멀리 돌아가려고 했지만, 그 누구도 안전한 항구에 도착하기 전까지는 안심할 수 없었다.

어디서든 가장 화제가 되는 이야기는 까맣게 타버린 배, 밤에 멀리서 갑자기 나타난 섬광, 바하마 제도의 모래밭에 펼쳐진 시체들에 관한 괴담이었다. 그 모든 흔적은 샤키가 다시 한번 피비린내 나는 게임을 시작했다는 증거처럼 보였다. 이 잔잔한 바다와 야자수로 가득한 섬은 전통이 가득한 해적들의 고향이었다.

처음에는 가족들과 명예를 지키기 위해 대가를 치를 각오를 하고 애국자로서 싸운 신사적인 모험가들의 섬이었다. 그러나 한 세기가 지나자 해적들이 그 자리를 차지하게 되었다. 그들은 나름 대로 그들만의 규칙을 가지고 있었고, 주목받을 만큼 강인한 두 목들이 지휘했으며, 하나의 기업처럼 각자가 맡은 직책이 있었다. 그들은 함대를 이끌고 도시를 약탈하며 해적만을 위한 공간을 만들어 나갔다. 그러한 역사 속에 18세기 초 새로운 해적들이 등장했고, 그 시대가 낳은 사악한 해적이 바로 샤키였다. 누구도 그의 대담함, 사악함을 이겨낼 자가 없었다.

1720년 5월 초, 해피 딜리버리호는 윈드워드 통행로에서 약 5마일 정도 떨어진 곳에서, 무역풍이 어떤 부유하고 힘없는 배를 가져올지 기대하며 자리를 지키고 있었다.

그들은 삼 일 동안 바다 중앙에 있는 흉악한 하나의 점처럼 그곳에 머물렀다. 아무런 확신 없이 기다리는 동안 샤키의 야만적인 성격은 더욱 거칠어졌다. 그는 부선장인 네드 갤러웨이에게 기분 나쁜 웃음을 지으며, 그다음에 잡히는 포로들은 그의 기다림에 대한 책임을 져야 할 것이라고 이야기했다.

해적선의 선장실은 꽤 컸고, 낡고 화려한 장식들로 가득 차 있었다. 사치와 무질서가 묘하게 뒤섞인 방의 유화 목재 벽에는 불결한 얼룩들과 총알 자국이 어떤 장식처럼 자리를 잡고 있었다. 소파는 풍부한 레이스와 벨벳으로 장식되어 있었고, 금붙이들과 고가의 그림들이 구석구석을 채웠으며, 수백 채의 선박에서 약탈한 물건들이 그의 방에 아무렇게나 놓여 있었다. 풍성하고 부드러운 카페트가 바닥을 덮고 있었지만, 와인 얼룩으로 얼룩덜룩했고 담배로 그을려 있었다.

위에는 커다란 놋쇠로 만든 전등 하나가 이 특이한 방을 비추고 있었다. 방 안에는 셔츠 소매를 걷어 올리고, 와인을 마시며 카드 게임에 몰두한 두 남자가 있었다. 두 남자는 파이프 담배를 피우고 있었고, 가느다란 파란빛 연기가 선실을 가득 채웠다. 그 위로는 천장 창문을 통해 은빛 별들이 반짝이는 짙은 보랏빛 하늘이 펼쳐져 있었다.

부선장인 네드 갤러웨이는 뉴잉글랜드 출신으로 유서 깊은 가문 중 하나에서 태어났다. 그의 튼튼한 팔과 거인 같은 체구는 경건한 조상들의 유산이었지만, 그의 검고 야만적인 마음은 전적으로 그 자신 것이었다. 귀까지 기른 수염, 사나운 파란 눈, 거친 검은 머리카락, 그리고 커다란 금반지를 낀 그는 토르투가스에서 마라카이보까지 모든 해안의 여인들의 마음을 빼앗았다. 빨간 모자, 푸른 실크 셔츠, 화려한 무릎 리본이 달린 갈색 벨벳 바지, 그리고 높은 해변 부츠가 그의 모습을 완성했다.

선장인 존 샤키는 독특하고 신기한 사람이었다. 그의 차가워 보이는 매끄러운 얼굴은 시체처럼 창백했고, 인도양의 햇빛은 그것을 죽은 가죽 색깔처럼 변화시킬 뿐이었다. 그의 머리는 탈모가 와서 몇 가닥의 털 같은 머리카락만 남아 있었고, 이마는 가파르고 좁았다. 그의 얇은 콧대는 날카롭게 튀어나와 있었고, 그 양쪽에는 희미한 파란 눈이 있었는데, 그 눈은 흰색 불테리어와 같이 붉은 테두리에 둘러싸여 있어 두려움과 혐오로 사로잡힌 듯했다. 그의 긴 손가락은 쉴 새 없이 눈앞에 놓인 카드와 금화 더미를 만지작거렸다. 그의 옷은 정체를 알 수 없는 진한 회색 소재로 만들어져 있었지만, 실제로 그 무서운 얼굴을 바라보는 사람들은 그의 의상에 대해서는 감히 생각하지 못했다.

갑작스럽게 선실 문이 거칠게 열리며 이스라엘 마틴과 무기고를 담당하는 레드 폴리가 뛰어 들어왔고 게임은 중단되었다. 순식간에 샤키는 양손에 권총을 들고 두 눈에 살기를 품은 채 일어섰다.

"이 무례한 자식들아!" 그가 외쳤다. "내가 가끔 너희 중 한 명을 쏘지 않으면 너희는 내가 누구인지를 잊어버릴 것 같은데 말이야. 와프링의 주점처럼 내 선실에 들어와서 무슨 짓이지?"

"아니야, 샤키 선장." 마틴이 불만 있다는 듯이 얼굴을 묘하게 구기며 이야기했다. "그건 우리가 자주 다툰 논제잖아, 그리고 그 소리 이제 진짜 진절머리가 난다고."

"그래, 충분하지." 총장인 레드 폴리가 말했다. "해적선에는 동료라는 게 없는 거 같군. 갑판장, 총장, 수석 항해사까지, 전부 다 하나의 고용인일 뿐이지."

"지금 내 말에 반대하는 건가?"

샤키가 거칠게 물었다.

"넌 우리를 모욕하고 남들 앞에서 괴롭힌 적도 있어. 게다가 이 순간에 왜 우리가 목숨을 걸고 기꺼이 싸워야 하는지 알 수가 없다고."

샤키는 그의 말에 어떤 심각한 상황이 벌어지고 있다는 것을 알았다. 그는 총을 내려놓고 의자에 기댄 채 노란 송곳니를 비추며 미소 지었다.

"아니, 그렇게 말하는 건 슬프군." 샤키가 말했다. "함께 술을 마시고, 함께 목을 베어온 두 명의 건장한 장정들과 이렇게 사소한 일로 다투게 될 줄이야. 선원에게 잔을 가져오게 해. 술을 마시고 우리 사이의 불화를 해결하자고."

"술 마실 시간이 없다고, 샤키 선장." 마틴이 말했다. "사람들이 위에서 회의 중이고, 언제든 여기에 들이닥칠 수 있어. 그들은 무슨 일을 꾸미고 있고, 우리는 당신에게 경고하러 온 거라고."

샤키는 튀어 올라 벽에 걸려 있는 황동 검을 집어 들었다.

"그럼 그 악당들을 침몰시키자고!" 그가 외쳤다. "내가 그들 중 한두 명을 죽인다면 그 이유를 듣게 될 지도 모르지."

하지만 선원들이 그가 문으로 뛰쳐나가려고 하는 것을 막았다.

"선장, 스위트락스의 지휘 아래 40명 정도가 있어." 마틴이 말했다. "그리고 열린 갑판 위에서 당신은 산산조각이 날 거야. 하지만 이 선실 안에 있다면 우리의 권총으로 그들을 충분히 상대할 수 있을 걸세."

그가 말을 마치자마자 갑판에서 문을 벌컥 여는 소리가 들렸다. 그리고 총구로 문고리를 타격하는 강한 소리가 들리자마자, 얼굴에 붉은 점이 있는 키 큰 남자인 스위트락스가 선실로 걸어 들어왔다.

"샤키 선장." 그가 말했다. "난 선원들의 대변인으로서 찾아왔습니다."

"그렇다고 들었네, 스위트락스." 샤키가 부드러운 목소리로 말했다. "오늘 밤의 일 때문에 네 조끼를 찢어버릴지도 모르지만."

"그런 일이 생길지 아닐지는 알 수 없겠지만요, 선장님." 그가 대답했다. "하지만 위를 보시면, 제 뒤에 있는 사람들이 제가 당하도록 두지 않을 것임을 알겠죠."

"저주받을 거야!"

커다란 목소리가 위에서 들려왔다. 선원들이 열린 창문으로 선실을 들여다보고 있는 것을 알 수 있었다.

"무엇을 원하는 거지?" 샤키가 말했다. "말해보게, 그리고 이 상황을 마무리하지."

스위트락스가 입을 열었다.

"선원들은 당신이 악마 그 자체라고 생각하고, 당신과 함께하게 된 건 불행한 일이라고 생각합니다. 예전에는 하루에 두세 척의 배를 잡고 각자 돈을 잔뜩 얻었지만, 지금은 일주일 동안 돛도 올리지 않았지요. 바하마 해안을 지난 뒤로는 거지 같은 배 세 척을 제외하고는 배 한 척도 약탈하지 못했소. 당신이 목수를 떨어트려 죽인 사실도 다들 알고 있습니다. 그들은 여러 방식으로 목숨을 위협받고 있죠. 럼 역시 떨어져 술을 구하기가 힘들어졌습니다. 당신은 지휘도 하지 않고, 술을 마시고 선실 안에 앉아만 있죠. 이러한 사실 때문에 회의를 해서 이런 행동을 하기로 결정했습니다."

샤키는 은밀하게 책상 아래에서 권총을 장전하고 있었다. 그래서 그 선원의 입에서 반역의 의미를 담은 말이 끝까지 도달하지 못한 것은 오히려 다행이었을지도 모른다. 그가 이야기를 마치던 순간, 갑판에서 발소리가 시끄럽게 들려왔고 소년이 흥분해 방안으로 달려 들어왔다.

"선박이에요!" 그가 소리쳤다. "거대 선박이 우리에게 다가와요!"

해적들은 순식간에 분쟁을 잊고 전투 준비에 돌입했다. 확실히, 모든 장비를 갖춘 거대한 배 한 척이 돛을 올린 채 그들 곁으로 다가왔다.

분명히 그 선박은 멀리서 왔으며 카리브해의 행동 방식에 대해 아무것도 모르는 듯했다. 크기만으로 충분하다고 생각하는 듯 낮고 어두운 선박을 피하려 하지 않았고, 자기 길을 찾아가는 것처럼 헤매고 있었다. 지나치게 대담했기 때문에 해적들은 일어나서 자신들의 포탄을 풀고 전투 등불을 들어 올리는 동안 잠들어 있었던 군함이 그들을 놓친 것이 아닐까 의심할 정도였다.

하지만 그들은 볼록하게 튀어나온 배의 옆구리와 상인 장비를 보자마자 신나서 웅성거리기 시작했다. 그들은 바로 뱃머리를 돌리고, 옆으로 배를 붙여 배 위로 올라가 비명을 지르며 선원들을 바다로 밀어 넣기 시작했다. 배 안에서 자는 사람들이 일어나기도 전에 배는 해적들의 손에 넘어갔다.

그들이 포획한 배는 하디 선장이 지휘하는, 런던에서 자메이카의 킹스턴으로 가는 목재와 면 섬유 제품이 실려 있는 무역선이었다.

포로들을 안전하게 가두고 해적들은 전함을 돌아다니며 약탈할 만한 물건을 찾았다. 찾은 물건들은 선장에게 건네졌고, 그는 다시 해피 딜리버리 밑에 경비를 두며 물건을 관리했다. 화물은 쓸모없었지만, 금고에는 천구백 기니가 있었으며, 부유한 자메이카 상인 세 명을 포함해 여덟 명에서 열 명 정도의 승객이 있었다. 이들은 모두 런던 방문에서 얻은 물건으로 가득 찬 상자를 집으로 가져오는 중이었다.

모든 약탈품이 모이자 승객과 선원들은 배의 허리 부분으로 끌려가고, 샤키의 차가운 미소를 마지막으로 각자 차례로 밖으로 던져졌다. 스위트락스는 그들이 지나가는 동안 난간 옆에서 서서 혹시라도 수영을 잘하는 사람이 그들에게 복수하기 위해 돌아올까 염려하여 그들을 검으로 베었다. 식물원 소유주의 부인도 있었지만, 그녀도 자비 없이 끌려나갔다.

"자비를 베풀어라, 이 악당아!"

부인이 울며 소리쳤다.

"당신은 그러기엔 너무 늙은 것 같군."

샤키가 대답했다.

배의 선장인 건장한 푸른 눈의 노파는 마지막으로 갑판 위에 남아 있었다. 그는 불빛 속에서 결연한 모습으로 서 있었고, 샤키는 그 앞에 서서 인사를 하고 어색한 미소를 지으며 경의를 표했다.

"한 선장은 다른 선장에게 예의를 보여야 할 것." 샤키가 말했다. "천하의 샤키 선장인 내가 예의 바르지 않을 리가 없지! 너희 선원들이 다 죽기를 기다렸다. 이제 끝을 보았으니 편히 죽을 수 있겠군."

"내 능력이 미치는 한 나의 의무를 다한 것이다. 그러나 가기 전에 한마디 하고 싶군."

늙은 선장이 말했다.

"감성적인 말로 애원하는 거라면 쓸모없는 짓일 거야. 우리는 여기서 삼 일이나 기다렸어. 너희 중 누구도 살려 보내지 않을 거야!"

"아니라네, 자네가 알아야 할 것을 말해 주려는 거야. 넌 아직 이 배 안의 진정한 보물을 찾지 못했다."

"찾지 못했다고? 저주나 받아라, 하디 선장. 네 말을 실현하지 않으면 내가 네 간을 썰어버릴 거다! 그 보물은 어디에 있지?"

"금은보화는 아니지만, 환영할 만한 아리따운 처녀야."

"그녀는 어디에 있지? 그리고 다른 이들과 함께 있지 않았던 이유는 뭐지?"

"그녀가 다른 사람들과 함께 있지 않았던 이유는, 그녀는 라미레즈 부부의 유일한 딸이니까. 그 부부는 이미 당신들이 죽였다네. 그녀의 이름은 이네즈 라미레즈이며, 그녀는 스페인 최고의 혈통 중 하나고, 그녀의 아버지는 현재 가는 중인 지역의 지사이기도 해. 그녀는 흔히 있는 일처럼, 자신보다 신분이 낮은 한 남자에게 마음을 빼앗겼어. 그래서 그녀의 부모는 나에게 그녀를 특별한 객실에 가두라고 강요했어. 그들은 큰 권력을 가진 사람들이라 쉽게 그들의 말을 거역할 수는 없었지. 여기서 그녀는 엄격하게 격리되었어. 그녀에게 따로 식사를 제공했으며, 그녀는 아무와도 만날 수 없었지. 나는 이 사실을 마지막으로 네게 이야기하는 거야. 왜 이렇게 말하게 됐는지는 모르겠지만, 사실 넌 정말 흉악하고 무자비한 놈이야. 내가 죽을 때 너도 반드시 목매달아 죽고, 다음 세계에서는 지옥에 갈 거라고 생각하면, 죽어가는 나에게 위로가 되는군."

그는 말을 마치고 갑자기 난간으로 뛰어들어 어둠 속으로 사라졌다. 심연으로 가라앉는 동안, 선장은 이 여자에게 행한 자신의 행동이 너무 큰 죄가 아니기를 빌었다.

하디 선장의 시신이 40피트 아래의 모래에 안착하기도 전에 해적들은 선실 통로를 따라서 돌진했다. 거기, 정말로 조금 전에 수색할 때는 관심도 가지지 않았던 막힌 문이 있었다. 열쇠가 없어 총구로 문을 내리치자 문 안에서 비명소리가 들려왔다. 그들이 비춘 랜턴의 빛 속에서 그들은 여성을 보았다. 젊고 아름다운 여자가 구석에 웅크리고 앉아 엉망이 된 머리카락을 땅에 늘어뜨리고 공포에 질린 검은 눈동자를 반짝이고 있었다. 거친 손이 그녀를 붙잡았고, 그녀는 비명을 지르며 샤키 앞으로 끌려갔다. 샤키는 그녀의 얼굴을 오랫동안 바라보더니 몸을 숙여 그녀의 뺨에 붉은 손자국을 남겼다.

"암소에게 표식을 남기는 게 로버의 특징이야, 아가씨. 그녀를 선실로 데려가도록 해. 이제 배를 침몰시키고 다음 사냥을 나가자."

좋은 배였던 '포르토벨로'는 한 시간만에 운명을 다한 듯 살해된 승객들과 함께 카리브해의 모래 위에 누워 있었고, 약탈품으로 가득 찬 해적들의 배는 또 다른 희생자를 찾아 북쪽으로 향했다.

해적선 해피 딜리버리의 객실에서 그날 밤 세 명의 남자가 술을 마시면서 소란이 벌어졌다. 그들은 선장, 부선장, 그리고 발디 스테이블이라고 불리는 외과의사로, 찰스턴에서 진료를 하다가 환자를 학대하여 처벌을 피해 해적으로 전향한 남자였다. 발디 스테이블은 뚱뚱한 몸매와 주름진 목과 빛나는 머리가 특징이었다.

샤키는 반란에 대한 생각은 잠시 잊었다. 그는 어떤 동물이든 배부른 상태에서는 사나운 행동을 하지 않으며, 거대한 선박의 약탈품을 획득했으므로 선원들의 불만이 사그라들었을 거라고 생각했다. 따라서 그는 술에 자기 자신을 맡겼다. 동료들과 함께 소리 지르고 날뛰며 술에 취해 있었다. 그 순간 갑자기 여인에 대한 생각이 해적의 머릿속에 떠올랐고, 세 사람 모두 어떤 악행도 저지를 준비가 되어 있었다. 그는 한 선원에게 여자를 즉시 데려오라고 외쳤다.

이네즈 라미레즈는 이제 모든 것을 깨달았다. 부모님이 죽었다는 사실과 살인자들의 손에 자신의 처지가 놓여 있다는 것을 알았다. 그러나 현실과 함께 침착함이 찾아왔고, 그 자랑스러운 얼굴에 공포의 징표는 없었다. 대신 미래에 큰 희망을 본 사람처럼 굳게 다문 입과 환희에 찬 눈빛이 보였다. 해적 선장이 일어나 그녀의 허리를 잡자 그녀는 웃었다.

"그녀는 해적의 신부가 되기 위해 태어났지." 샤키가 말했다. 그는 그녀를 감싸 안았다. "우리 더 나은 우정을 위해 한 잔 마시자."

"제6조!"라며 의사가 소리쳤다. "모든 '인질', '여성'들은 공동 소유다."

"맞아요!, 저도 동의합니다!" 갤러웨이가 말했다. "제6조에 분명 그렇게 기록되어 있습니다."

"나는 우리 사이에 끼어든 놈을 조각조각 썰어버릴 거야!" 샤키가 외치며 물고기처럼 생긴 눈을 한쪽에서 다른 쪽으로 돌렸다. "아니, 아가씨, 존 샤키에게서 당신을 빼앗을 사람은 태어나지 않았어. 여기 내 무릎에 앉아봐, 그리고 내 목을 감싸봐. 그녀는 내게 첫눈에 반했어! 얘기해 봐, 내 귀염둥이. 왜 너는 저 배에서 혼자 방치되어 있었지?"

여자는 머리를 흔들며 웃었다.

"No Inglese—no Inglese(영어 못해—영어 못해)."

그녀는 샤키가 주는 와인을 한 번에 다 마셨다. 어두운 눈동자가 이전보다 더 빛나고 있었다. 그녀는 샤키의 무릎 위에 앉아 팔로 그의 목을 감싸 안고 그의 머리카락, 귀, 볼을 만지작거렸다. 갤러웨이와 의사조차도 그녀를 지켜보며 오싹함을 느꼈지만, 샤키는 기뻐하며 웃었다. 그리고 그녀를 품에 안고 저항하지 않는 입술에 키스를 했다.

그러나 그녀를 바라보던 의사는 이상한 표정을 지었고, 곧 그의 얼굴은 무서운 생각이 떠오른 듯 굳어졌다. 그의 누런 얼굴이 창백해졌고, 열대의 붉은색과 와인의 홍조를 모두 얼룩지게 만들었다.

"샤키 선장, 그녀의 손을 봐!" 그가 외쳤다. "오, 신이시여! 그녀의 손을 봐!"

샤키는 그의 품에 안긴 여자의 손을 내려다보았다. 그 손은 죽은 사람처럼 창백했고, 손가락 사이사이에는 노랗게 반짝이는 거미줄이 있는 것처럼 보였다. 게다가 갓 구운 빵의 밀가루처럼 하얗고 폭신한 먼지가 덮여 있었다. 그 손은 샤키의 목과 뺨을 단단하게 끌어안고 있었다.

그는 소리 지르며 여자를 품에서 내던졌지만, 그녀는 승리의 비명을 지르며 야생 고양이처럼 테이블 아래 숨어 있던 의사에게 달려들었다. 또한 그녀는 손톱으로 갤러웨이의 수염을 붙잡았지만, 그는 자신의 수염을 잡은 손을 떼어냈고 그녀가 광기 어린 눈으로 기웃거리는 동안 그녀를 붙잡았다.

갑작스러운 소란에 승무원이 허둥지둥 달려와 그녀를 선실에 넣고 가두었다. 그리고 세 사람은 숨을 헐떡이며 의자에 주저앉아,

공포에 질린 눈으로 눈치만 보고 있었다. 갤러웨이가 먼저 입을 열었다.

"그녀는 나병에 걸렸어! 나환자야!" 그가 외쳤다. "그녀가 우리 모두를 감염시켰어, 저주받은 여자야!"

"나는 아니야." 의사가 말했다. "그녀는 나한테 손대지 못했어."

"그렇게 치면," 갤러웨이가 말했다. "그녀가 만졌던 건 나의 수염뿐이었어. 나는 아침이 되기 전에 수염을 다 깎아버릴 거야."

"우리가 멍청했어." 외과의사가 손으로 머리를 치며 외쳤다. "오염된 게 맞든 아니든, 우리는 위험이 지나갈 때까지 한 순간도 마음을 놓을 수 없을 거야. 그 여자는 우리가 훔친 배의 선장이 우리에게 넘긴 포로야. 그런 소녀가 고작 사랑 이야기 때문에 격리될 거라고 생각한 우리가 정말 어리석었지. 아마 여행 중에 그녀는 부패하기 시작했을 거고, 그녀를 바다에 던져버릴 수는 없으니 격리해 놓는 방법을 택했을 거야."

샤키는 외과의사의 말에 참혹한 얼굴로 앉아 있었다. 그는 붉은 손수건으로 자신을 닦았고, 자신에게 묻은 치명적인 먼지도 닦아 냈다.

"나는 어떡해?" 샤키가 죽어가는 목소리로 소리쳤다. "스테이블? 나를 위한 희망이 있나? 솔직하게 이야기하지 않으면 너의 목숨은 끝이야! 내게 기회가 있는 거냐고, 말해봐!"

하지만 외과의사는 머리를 흔들었다.

"샤키 선장. 거짓말을 하는 것은 잔인한 일일 테니 솔직히 말하지. 당신은 가능성이 없어. 문둥병 비늘이 묻은 사람은 단 한 사람도 다시는 깨끗해질 수 없어."

샤키가 고개를 떨궜다. 그는 갑작스러운 공포에 휩싸여 무시무시한 자신의 미래를 바라보았다. 그런 샤키를 두고 갤러웨이와 의사는 자리를 떴다. 그러고는 선실의 독한 공기에서 벗어나 이른 새벽의 신선한 공기 속으로 나왔다. 부드럽고 향기로운 산들바람이 그들의 얼굴에 닿았고, 그 순간 태양의 가장 이른 빛을 받아낸 구름의 붉은 깃털이 스쳐갔다.

그날 아침, 해적들의 두 번째 회의가 돛대 아래에서 열렸고, 선장에게 가려는 대표단이 선출되었다. 그들이 선장실에 다가가려 할 때, 샤키가 악마의 눈빛으로 어깨에는 총을 두른 채 나왔다.

"너희 모두 악당들이야, 침몰해라!" 그가 외쳤다. "지금 나를 거스르려는 거냐? 스위트락스, 너를 벌하겠다! 여기 갤러웨이, 마틴, 폴키만은 나와 함께 이 배신자들을 묶어 놓자!"

그러나 그의 부하들은 그를 버렸고, 그를 도울 이는 없었다. 해적들은 샤키에게 몰려들었다. 한 명이 몸에 총을 맞았지만, 샤키는 곧바로 붙잡혀 자신의 돛대에 매여 있었다. 그의 충혈된 눈이 자신의 앞에 선 얼굴들을 둘러보았고, 샤키의 그런 시선은 해적들의 마음을 불편하게 했다.

"샤키 선장." 스위트락스가 말했다. "당신은 우리 중 많은 이들을 해치웠고, 지금은 존 마스터스를 총으로 쏴 죽이고, 목수인 바솔로모는 양동이로 때려죽였습니다. 당신은 오랫동안 우리의 지도자였고, 항해가 지속되는 동안 우리가 당신 밑에서 봉사하기로 서명했기 때문에 이 모든 것을 용서받을 수 있었죠. 그러나 당신은 여자에게 병이 옮았을 것이며, 당신이 썩어가는 동안 우리 중 누구도 안전하지 않을 것이라는 걸 알고 있습니다. 따라서 존 샤키 선장. 해피 딜리버리호의 선원들 모두가 의논한 대로 전염병이 퍼지기 전에 당신을 추방해 당신에게 맞는 운명을 찾아주기로 결정했습니다."

샤키는 아무 말도 하지 않았지만, 고개를 천천히 돌리며 매서운 눈으로 그들 모두를 저주했다. 선박의 작은 보트가 바다로 내려가고, 그는 여전히 손이 묶인 채 보트로 떨어졌다.

"배를 버려라!"

스위트락스가 외쳤다.

"아니, 잠시 기다려봐 스위트락스!" 선원 중 한 명이 소리쳤다. "그 여자는 어떻게 되는 거지? 우리 모두를 병에 걸리게 하려는 건 아니겠지?"

"샤키와 함께 보내자!"

다른 누군가가 외쳤고, 해적들은 그의 의견에 환호했다. 선실에 갇혀 있던 그녀도 보트 위로 던져졌다. 썩어가는 몸속에 스페인 투사의 정신을 가득 품은 그녀는 해적들을 향해 승리의 눈빛을 보냈다.

"Perros! Perros Ingleses! Lepero, Lepero(품위 없는 천박한 영국 개들)!"

그녀는 승리의 기쁨 속에서 외쳤다.

"행운을 빕니다, 선장님! 아름다운 신혼여행이 되길!"

두 사람을 태운 보트는 넓은 바다 위 작은 점으로 남겨졌다.

이후 보트가 발견되었지만 여자의 시신만 남아있을 뿐 샤키의 흔적은 찾아볼 수 없었다.

EPISODE X

HOW COPLEY BANKS SLEW
CAPTAIN SHARKEY

코플리 뱅크스와
샤키 선장의 종말

해적들은 단순한 '약탈자' 무리 이상으로 두려움의 대상이었다. 그들은 그들만의 법, 관습, 질서를 갖추고 있는, 하나의 떠다니는 공화국이었다. 스페인 사람들과 끝없이 부딪히고 충돌하다 보니 그들은 겉으로 볼 때 스페인의 편으로 보이기도 했다. 그들이 여러 도시에서 행한 약탈은 스페인이 네덜란드나 미국 땅의 카리브해에서 한 것보다 특별히 야만적인 행동은 아니었다.

　해적의 우두머리는 그들이 영국인이든 프랑스인이든, 모건이나 그랑몽 같은 인물이든, 모든 걸 떠나서 책임감을 가진 인물이었다. 그들의 조국은 그들이 너무나 무례한 행동을 하거나 상식을 벗어나는 행동을 하지 않는 이상 그들을 받아들이지 않을 이유가 없었다.

　해적들 중 일부는 종교에 영향을 받았으며, 사킨스가 안식일에 바다에 주사위를 던진 일이나 다니엘이 불경건하다는 이유로 한 남자를 제단 앞에서 총으로 처단한 일은 아직도 사람들의 기억에 남아 있었다.

　그러나 해적 함대들이 더 이상 토르투가스에 모이지 않는 날이 왔고, 고립된 무법지대의 해적들이 그 자리를 차지하게 되었다.

그러나 그들에게도 어느 정도의 절제, 규율이라는 전통적 관습이 남아 있었으며 초기 해적들 중 애버리, 잉글랜드, 로버츠 같은 무리들은 인간에 대한 감정과 존중을 유지했다. 그들은 일개 선원들은 건들지 않고, 상선만 공격했다.

하지만 그들은 점차 난폭하고, 폭력적인 사람들로 바뀌어 갔다. 그들은 인류와의 전쟁에서 아무 이득도 취할 수 없다는 것을 눈치챘고, 그들이 대우받은 만큼 갚아 주겠다는 각오를 한 인물들이었다.

그들의 역사에 대해서 우리가 신뢰할 만한 것은 거의 없다. 그들은 회고록 따위를 쓰지 않았고, 가끔 대서양 수면 위에 떠다니는 검게 물든 피투성이의 버려진 배를 제외하고는 흔적도 남기지 않았다. 그들의 행적은 그들의 항구에 입항한 적 없는 배들의 긴 목록에서만 추측할 수 있었다.

구시대의 재판에서만 그들을 가리고 있는 장막들이 벗겨지는 것을 볼 수 있었으며, 거기에는 기괴함과 잔인함이 숨겨져 있었다. 그들 중엔 네드 로우, 스카치맨, 그리고 악명 높은 '샤키'도 있었다. 특히 샤키의 검은색 배, 해피 딜리버리호는 뉴펀들랜드 해안에서 오리노코강 길목까지 비극과 죽음의 그림자를 드리우는 어둠의 선구자로 알려져 있었다.

그런 샤키 선장에게 피의 복수를 희망하는 사람들은 많았지만, 코플리 뱅크스만큼 고통받은 사람은 없었다. 그는 서인도 제도의 주요 설탕 상인 중 한 명이었다. 그는 권위 있는 사람으로 의

회의 구성원이었으며, 한 가문의 가주였고 동시에 버지니아 주지사의 사촌이었다.

그의 두 아들은 런던으로 교육을 받으러 갔고, 두 아들의 어머니이자 그의 아내는 아들들을 데려오기 위해 영국으로 건너갔다가 집으로 돌아오는 항해에서 그들이 탄 배가 샤키의 손아귀에 들어가 가족 전체가 끔찍한 죽음을 맞이했다.

코플리 뱅크스는 이 소식을 들었을 때 아무 말도 하지 않았지만, 침울하고 견디기 힘든 우울에 빠져들었다. 그는 사업을 방치했고, 친구들을 피했으며, 어부와 선원들이 모이는 허름한 술집에서 많은 시간을 보냈다.

그곳의 소란스러움과 폭동 속에서 그는 말없이 파이프를 피우고, 굳은 표정과 영혼 없는 눈을 하고 앉아 있었다. 그의 불행은 그의 마음을 뒤흔들었고, 그의 옛 친구들은 그를 의심스러운 눈초리로 쳐다보았다. 그가 정상적인 사람들이라고 생각할 수 없을 정도로 질 나쁜 사람들과 어울렸기 때문이었다.

때때로 바다 위에는 샤키에 대한 소문이 돌았다. 불에 타고 있는 배를 돕기 위해 호위선이 접근했지만, 그 근처에서 검은 해적선을 보고서는 꽁지가 빠지도록 다급히 도망쳤다는 소문도 있었다. 때로는 검은 뱃머리가 보라색 수면 위로 천천히 떠오르는 모습을 보고 공포에 질린 상선이 도망치기도 했다. 또한 물이 없는 바하마 제도의 만에서 마른 시체들이 널브러져 있는 것을 발견했다는 이야기들이 어선들 사이에서 들리기도 했다.

상선의 함장이었다가 해적의 손에서 도망친 한 남자가 뱅크스를 찾아왔다. 그는 말을 할 수 없었다―그 이유는 샤키가 가장 잘 설명할 수 있을 것이다―하지만 그는 글을 쓸 수 있었고, 그것은 코플리 뱅크스에게 매우 흥미로웠다. 그들은 지도를 앞에 두고 함께 앉아 있었는데 그 남자는 해안의 암초와 구불구불한 만을 가리켰고, 그때마다 뱅크스는 아무런 표정도 없이 오직 불타오르는 눈을 하고 조용히 담배를 피우고 있었다.

그에게 벌어진 불행한 사건으로부터 두 해가 지난 어느 아침, 뱅크스는 이전의 활기차고 기민한 모습으로 자신의 사무실로 걸어 들어갔다. 그가 사업에 관심을 보이지 않은지는 수개월이나 지났기에, 매니저는 깜짝 놀라 그를 쳐다보았다.

"좋은 아침입니다, 뱅크스 씨!"

매니저가 말했다.

"좋은 아침입니다, 프리먼. 러플링 해리호가 항구에 있는 것을 보았습니다만."

"네, 뱅크스 씨. 그 배는 수요일에 윈드워드 제도로 떠납니다."

"저는 그 배를 이용할 다른 계획을 가지고 있습니다, 프리먼. 와이다로의 노예 거래를 결정했거든요."

"그러나 그 배의 화물은 이미 준비되어 있는데요, 뱅크스 씨."

"그렇다면 다시 내려야 할 것입니다, 프리먼. 내 마음은 이미 정해졌으니 러플링 해리호는 노예 거래를 해야 합니다."

매니저의 모든 주장과 설득이 먹히지 않았기 때문에 유감스럽게도 매니저는 다시 배를 비워야 했다.

코플리 뱅크스는 아프리카 항해를 위한 준비를 시작했다. 그는 야만인들이 좋아하는 화려한 장신구는 하나도 챙기지 않았다. 그들과 물물교환을 하기보다 무력에 의존하는 듯, 화물칸은 9파운드짜리 총 8개, 그리고 커스킷과 커틀러스로 가득 찬 랙을 장착하고 있었다. 선실 옆의 공간들은 화약고로 변했고, 그 배에는 사병만큼이나 많은 포탄이 실렸다. 긴 항해를 위해 물과 식량도 잔뜩 쌓아 놓았다.

하지만 뱅크스가 뽑은 선원들이 더 놀라웠다. 매니저인 프리먼은 자신의 주인이 정신을 놓았다는 소문이 왜 돌게 되었는지를 새삼 깨닫게 되었다. 그는 오래되고 검증된 직원들을 여러 가지 핑계를 대며 해고하기 시작했고, 그 자리엔 가장 하찮은 선원마저 부끄러워할 만한 항구의 불량배 무리를 승선시켰다.

선원들은 뱅크스가 악명 높은 은신처에서 만나 알고 있던 사람들 중에서 선택되었다. 그중에는 버스마크 스위트락스라는 남자도 있었다. 그는 로그우드 벌목공들을 살해한 현장에 있었다는 것으로 알려져 있어서, 그의 흉악한 스칼렛 얼룩은 환상적인 이야기꾼들에 의해 그 큰 범죄로부터 나온 붉은 황혼이라고 여겨졌다. 그가 일등 항해사를 맡았고, 그 아래에는 하웰 데이비스와 함께 케이프 코스트 성을 함락할 때 함께 일했던 사람인 이스라엘 마틴이 있었다.

이런 일들은 킹스턴 마을에서도 널리 알려졌다. 군대의 지휘관인 포병대 대령 하비가 지사에게 심각한 요구사항을 제기했다.

"그것은 무역선이 아니라 작은 전함입니다." 그가 말했다. "코플리 뱅크스를 체포하고 그 배를 압수하는 것이 좋을 것 같습니다."

"어떤 점이 의심되십니까?"

열병으로 쇠약해진 주지사가 물었다.

"저는 스테이드 본넷 사건이 다시 되풀이되고 있다고 의심합니다."

하비 대령이 말했다.

사건으로 돌아가 보면, 스테이드 본넷은 평판이 좋은 종교적

인 성품의 농부였는데, 어느 순간부터 갑자기 포악해지더니 카리브해에서 해적 생활을 시작했다. 이 사례는 최근에 발생한 것이었고, 섬 주민들을 경악하게 했다. 주지사들은 이전에도 해적과 손잡고 있거나 그들의 약탈을 눈감아 주는 대신 수수료를 받고 있다는 비난을 받았기 때문에, 경계를 소홀히 하면 불길한 일이 벌어질 수 있었다.

"그럼, 하비 대령." 그가 말했다. "코플리 뱅크스의 기분을 상하게 할 만한 일을 하게 되어 매우 유감스럽게 생각하지만, 말씀하신 것에 따르면 배의 목적을 확인하기 위해 선박을 수색하도록 명령할 수밖에 없겠군요."

결국 새벽 한 시에 하비 대령과 그의 병사들은 러플링 해리호를 기습 방문하려 했지만, 이미 배는 팰리세이드 해협을 지나 윈드워드 항로를 항해하고 있었다.

다음 날 아침에 배가 모란트 포인트를 떠나 남쪽 지평선의 흐린 안개가 되었을 때, 코플리 뱅크스는 선원들을 호출하고 그들에게 계획을 밝혔다. 그는 육지에서 굶어죽느니 바다에서 위험을 감

수할 용감한 사람들을 선택한 것이라고 말했다.

만약 그들이 검은 깃발 아래에서 항해할 준비가 되어 있다면, 그는 그들을 지휘할 준비가 되어 있다고. 하지만 그들 중 누구든지 철수하고 싶다면 자메이카로 돌아갈 배가 있다고 말했다.

46명 중 4명은 돌아가는 길을 택했고, 선원들의 조롱과 고함 속에서 준비된 배를 따고 떠났다. 나머지 선원들은 배의 후미에 모여서 그들의 연합 조항을 작성했다. 검은 방수포에 흰 해골이 그려진 정사각형의 깃발이 환호 속에 게양되었다.

임원들이 선출되었고, 그들의 권한과 제한이 정해졌다. 코플리 뱅크스가 선장으로 임명되었고, 해적선에 동료가 없었기 때문에 스위트락스는 부선장이 되었다. 그리고 이스라엘 마틴은 항해사가 되었다. 그들 중 절반은 적어도 전에 해적선에 승선한 경험이 있었기 때문에, 그 형제애의 관습이 무엇인지 아는 데 어려움은 없었다.

음식은 누구에게나 똑같아야 하고, 어떤 사람도 다른 사람이 술 마시는 것을 방해해서는 안 된다! 선장은 자신만의 선실을 가질 수 있지만, 선원이 원할 때 선실에 들어가는 것을 허락해야 했다. 모든 것은 나눌 것이며, 오로지 선장과 부선장, 목수, 조타수, 대포장만이 추가 지분을 가질 수 있었다. 물품을 가장 먼저 발견한 사람은 가장 좋은 걸 가질 수 있었고, 먼저 탑승했다면 가장 좋은 옷을 가질 수 있었다. 누구든 자신의 재산과 포로를 마음대로 다뤄도 괜찮았다. 누군가 무기 앞에서 물러난다면, 선장은 총을 쏠 것이라고 선언했다. 이것이 러플링 해리호의 규칙이었고, 선원들은 이에 서명했다.

그렇게 새로운 해적이 바다에 나타났고, 1년도 되지 않아 해피 딜리버리호만큼이나 유명해졌다. 바하마에서 리워드를 지나 윈워드까지, 코플리 뱅크스는 샤키의 경쟁자이자 상인들의 공포로 자리하게 되었다. 뱅크스는 계속해서 샤키를 찾아다녔지만 그들은 오랜 시간 동안 만나지 못했다. 결국 여정의 마지막 날, 그들은 쿠바 동쪽의 코손 홀에서 만날 수 있었다.

코플리 뱅크스는 포탄으로 인사를 건네고 초록색 깃발을 게양했다. 이것은 바다의 신사들 사이에서의 관례였다. 그런 다음 그는 보트를 내렸고 샤키의 선박으로 올라갔다.

샤키는 온화한 사람이 아니었고, 자신과 같은 해적에게조차 친절함은 물론이고, 동업자 정신도 가지지 않았다. 뱅크스는 선박 뒤편의 대포 위에 앉아 있는 샤키 선장을 발견했다. 그곳에는 뉴 잉글랜드 부선장인 네드 갤러웨이와 함께 그의 무리가 있었다. 그러나 샤키의 차가운 얼굴과 흥미 없어 보이는 파란 눈을 보자 아무도 입을 열 수 없었다.

그는 모피 모자를 쓰고 있었으므로 뜨거운 태양도 그의 살점 없는 몸에 어떤 힘도 발휘하지 못하는 듯했다. 다양한 색상의 실크 띠가 그의 몸을 가로질러 짧은 살인용 검을 지탱하고 있었으며, 그의 넓은 황동 버클 장식 벨트에는 권총이 채워져 있었다.

"야비한 사냥꾼을 침몰시켜라!" 그는 뱅크스가 배를 지나칠 때 외쳤다. "왜 내 바다에서 낚시를 하는 거지? 널 죽여서 마지막 조각까지 고기밥으로 줄 테다!"

뱅크스의 두 눈은 그를 바라봤고, 그의 눈은 마침내 고향을 찾은 여행자의 눈과 같았다.

"우리의 마음이 일치해서 기쁘군요." 뱅크스가 말했다. "저 역시 바다가 우리 둘에게 넓지 않다고 생각합니다만, 우리가 모래 언덕에서 검과 권총을 들고 싸우면 세상은 동시에 악당들을 처리하는 셈이 되겠지요."

"이제야 말을 하네!" 샤키가 대포에서 내려와 손을 올렸다. "내가 만나본 놈 중에 내 눈을 보고 말할 수 있는 사람은 많지 않았지. 네가 나를 속일 생각이면, 난 네 배에 올라가서 너를 찔러 죽일 테다."

"맹세하죠."

코플리 뱅크스가 말하자, 둘은 서로에게 의리를 맹세한 사이가 되었다.

그 여름 그들은 북쪽 뉴펀들랜드 뱅크스까지 가서 뉴욕 상선과 뉴잉글랜드의 고래잡이배들을 공격했다. 리버풀 선박인 하우스 오브 하노버를 잡은 것은 코플리 뱅크스였지만, 선장을 죽인 것은 샤키였다.

둘은 함께 영국 왕실의 로열 함선과도 싸웠고, 5시간에 걸친 야간 작전 끝에 배를 침몰시켰다. 그들은 북캐롤라이나에서 장비를 재정비하고, 봄이 되자 그랜드 카이코스로 이동해 서부 인도 제도로 긴 항해를 준비했다.

이쯤 되니 샤키와 코플리 뱅크스는 아주 훌륭한 친구가 되었다. 샤키는 진정한 악당을 좋아하고, 단호한 사람을 좋아했는데, 코플리 뱅크스는 두 가지 조건을 모두 충족하는 것처럼 보였다.

그가 샤키에게 신뢰를 주는 데는 오랜 시간이 걸렸다. 차가운 의심이 그의 성격 깊숙이 자리 잡고 있었기 때문이었다. 그는 자신의 배 밖에서 일어나는, 자신이 보지 못한 일들은 절대 믿지 않았다.

코플리 뱅크스는 울적한 날이면 종종 해피 딜리버리에 타서 샤키와 함께 음주를 즐겼다. 결국, 샤키의 마음에는 어떠한 불신도 남아 있지 않게 되었다. 그는 자신의 새로운 친구에게 본인이 어떤 죄를 지었는지 전혀 모르고 있었다. 그가 죽인 수많은 사람 중에서 어떻게 오래전에 죽인 한 여자와 두 소년을 기억할 수 있겠는가! 케이코스 만에서의 마지막 밤에 뱅크스는 샤키와 그의 부선장에게 음주 도전장을 내밀었고, 샤키는 거부할 이유가 없다고 생각했다.

일주일 전에 모든 게 다 잘 갖추어져 있던 승객선을 약탈했기 때문에 그들의 술자리는 호화로웠다. 저녁 식사 후에 그들 다섯 명은 함께 술을 마셨다. 샤키, 뱅크스, 버스마크 스위트락스, 네드 갤러웨이, 이스라엘 마틴이었다.

그들을 대접해 주는 사람은 말 없는 스튜어드였다. 샤키는 그가 술을 빨리 따르지 않는다며 그의 머리를 내리쳤다. 갤러웨이는 샤키의 권총을 그에게서 빼앗았다. 샤키는 테이블 밑으로 총을 발사해서 누가 운이 좋은지 보는 장난을 즐겼기에 그들은 샤키의 무기들을 그의 손이 닿지 않는 곳에 놓았다.

이 냉혹한 방에서 다섯 명의 해적들은 노래를 부르고 소리를 지르며 술을 마셨다. 조용한 스튜어드는 여전히 그들의 잔을 채워주며, 파이프 담배와 양초를 건네주었다. 시간이 흐를수록 대화는 더욱 추잡해졌고, 목소리는 거칠어졌으며, 욕설과 외침은 더욱 무질서해졌다. 그 결과 다섯 명 중 세 명은 눈을 감고 머리를 테이블 위에 내려놓았다.

코플리 뱅크스와 샤키 두 사람만이 마주 앉아 있었다. 한 명은 술을 적게 마셨기 때문에, 다른 한 명은 아무리 술을 마셔도 그의 강철 같은 신경이 흔들리거나 피가 뜨거워지지 않았기 때문이었다. 그의 뒤에서는 스튜어드가 항상 그의 줄어드는 잔을 채워 주었다. 바깥에서는 잔잔한 파도소리와 선원들의 노랫소리가 들렸다.

두 친구는 그 노랫소리를 듣고 있었다. 그때 코플리 뱅크스가 스튜어드를 쳐다보았고, 그는 뒤에 있는 포탄 보관소에서 밧줄 한 코일을 꺼냈다.

"샤키 선장." 코플리 뱅크스가 말했다. "당신은 삼 년 전에 스타티라 숄 앞에서 가라앉힌 런던 출신의 배를 기억합니까?"

"하하, 기억이 나지 않는군." 샤키가 말했다. "당시에 우리는 매주 열 척에 달하는 배를 공격했지."

"승객들 중에 어머니와 두 아들이 있었습니다. 혹시 이렇게 말하면 기억납니까?"

캡틴 샤키는 생각에 잠겼다. 그러다가 갑자기 높은 소리로 웃음을 터뜨렸다. 그는 그것을 기억한다고 했으며, 그것을 증명하기 위해 세부 사항을 덧붙였다.

"하지만 완전히 잊고 있었군!" 그가 외쳤다. "왜 그 사건을 물어보는 거지?"

"나는 그 사건에 늘 관심을 가지고 있었으니까." 코플리 뱅크스가 말했다. "왜냐하면 그 여자는 내 아내였고, 그 아이들이 나의 아들들이었기 때문이지."

샤키는 동료를 바라보았고, 그의 눈에 항상 잠복해 있던 불꽃이 사나운 불길로 번져가는 것을 보았다. 그는 눈빛의 위협을 읽었고, 빈 허리띠에 손을 올렸으나 총은 없었다. 그런 다음 무기를 잡으려 몸을 돌렸지만, 밧줄이 그의 몸을 감싸며 순식간에 그의 양쪽 팔을 묶었다. 그는 야생 고양이처럼 몸부림치며 도와 달라고 외쳤다. "네드! 일어나! 도와줘, 네드, 도와줘!"

그러나 세 사람은 깊은 잠에 빠져 있었기 때문에 어떤 소리도 들을 수 없었다. 밧줄은 끝없이 돌아가며 샤키를 발목에서 목까지 무자비하게 감아버렸다. 그들은 샤키를 화약통에 기대어 세웠으며, 수건으로 그의 입을 막았지만, 그의 피멍이 드리워진 눈은 여전히 저주를 내뱉고 있었다. 스튜어드는 처음으로 그의 승리에 대해 지껄였고, 샤키는 스튜어드의 텅 빈 입을 보며 처음으로 움찔했다. 그는 천천히 자신에게 다가온 복수가 계속 자신의 주위에서 도사리다가 마침내 자신을 붙잡았다는 것을 깨달았다.

뱅크스와 스튜어드는 계획을 모두 세워 두었고, 그 과정은 다소 치밀했다. 먼저 그들은 커다란 가루 통 두 개를 가져와 테이블과 바닥에 그 내용물을 쏟아부었다. 그들은 나무판자를 세 남자 주위에 둥글게 쌓아 올려 그들을 그 안에 가두었다. 샤키는 밧줄에 묶여 좌우로 움직일 수 없었는데, 스튜어드가 뛰어난 어부들의 기술로 그를 묶어 두었기 때문이었다.

"넌 아주 끔찍한 악마야." 코플리 뱅크스가 부드럽게 속삭였다. "내 말 잘 들어. 네가 죽기 전에 마지막으로 듣게 될 말일 테니까 말이야. 너는 내 사람이지, 나는 너를 샀어, 인간이 이 세상에서 줄 수 있는 것을 모두 다 주고 말이야. 너를 찾기 위해 난 내 영혼까지 팔았지. 너를 찾기 위해 나는 네 수준까지 침몰해야 했어. 두 해 동안 나는 그 사실에 대항하기 위해 애썼어. 다른 방법이 있길 희망했지만, 다른 방법은 없다는 것을 깨달았어. 나는 물건을 훔쳤고, 사람을 살해했지—더 나쁜 것은, 너와 함께 웃고 살았다는 거야—모두 한 가지 목적을 위해서였지. 그리고 이제 내가 기다리던 시간이 왔어. 너는 내가 원하는 대로 죽을 거야. 죽음의 그림자가 너에게 천천히 다가오고, 악마가 그림자 속에서 널 기다리고 있을 거야."

샤키는 그의 해적들이 물 위에서 그들의 찬가를 부르는 걸 들을 수 있었다.

"모두를 위해 우리의 강력한 해적 잭을 위해, 날씨의 방향으로 도달하며 로웰랜드 바다를 가로질러 직행한다."

노랫말들이 그의 귀에 명확히 들려왔고, 바깥에서 두 사람이 갑판을 오가며 걷는 소리가 들렸다. 하지만 그는 무기력하게 있을 수밖에 없었다. 조금도 움직일 수 없었고, 한숨을 내뱉을 수도 없었다. 다시 배의 갑판에서 목소리가 터져 나왔다.

"그래서 이제는 스토노웨이 베이로 가서 패킹을 하고! 깨고! 거칠게 놀아봐! 스토노웨이 베이로 떠나자. 거기에는 술도 있고,

여자들도 있어, 그들의 강력한 잭을 기다리며, 돌아오는 배를 지켜보며, 로웰랜드 바다를 가로질러 직행한다."

죽어가는 해적에게 활기찬 말과 흥겨운 음악은 그 자신의 운명을 더 가혹하게 만들었지만, 그의 날카로운 푸른 눈에는 어떠한 부드러움도 없었다. 코플리 뱅크스는 총구의 난장을 제거하고 새로운 화약을 뿌렸다. 그런 다음 그는 양초를 약 1인치의 길이로 자르고 총의 브리치에 놓았다. 그는 바닥에 화약을 뿌려 양초가 반동 때문에 떨어지면 세 명의 술꾼이 뒹굴고 있는 곳이 터지도록 했다.

"너는 다른 사람들로 하여금 죽음을 마주보게 만들었구나, 샤키." 그가 말했다. "이제 네 차례가 왔어. 너와 이 돼지들은 함께 지옥에 갈 거야!"

그는 말을 마치고 양초 끝에 불을 붙였다. 테이블 위의 다른 조명을 껐다. 그리고 나서 그는 말 없는 사내와 함께 나가 밖에서 선실 문을 잠궜다. 문을 닫기 전에 그는 한 번 더 뒤돌아보았고, 저항할 수 없는 눈빛에서 마지막 저주를 읽었다. 상아같이 하얗고, 대머리인 이마에 수분의 광채가 비치는 얼굴이 샤키의 마지막 모습이었다.

코플리 뱅크스와 말 없는 선원은 해변으로 가는 길을 찾았고, 야자수 그늘 밖에서 달빛에 비친 배를 바라보았다. 그들은 자신들이 내린 배의 약한 빛을 바라보며 기다리고 기다렸다. 그리고 마침내 둔탁한 총성의 소리가 들렸고, 잠시 후 산산이 부서지는 폭발음이 들려왔다.

길고 매끄러운 검은 해적선, 하얀 모래사장, 그리고 고개를 끄덕이는 깃털 같은 야자나무들이 빛 속에 모습을 드러냈다가 다시 어둠 속으로 사라졌다.

코플리 뱅크스는 그의 가슴이 노래하는 것을 느끼며 동료의 어깨를 가볍게 톡톡 쳤고, 그들은 카이코스의 고요한 밀림으로 함께 걸어 들어갔다.

The Dealings of Captain Sharkey

아서 코난 도일,
선상 미스터리 단편 컬렉션

초판 1쇄 발행 2024년 8월 26일

지은이 | **아서 코난 도일**
번역 | **남궁진**
기획 편집 총괄 | **이정화**
기획 | **손하현**
디자인 | **이선영**
교정교열 | **심유정 김민아 김수하**
마케팅 | **이지영 김경민**
펴낸곳 | **센텐스**
주소 | **서울시 용산구 원효로 162 세원빌딩 606호**
이메일 | ritec1@naver.com
홈페이지 | http://www.ritec.co.kr
ISBN | 979-11-86151-69-3 03840

센텐스는 리텍콘텐츠 출판사의 문학·에세이 단행본 브랜드입니다.

· 잘못된 책은 서점에서 바꾸어 드립니다.
· 책값은 뒤표지에 있습니다.
· 이 책의 내용을 재사용하려면 사전에 저작권자와 리텍콘텐츠의 동의를 받아
  야 합니다. 책의 내용을 재편집 또는 강의용 교재로 만들어서 사용할 시 민형
  사상의 책임을 물을 수 있습니다.
· 아서 코난 도일의 원작은 모두 퍼블릭 도메인입니다.
  그러나 한국어 번역문에 관한 저작권은 유효하며, 센텐스에 있습니다.

상상력과 참신한 열정이 담긴 원고를 보내주세요. 책으로 만들어 드립니다.
원고 투고: ritec1@naver.com